우기충천

인생 역전

우기충천

인생 역전

최상기 자서전

차례

서문   8

우기충천(牛氣衝天)   10

서삼국민학교   22

사회로 나가다   35

아, 서울   42

삼영 편물 학원   49

죽음의 그림자   55

보자기로, 가마니로 알다(필동)   63

전화위복(금호동)   80

배밭(상봉동)   95

결혼   97

애석함   107

좋은 사람들   113

10.26 사태를 맞다(상봉동)   117

전업, 건축에 뛰어들다　　　　127

악몽　　　　144

저런 병신, 등신　　　　166

제3의 직업　　　　179

별천지　　　　202

우리 상기는 사주팔자가 안 좋아　　　　209

당첨　　　　224

당첨금, 손에 쥐다　　　　233

벗　　　　240

불안한 징조　　　　250

상처　　　　266

고백　　　　274

딸들아, 아들아　　　　287

좋은 일이 하늘을 찔렀다　　　　297

마음의 강물　　　　298

본문 속 등장인물들의 이름은
실제 이름과 다를 수 있습니다.

서문

내가 살아온 삶의 여정을 글로 남기려 한다. 이 글을 읽는 독자들이 반면교사로 삼기를 바랄 뿐이다. 후회 없는 삶이야말로 수지맞는 인생일 것이다. 인생 대장정에서 약간의 도움이라도 되길 바랄 뿐….

나의 부족함은 하늘보다 높고 바다보다 깊다. 이 글에 모두 담을 순 없었다. 날 아는 모든 이에게 감사할 뿐….

» 손자와 함께

우기충천(牛氣衝天)

좁디좁은 논두렁길 위에 소 한 마리가 나타났다. 코뚜레로 입김이 뿜어져 나오는 것으로 보아 화가 나 있는 듯하다. 질척한 논에서 쟁기를 끌던 소가 논둑을 넘어 서서히 나에게 다가오는 것이다. 그 소는 먹는 것을 빼고는 우리와 한자리에서 함께했기에 거의 식구나 다름없었다. 외양간이 바라보이는 안방에서 밥을 먹을 때마다 우리는 그 소의 검은 눈과 마주쳤다. 큰 눈을 껌벅이며 우리를 바라볼 때 그 소는 분명 우리를 향해 웃는 것처럼 보였다. 우리 식사 시간에 맞춰 끓인 무럭무럭 김이 솟아나는 여물통에 머리를 묻고 먹음직스레 먹는 모습을 우리는 사랑스럽고 애잔하게 바라보곤 했다.

논두렁 위, 작은 둔덕에 앉아 있는 아버지가 보인다. 어머니가 머리에 이고 온 광주리에서 꺼낸 음식을 먹는 아버지 모습이 눈에 들어오는 것이다. 그 옆에서 한가로이 풀을 뜯던 소가 나에게 다가오는 모습을 바라보았다. 그 소가 날 반가워하여 달려오는 줄 알았다. 이 생각이 내 마음에서 채 사라지기도 전에 창끝같이 뾰족하고 두꺼운 뿔에 받혔다. 뿔에 꿰인 채 소머리 위에 얹혀 있던 나는 투원반 던져지듯 공중으로 날았다고 했다. 날카로운 뿔은 솜덩어리 같았을 내 몸 어느 한 곳을 찔렀을 것이고, 난 아픔을 느낄 사이도 없이 까무룩 정신 줄을 놓았을 것이었다.

날 향해 달려오는 아버지 모습이 아지랑이처럼 흔들리다 이내 시야에서 사라져 갔다. 몇 번을 허공에서 허우적대는 모습을 보았다고도 했다. 나는 물속에 빠져 뒹굴고 있다는 생각만 또렷했을 뿐 아지랑이처럼 스멀스멀 의식이 피어오르고 내리고 반복하다 끝내 의식을 잃었다. 정신이 들었을 때 난 물이 흐르는 봇도랑 옆 웅덩이에서 내동댕이쳐진 나의 모습을 볼 수 있었고 무서움에 하염없이 울었다.

그 일이 일어난 날, 아버지는 사람들이 황소라 부르던 누런 소를 거의 죽을 만큼 때렸다고 했다. 무엇으로 어떻게 얼마나 때렸는지 몰랐다. 나는 볼 수 없었고 알 수도 없었지만, 그 일이 있은 지 며칠이 지나 코뚜레가 빨개진 소의 코를 보았다. 피가 나도록 맞은 것이 틀림없다고 나는 생각했다.

반세기가 지난 지금 난 곰곰이 생각한다. 우리 집 소가 왜 나를 치받았을까. 그 소와 함께 일하며 그 소의 성질도 잘 알고 있었을 집안 사람들도 있었는데 왜 하필이면 '핀셋'으로 집어내듯 나를 골라 거의 죽을 수도 있는 지경까지 몰아갔던 것일까. 나이 어려 말 못 하던 나와 그 짐승 사이에 일어난 어떤 징조가 아니었을까. 발로 밟고 몸뚱어리로 나를 뭉갤 수도 있었을 것이다. 그랬다면 난 이 세상 사람이 아니거나 지독한 불구자가 되었을 것이 분명하다. 그러나 소는 나를 물속으로 던져 넣었다. 처음부터 나를 죽이려고 한 것이 아니라는 방증이 될 수 있을 것이다. 한집안 식구인 양 너무나도 살갑고 정답게만 보이던 우리 집 소에 치받혔던 어린 시절 일들이 마음속에서 강물처럼 지금도 흐르고 있는 것이다.

죽을 뻔한 그날 사고는 시간의 흐름 속에서 퇴색되어 갔다. 동서고금을 막론하고 소뿔에 치받혔던 수많은 사람의 인생 발자취를 통해 그들이 얻어 낸 믿기 어려운 사실들을 식자들은 한 구절 고사성어로 남겼다. 우기충천!

나는 몰랐다. 그 의미를 알았다 해도 그 말속에 녹아 있는 깊은 뜻에는 다가갈 엄두조차 없었다. 그러나 삶의 종착역에 다다른 즈음에 가서야 비로소 그것을 가슴에 안게 되었다. 내 생명 강가에서 쏘아

올리는 폭죽들처럼 내 머리와 가슴에 또렷이 남아 있게 된 것이다.

　장손이었던 나는 집안 어른들의 귀여움을 독차지했다고 했다. 온 갖 재롱으로 집안에 온통 웃음꽃을 피우던 내가 소에 받쳐 거의 죽 게 되자 어른들은 소뿔에 받혀 죽을 뻔한 나보다 먼저 죽을 만큼 커 다란 충격에 빠졌다고 했다. 내가 땅에 내팽개쳐져 정신을 잃자 죽 은 줄 알고 집안사람들의 울음이 바다를 이루었다고 했다. 농번기에 해야 할 수많은 농사일을 내팽개친 채 손을 놓을 수밖에 없었다고 했다.

　친할머니의 목소리가 지금도 또렷하게 들리는 듯하다. "너는 송아 지와 같은 해에 태어났어야. 외양간에서 태어난 송아지는 죽어 버렸 고, 너는 살아났어야. 송아지가 널 대신해서 죽어 버렸나 부다…." 자초지종은 정확히 알지 못한다. 그러나 농사를 짓던 우리 집에서 우리 소가 낳는 송아지 이야기를 내 할머니를 통해 듣게 되었다. 많은 종류의 가축 중에서 유독 소와 관련이 깊었던 내 삶의 여명기, 1947년 봄, 내 나이 5살, 전라남도 장성군 서삼면 금계리 여고(呂古) 부락, 내 고향에서 일어난 그 사건을 시작으로 나의 삶의 여정이 시 작되었다.

한일합방 후, 일본 제국은 동남아시아 여러 나라를 그들의 손아귀에 넣을 속셈을 구체화하기 위해 그 전초기지를 대한제국 영토에 두었다. 전쟁에 필요한 자원들을 만들어 내고 완성된 군수 물자들을 분배하는 중간 기지로 삼았다. 이 일로 인해 지리나 환경에 밝은 현지인들을 그들의 필요와 요구 조건에 맞게 고용하였는데, 나의 큰조부도 조선인 순사 모집에 응시하여 그 일원으로 발탁되었다고 했다. 누구의 권유나 소개로 그 직업을 가지게 되었는지 그 자리에서 무슨 일들을 어떻게 했는지 나에게 말해 준 사람은 없었다. 다만 그 직책상 일제 치하에 있던 수많은 한국 민초를 통제하고 감시하고 집행하는 일들을 하지 않았을까 미루어 짐작할 수 있을 뿐이다.

　　일제 강점기 일본 제국 경찰들을 통틀어 일컫던 순사를 사람들은 왜경 또는 일경이라 부르기도 했다. 순사는 그 당시 일본 제국 경찰 계급 가운데 가장 아래에 있었지만 힘없는 민초들을 상대로 무소불위의 권력을 휘두르던 일선 치안 담당관으로 악명을 떨쳤다. 우는 아이에게 "순사가 잡으러 온다!" 하면 울던 아이도 울음을 그쳤다는 일화가 생겨났을 정도였다. 순사가 얼마나 큰 무서움과 기피의 대상이었는지 미루어 짐작할 수 있다. 그리고 일제 치하 한국 사람에게 선망과 증오의 양면성을 느끼게 했던 순사가 우리 집안 어른 중 한 명이었다는 것을 알게 되었다.

　조부에 관한 어떤 사실적 근거나 증거를 찾을 수는 없었다. 어린 내 귀에 뜻 없이 들려오던 수많은 이야기가 그림자처럼 희미하게 나를 덮었고, 스러져 가는 모닥불처럼 내 머리부터 발끝까지 스치고 지나 갔을 뿐이었기 때문이다. 일제 치하라지만 1930년대 한반도 경기는 호황을 누리던 때라고 했다. 굳이 경찰이라는 직업 외에도 능력이 겸비된 사람들에게 주어지는 직업 선택의 길은 그리 좁지 않았다고 했다. 간부 선발도 아닌 순사 채용에 응시자가 그렇게 많지는 않았다고 했다. 일본인들만으로 순사 인원을 채우는 데 한계가 있었기 때문에 조선인 가운데서 최하위 계급인 순사보부터 선발했고, 나날이 그 인기가 높아져 1935년에는 경쟁률이 19.6 대 1이나 되었을 정도였다고 했다. 당시 젊은 조선 지식인이 누릴 수 있었던, 몇 개 안 되는 권력과 안정된 직장을 가질 수 있었던 좋은 기회였기 때문이었다.

　'제국주의 앞잡이'라는 지탄 속에 면면히 흐르던 짙은 오해가 시대적 아픔으로 역사적 사실들에 녹아 있음을 부인할 순 없지만, 조국의 해방을 위해 독립운동을 하던 사람들을 잡아내고 고문하던 악질 순사 아닌, 가족 생계를 위해 순수 치안 경찰이 되고 싶은 마음에 순사 시험에 응시한 사람 중 하나가 나의 조부였다.

소작농의 소작권이 없어지고 지주와 소작농 관계가 법적인 계약 관계로 바뀌면서 많은 소작농의 삶이 막막하게 되었다. 당장 먹고살 돈도 없는 사람들이니 기본적인 밑천이 필요한 장사는 할 수 없었고, 공부 좀 했다는 사람들은 먹고살기 위해 순사나 하급 공무원에 지원했던 것이다. 여명기 대한제국 시기에 기초 학문을 통해 얻은 얕은 지식은 나의 큰 조부로 하여금 조선인으로서 일본 순사 시험에 응시할 자신감을 갖게 했을 것이라고 생각한다.

당시 일본 경찰 내부에서는 어제까지 자기 후임자였던 사람이 스스로 실력을 발휘해 선임 자리를 뛰어넘어 진급하는 경우 그 진급자가 일본인이든 조선인이든 차별이나 구별 없이 선임자로 깍듯이 예우했다고 했다. 어제까지 선임이었던 사람이라 해서 인정상 봐주거나 편의를 도모해 주지 않았다는 것이다. 선임이라도 언제든 자기 부하로 취급해 버릴 수 있는 엄격한 신분과 계급 체계가 시퍼렇게 존재했다고 한다. 약육강식의 자연법칙이 널리 퍼져 있던 암흑시대 아래에서 원칙과 공평의 모습을 보이는 실력과 힘의 구조가 살아 있는 당시 사회 구조 속으로 뛰어들고 싶어 하던 조부의 뜻이 담겨 있었을 것이라고 생각한다. 서구로부터 일찍이 받아들인 실용과 합리성의 근대적 이념인 '계급은 곧 능력'으로 간주되는 일제 군국주의의 철저한 계급 제도가 조부의 성정에 맞았던 것이다. 결국 그의 적성과 이상에 따라서 엄격하고 철저함이 요구되는 일본 순사 조직의 일원으로 자리매김했을 것이다.

그 당시, 조선인 상급자에게 가혹 행위를 당한 내지인(조선에 사는 일본인)에 관한 이야기가 심심찮게 들렸다고 했다. 조선 선임자보다 하급인 내지인에게 '조센징보다 못나서 진급도 못 하는 한심한 놈'이라고 흉을 보는 일본인도 있었다고 했다. 일본인을 향해 자각하라는 의미의 격려와 독려 차원의 욕을 하는 것이었을 것이다. "미운 자식 떡 하나 더 준다."라는 의미일 것이다. 오히려 조선인 편을 드는 경우도 허다했다고 한다. 역사적 기록이 내 조부가 순사가 되기로 결심하고 행동으로 옮긴 이유일 것이라고 나는 생각한다.

일제는 내선일체라는 명분을 내세워 조선 사람과 조선에 살고 있는 일본인을 동등하게 대하려 했다. 그들이 하고자 하는 동남아 국가와의 전쟁에 한국인 젊은이들을 내몰 수 있는 근거가 되기 때문이었다.

1945년, 일제가 연합군에게 무조건 항복함으로써 대한제국은 그들이 점령했던 식민지 영역에서 벗어나게 되었다. 큰 조부는 순사 일을 그만두고 전남 순천 갯벌 지구에서 고기잡이 일 등으로 그의 식솔들을 부양하며 가계를 꾸려 나가던 중 홀연히 자취를 감추었다고 했다. 큰 조부에 관한 이야기를 나에게 자세히 들려준 사람은 내 주위에 아무도 없었다. 그에 관한 숱한 이야기는 아마 책 한두 권 정도로는 모자랄 것이라는 서글픔의 아련함만 내 뇌리에 남아 있을 뿐, 내 기억에서 멀리 사라져 갔다.

» 앉아 계시는 아버지(왼쪽)와 아버지의 사촌 동생(오른쪽)

　84세를 일기로 세상을 떠난 할머니는 평소 나에게 할아버지와의 사이에 아들 셋과 딸 둘을 두었다고 했었다. 그중 장남이 내 아버지였다고 했다. 암울했던 역사의 흐름은 우리 가문을 송두리째 흔들어

놓았고 뿔뿔이 흩어지게 했다. 급류에 휩쓸려 떠내려가는 것 같았던 우리 집안 내력에 대하여 나에게 이야기해 준 사람은 집안 어른들 몇몇 분뿐이었다. 한 집안의 장손이라는 무겁고 칙칙한 부담과 책임을 멍에처럼 어깨에 짊어진 채 비틀거리며 살아온 나에게 집안 어른들의 마음속 깊은 곳에 앙금처럼 가라앉아 있던 흐릿한 기억들은 나에게 전해 준 유언 같은 것이었다.

나의 부친과 모친은 슬하에 4남매를 두었다. 할아버지가 물려준 곳인지 남의 땅을 빌린 곳인지 모르지만, 아버지는 논농사와 밭농사를 해서 처자식을 먹여 살리는 데 어떤 어려운 문제도 없었다고 했다. 생생하게 피어나는 수많은 기억 가운데 배가 고팠던 기억은 없다. 내 나이 세 살 되던 1945년 조선은 일제 강점기에서 벗어났다. 그로부터 5년이 지난 1950년, 6.25 동란이 일어났다. 외딴 산골 마을이지만 전쟁 소식이 소문에 소문을 타고 끊임없이 들려오기 시작했다. 국민학교 1학년이 된 이후 처음 맞는 여름 방학을 몇 주 앞두고 선생님은 학교에 당분간 나오지 말라고 했다.

학교에서 집으로 돌아오는 마을 어귀에 몇몇 마을 사람이 모여 웅성웅성 이야기를 나누는 모습이 보였다. 무언가를 의논하는 듯도 하고 비장한 각오를 다지는 것 같기도 한 낯선 목소리들과 행동들이 뒤

엉켜 보였다. 소리로만 들릴 뿐 무슨 의미인지 알 수 없던 내 나이 여덟 살 되던 초여름, 온통 푸르른 들판에 뻐꾸기 소리 울려 퍼지는 고향 땅에 전쟁의 검은 그림자는 서서히 그 정체를 드러냈고, 동네 사람들은 애 어른 할 것 없이 분주한 전쟁 나기에 서서히 젖어 들기 시작했다.

아버지 얼굴을 다시는 볼 수 없게 된 건 동네가 떠나갈 듯 산 위에서 울려 퍼지던 포성에 온 동네 사람이 공포에 떨기 시작할 즈음이었다. 잠결에 들리던 아버지 목소리에 벌떡 일어나 그의 품에 안기고 싶었지만 속으로만 반가움의 감정을 품던 나의 수줍음이 한없이 후회스럽고 원망스러웠다. 전쟁 공포의 소용돌이는 현실을 훨씬 뛰어넘는 충격파로 다가와 작디작은 내 가슴을 움츠리게 했다.

서삼국민학교

드넓은 논바닥 한가운데 위치한 국민학교는 마을에서 가장 큰 건물이었다. 넓은 운동장을 품고 있던 학교는 서삼면 금계리에 넉넉하게 자리 잡고 있었다. 옹기종기 모여 있는 크고 작은 동네 집 뒤쪽에 병풍처럼 둘러 서 있는 검푸른 대나무 군락지를 지나 가파른 고갯길을 몇 곳이나 넘고 넘어 학교를 오갔다. 겨울에는 무릎까지 쌓인 눈 속을 헤치며 오르다가 몇 번씩 미끄러져 아래로 곤두박질치곤 했다. 온몸에 흐르던 땀을 식혀 주는 산바람이 온몸을 휘감아 가는 한여름에는 산꼭대기에서 어제 본 듯 익숙한 바위에 앉아 학교에서 배운 동요를 부르곤 했다. 내가 부르는 노랫소리가 신기한 듯 웅크린 채 꼼짝하지 않고 내 옆에 엎드려 있는 산토끼와 눈이 마주칠 때도 있었다. 계절마다 피어나는 이름 모를 꽃들에 파묻혀 꽃가루를 나르는 꿀벌들의 움직임이 신기하여 시간 가는 줄 모르고 바라보곤 했다. 뉘엿뉘엿 떨어지는 해의 그림자가 문득 무섭게 느껴져 달음박질하여 집에 오곤 했다. 그곳은 아버지, 어머니, 할머니가 나를 반갑게 맞아들이는 곳이었다. 저녁밥 짓는 굴뚝 연기가 집집마다 풍기던 때, 따뜻한 밥을 지어 한 상에 둘러앉아 맛나게 먹었다. 사랑과 애정이 흐르던 내 고향, 이름조차 기억나지 않는 친척들 목소리와 정겨운 눈길들이 지금도 눈에 선하게 남아 있다.

학교를 에워싸고 있는 곧고 튼실한 나무들처럼 곧고 바르게 자라서 하늘의 흰 구름을 만지고 싶었다. 푸른 꿈을 가득 안고 더욱더 우거지는 사시사철 푸른 소나무가 되고 싶었다. 볏짚 태우는 냄새가 온 동네를 휘감을 초가을쯤 비바람, 눈보라에도 더욱 푸르고 싶은 마음으로 논과 밭두렁을 뛰어다녔다.

친구들과 어울려 갯가를 휘저으며 돌아다녔다. 논길을 걸을 때마다 양옆으로 튀는 메뚜기들과 개구리들이 부지기수로 보였다. 그러나 그날은 메뚜기보다 물고기를 잡는 날이었다. 여기저기에서 "잡았다!" "놓쳤다!" 하는 소리가 들렸다. 커다란 장어를 잡은 아이가 있었다. 그는 그 장어를 자랑스럽게 들어 올렸다. "내가 잡은 고기들 너희 다 가져라!" 아마도 그는 그 장어 한 마리가 그가 잡은 고기 전부와 맞바꿀 만큼 만족스러웠을 것이었다. "하늘 향해 두 팔 벌린 나무들같이

무럭무럭 자라 이 나라 일꾼이 되어라."라는 선생님의 가르침처럼 몸
과 마음이 힘차게 꿈틀대는 장어처럼 나날이 부풀어 간 유년기였다.

» 서삼국민학교 23회 졸업 동창 모임 기념

국민학교 고학년이 되자 보고 듣는 것들도 덩달아 높아 가고 깊이가 서서히 깊어져 갔다. 학교에 오갈 때마다 동네 아이들끼리 뒤섞여 앞서거니 뒤서거니 걸어가면서 "장백산 줄기줄기 피 어린 자국 김일성 장군…."이라는 출처도 뿌리도 알 수 없는 노래를 부르곤 했다. 무슨 뜻인지도 모르고 부르던 그 노래는 지금도 내 기억에 깊이 남아 있다. 전쟁 소식이 들린 후 날이 갈수록 낯선 어떤 것들이 알게 모르게 우리 동네를 둘러싸고 있는 것 같다는 느낌이 들었다. 건넛마을 어떤 집 식구들이 밤새 모두 마을에서 사라졌다는 이야기도 들렸다. 어디로 갔는지 누가 보냈는지 아는 사람은 없었다. 어깨동무 씨동무를 연호하며 언제까지고 다정다감하게 지내자고 '깐부' 걸던 소꿉친구가 하루아침에 싸늘한 시체가 되어 동네 후미진 곳에서 발견되기도 했다. 동네를 음습한 공포로 물들인 으스스한 전쟁 소식이 다소 잠잠해질 무렵, 집집마다 들려오던 웃음소리가 오간 데 없이 갑자기 사라졌다. 웃음소리 대신 한숨 소리가 끊이지 않고 들렸다. 전쟁이 일어나기 전에는 윗집 아랫집 사이에 울타리가 없었다. 내 것 네 것 구별 없이 돌려서 쓰고, 사이좋게 나누어 쓰던 때와는 너무나 달라졌음을 알게 되었다.

　우리 집은 웃음소리도 울음소리도 제대로 낼 수 없었던 듯했다. 할머니, 어머니는 물론 집안 어른들까지 무슨 커다란 잘못을 저지른 사람처럼 쫓기듯 눈치를 살피는 것이었다. 무슨 일이 일어난 것인지, 어떤 이유에서 이렇듯 집안이 어수선한 것인지 누구도 나에게 알려 주는 사람이 없었다. 명랑하고 발랄하던 나는 나날이 말 없는 아이로 변해 갔다. 보고 듣는 것보다 말없이 참고 넘어가는 것들에 익숙해졌기 때문이었다.

　장성읍에 살다가 서삼면 우리 마을로 이사를 온 상권이라는 아이가 있었다. 동갑내기들보다 덩치도 컸다. 몸집이 큰 만큼 목소리도 컸고 성격도 괄괄했다. 1학년부터 함께해 오던 친구들에 비해 친근감은 덜했지만 그의 특유한 사귐성과 활발함으로 4학년 때 읍에서 이곳 서삼국민학교로 전학을 온 동급생치고는 빠르게 적응하는 것처럼 보였다. 그는 자기보다 힘이 세거나 공부를 잘하는 친구에게는 별 시비를 걸지 않았다. 힘이 없고 공부가 뒤처지는 같은 반 친구들에게 가차 없이 폭력을 가했다. 그의 폭력은 학교에서 집까지 나와 함께 오가던 우리 집 옆에 살던 조권행이라는 친구에게도 가해졌다. 나는 공부를 못한 것도 아니었고 말이 없는 성격도 아니었다. 조권행이와는 다르게 잘 웃고 맑고 밝은 편이었다. 왜 나와 반 아이들과 동네 아이들이 그가 휘두르는 폭력의 대상이 되어 시달려야 했는지 지금도 이해가 가지 않는다. 자기 정체성과 주관적 사고가 무르익어가야 할 시기에 공포와 고통이라는 부정적 환경에 얽매여 가슴에 묻고 살아야 했던 어린 시절 기억이 삶을 정리해야 할 노년기에 이른 이 순간까지 내 기억에 고스란히 남아 있는 것이다.

그날도 늘 그랬듯 학교 공부를 마치고 산을 넘어 집으로 걸어가고 있었다. 함께 걷던 상권이가 갑자기 나에게 말을 걸었다. "네 아버지 사회주의자였다며?" 표독스럽게 바라보며 묻는 물음에 칼날 같은 비웃음이 섞여 있음을 알았다. 순간 또 다른 아이의 물음이 이어졌다. "느그 큰할아버지는 순사였다던데 그게 사실이냐?" 생전 듣지 못한 이야기들을 동무들에게 듣게 되었다. 커다란 잘못이 들통이 나서 어쩔 줄 몰라 하는 사람처럼 얼굴이 벌게졌다. 당황스러워하는 나의 모습을 지켜보던 그들의 비웃음이 이어졌다. 난 얼음처럼 굳어지고 말았다. 어떤 변명이나 설명을 할 수 없었다. 하고 싶었지만 말할 수 있는 기회가 없었다. 말할 틈이 생겨 말을 하려 했지만 그들은 내 얘기를 귀담아들으려 하지 않았다. 난 수백 리를 달려온 사람처럼 금방이라도 가슴이 터질 만큼 답답했다. 그들의 비아냥거리는 소리는 비수가 되어 나를 찔렀다. 보이지 않는 상처는 내 가슴을 곪게 했고 쓰리고 아프게 했다. 그 고통으로 인해 슬픈 마음을 가진 아이로 변해 갔다.

오가는 대화가 뜸해지자 서먹함이 뭉게구름처럼 피어올랐고, 그 순간 상권이는 기다렸다는 듯 "넌 우리와 다른 집안에서 태어났기 때문에 이제부터 우리가 시키는 대로 해야 해…. 이제부터 넌 사람이 아니고 말이야 말…."이라고 했다. 상권이는 사람이 짐승을 채찍으로 때리고 욕도 함께 한다는 것을 누군가에게 이미 배워 알고 있는 듯했다. 소나 나귀를 다룰 때 하는 행동을 나에게 똑같이 하는 것을 즐거운 놀이처럼 여겼다. 때리고 욕하는 행위는 그가 나에게 할 수 있는 최고의 오락처럼 보였다. 또래가 또래에게 할 수 있을 것이라 믿기지 않을 정도로 상권이는 나를 차별의 울타리 안에 가두었다. 심심하면 꺼내 놀잇감으로 삼았고 짐승처럼 대했다. 2년간 학교에 오갈 때마다 그의 보따리를 들고 다녔다. 두 손에 책을 싼 보자기를 하나씩 들고 양어깨에 책보를 올린 채 걸었다. 걸음이 늦거나 그의 마음에 들지 않으면 발길질도 마다하지 않았다.

시골 아이들이 즐기는 수많은 놀이 가운데 난 항상 그의 종이었고 장난감이었다. 한두 번의 장난이 습관이 되고 습관은 행동으로 굳어지게 마련이었다. 나는 스스로 사람이기를 포기하게 될 정도로 마음과 몸이 피폐해져 갔다.

폭력과 따돌림은 나를 점점 투명 인간처럼 만들었다. 동네 사람들은 아이들 사이에서 일어날 수 있는 가벼운 싸움 정도로 여기는 듯했다. 나와 조권행이 상권이에게 당하는 모습을 보면서도 못 본 척했다. 길 한복판에서 벌어지는 장난처럼 보이는 폭력 행위를 보면서 어른들은 우리 곁을 스치듯 지나갔다. '모두 다 우리를 해치려고 작정한 사람들 아닐까.' 하는 무서운 생각이 들기도 했다. 누군가가 내 뒤에 대고 "저 애 아버지는 행방불명자래요."라고 무시하고 조롱하는 목소리가 들리는 듯하여 가다가 멈추어 뒤돌아보기도 했다. 그 말은 창이나 칼로 내 몸을 찌르는 것과 다름이 없었다.

고통받는 아들과 손자를 바라보며 눈물을 흘리던 어머니와 할머니 모습을 잊을 수 없다. 날 괴롭히는 상권이를 어머니와 할머니가 달래고 나무라기도 하는 날에는 상권이는 여느 날보다 몇 배로 나를 괴롭혔다. 내가 상권이에게 이러한 수모를 겪었다면 우리 식구들은 동네 이웃들에게 얼마나 큰 정신적, 육체적, 경제적 압박을 받았을까…. 미루어 짐작이 가고도 모자람 없는 애달픈 삶의 한 부분이었다.

부친은 일본 사회에 뿌리를 둔 사회주의 단체에 가입하여 좌익 사상을 받아들인 사상가였다고 했다. 해방 전후로 남한, 북한의 이념 갈등 속에서 벌어진 한국 전쟁을 둘러싸고 이어진 사상적 갈래인 소위 남로당, 좌익 운동가였다고 했다. 내 곁을 홀연히 떠난 후 행방불명 처리된 부친에 관한 이야기를 듣고자 할 때마다 할머니는 말했다. "느그 아버지가 우리 식구를 살렸어야…."

언제, 어디로, 무엇 때문에 우리 모두의 곁을 떠나게 되었는지는 알 수 없었다. 우리 식구를 살리기 위해 우리를 떠났다면 어린 내 생각 너머에 나로선 생각할 수 없는 커다란 이유가 있을 것이라고 미루어 짐작하는 정도가 내 사유의 시작이었고 끝이었다.

좌우로 갈린 사상적 혼란이 극에 달했을 그 당시에 아마도 부친은 사상의 자유를 주장했을 것이다. 자본주의를 옹호하는 이념 체계의 굴레 속에서 고통받는 노동자, 농민의 편에서 그들에게 용기와 힘을 주는 사람이 되고자 했을 것이다. 평등한 사회와 나라를 꿈꾸는 외로운 선구자였을 것이다. 이것도 저것도 아니라면 자신의 이념을 포기하고 타인이 요구하는 새로운 이념으로 들어가려는 시도를 했을 수도 있었으리라. 생과 사의 갈림길에서 가문을 지키고 가정을 살리고 싶었을 내 아버지. 어떤 수단과 방법을 가리지 않고 치열하게 극복해 나갔을 내 아버지의 처절한 몸부림을 두고 할머니는 내 아버지가 우리 식구 모두를 살렸다고 나에게 말한 것이었을까.

아무런 이유 없이 한 가족이 몰살당했다는 소문이 이곳저곳에서 파다하게 들려왔다. 무엇 때문에 죽어야 했는지 누가 죽였는지 아무도 모른 채 단지 죽었다는 사실만 소리 없이 온 동네에 퍼지던 때, 어머니는 말했다. "저 외양간 황소 내다 팔자. 판 돈을 아버지를 끌고 간 경찰관들에게 가져다주자. 혹시 아냐. 그들이 아버지를 집으로 보내 줄지…." 피맺힌 어머니 애달픈 울음 섞인 음성이 지금도 귀에 선하다. 그러나 그녀의 희망이자 우리 모두의 소망은 절망으로 변했다. 연행되어 간 후 부친의 모습을 두 번 다시 볼 수 없었고 보았다는 사람은 없었다. 부친의 소식을 알고 있지만 아는 내색을 하지 않았을 수도 있었을 것이라고 생각했다.

우리 곁을 떠난 내 아버지에 관한 어느 것 하나 바로 알아내고 찾아낼 기회도, 여유조차도 없었다. '좌익 집안'이라는 낙인과 함께 불

화살같이 날아들던 위협적인 공격을 피하기 바빴기 때문이었다. 그리고 내 어린 시절 아버지에 대한 그리움이 원망으로 얼룩졌기 때문이기도 했다. 사무친 멍이 채 가시기도 전에 한 식구처럼 지내던 동네 사람들과 어릴 적 친구에게 당해야 하는 육체적, 정신적 충격은 상처에 상처를 내는 말로 다 할 수 없는 고통이라면 고통이었다.

큰할아버지에 이은 아버지마저 정치적 소용돌이 속에서 숨 가쁘게 이어져 가는 영화 속 주인공처럼 부침이 계속될 즈음, 암울한 그늘 아래 숨죽이고 있던 나는 한창 피어나야 할 꿈도, 이상도, 포부도 가져 볼 기회가 없었다. 국민학교를 졸업하고 중학교에 진학하지 못했다. 국민학교 과정을 마친 나에게 집안 어른들은 상급 학교 진학을 허락하지 않은 것이다. 경제적 어려움인지 다른 어떤 이유에서인지 나에게 알아듣도록 말해 주는 사람은 없었다. 아버지가 계셨더라면 틀림없이 중학교에 갔을 거라는 생각이 들었다. 어려운 집안 사정을 극복할 능력이 내 아버지에게는 분명히 있었을 것이라는 확신이 들었기 때문이다.

날 향한 각별한 사랑이 단지 장손이라는 이유만이 아니라는 것을 본능적으로 느끼며 자라 온 나이기에 아버지의 부재가 한없이 슬펐다. 내 공교육은 국민학교 과정을 졸업하는 것으로 끝났다. 교복을 입고 동네 어귀를 지나 인근 중학교를 오가는 친구들을 볼 때마다 그들이 한없이 부러웠다. 더 넓은 배움터에서 더 높고 넓은 세상을 향해 날고 싶었지만, 내 바람일 뿐 진학하지 못한 나의 안타까운 물음에 설명과 답해 줄 사람은 내 곁에 아무도 없었다. 날 힘들게 하던 아이들을 만나지 않게 되었다는 사실만 나를 기쁘게 했던 유일한 위로라면 위로였다.

  곧고 푸른 대나무처럼 해맑게 자라나야 했었을 내 어린 시절은 줄기가 자라기도 전 꺾이고 말았다. 날 낳고 길러 준 아버지, 그 아버지의 아버지가 지고 간 '십자가 고통'을 벗어나지 못했다. 도리어 쓴 뿌리에 얽히고설킨 나를 둘러싼 슬프고 외로운 우리 집 울타리 안에 피고 지는 잡초라고 생각했다. 그 잡초는 뭇사람의 시야와 관심에서 점점 멀어져 갔다. 밟으면 밟을수록 깊이 박히고 굳어지고 더 푸르러지는 건강한 잡초가 되기를 바랐고, 내 작고 좁은 생각과 다짐들이 잡초보다는 예쁜 꽃으로 피어나 열매 맺기를 더 소원했다. 마음의 상처로 고통받는 사람들의 아픔과 괴로움을 치유하고 위로해 줄 수 있는 사람이 되고 싶었다. 미소 지으며 친절한 말 한마디 해 주는 사람이 되었으면 좋겠다고 생각했었다. 냉철한 머리로 무슨 일이든 따지고 비교하는 사람보다 마음으로 보듬고 품는 포근한 사람이 되리라 마음먹은 적도 있었다. 내 나이 16세, 지적 유아기를 채 벗어나지 못한, 태어났기에 살고, 일하기 위해 사는 사람처럼 세월의 파고를 힘들게 헤쳐 나가야 할 험난한 삶의 여정들이 눈물겹게 다가왔던 것이다.

사회로 나가다

땔감은 먹을 양식이나 다름이 없었다. 방구들을 덥히고 음식을 만들 때 필수인 나무 장작들을 마련하는 일은 내가 할 하루 일과였다. 여기저기 피어 있는 이름 모를 수많은 꽃과 각양각색 새들의 지저귐은 외로움에 지친 내 마음에 평화와 안정을 선물처럼 가져다주었다. 보이지 않는 감옥에서 하루하루 가슴 졸이며 살아가는 나에게 삶의 영양분을 공급하는 보고나 다름없었다. 흐드러지게 피어난 저 꽃들처럼 나도 활짝 피어날 수 있을까. 하늘 향해 두 팔 벌리고 보란 듯 우람하게 서 있는 저 나무들처럼 당당하게 자리매김할 수 있을까. 하늘을 나는 새들처럼 자유로울 순 없을까. 간섭도, 주목의 칼날도, 두려움과 고통이 없는 곳이 있을까. 지게에 나무들을 하나 가득 지고 미끄러지듯 산등성이와 계곡을 내려오면서 끝없이 이어지는 생각들로 무거운 줄도 몰랐다.

비바람, 눈보라에 조금도 흔들림 없이 제자리를 지키고 있는 바위들처럼 굳세고 담대하게 고향을 지키리라 생각했던 다짐이 흔들리기 시작했다. 흘러가는 구름을 보며 변화와 자유를 생각했다. 시련과 고난도 결코 나를 넘어뜨리지 못할 것 같았던 마음은 대자연이 보여 주는 변화 앞에서 눈 녹듯 사라지는 것 같았다.

'무에서 유'를 창조해 내는 주인공 중 하나가 되리라던 굳은 결심 또한 녹아내리는 얼음처럼 그 형체조차 찾을 수 없을 만큼 사라져 갔다. 인생 여정에 승리의 깃발을 꽂을 때까지 달려가리라던 꿈도 소망도 불꽃같이 타오르던 내 마음의 소원들도 허무하게 스러져 버리는 건 아닐까 하는 두려운 생각이 들었다. 넓이도 깊이도 알 수 없는 불안감이 내 머리와 가슴을 스치고 지나갔다.

어느새 얼굴은 눈물로 가득했다. 소리 내어 울고 싶다는 생각이 들었지만 마음먹은 대로 되지 않았다. 울음조차 마음 놓고 울 수 없는 어쩔 수 없는 내 성정과 처지가 한심하고 부끄럽고 원망스러웠다. 동네 사람들과의 어색한 만남도 싫었다. 그들과 대화하기도 싫었다. 오가며 만나는 사람들이 물어 오는 말들에 일일이 대답하기도 싫었다. 뜻 없이 나누는 인사조차도 겉치레처럼 보였기에 반갑지도 고맙지도 않았다. 들판을 휘젓고 다니던 젊은 날 다 보내고 양지 녘에 쭈

그리고 앉아 있는 동네 노인들을 볼 때마다 나는 저런 모습으로 늙어 가진 않겠다고 생각했다. 꿈도 희망도 없어 보이는 노인들을 마주하면 난 결코 저들처럼 되지 않겠노라 다짐했다. 하늘 아래 대나무 병풍처럼 둘러싸인 같은 동네에서 흉허물 없이 살아가는 사이지만 나와는 아무런 관계가 없는 것처럼 보였다. 마을 이곳저곳을 순찰하듯 돌아다니며 온갖 잔소리로 젊은 사람들 이맛살을 찌푸리게 하는 처신 또한 하지 않을 것을 스스로 결심했다. 지난날 저들이 윗대 조상들에게 물려받아 뿌리내리고 살아온 삶의 터전에 뿌린 피와 땀과 눈물 섞인 애환들을 하소연하듯 쏟아 내는 말들조차도 나는 내 후배 세대에게 하지 않겠다고 다짐하곤 했다. 그러나 마음 한구석엔 고향 사람들의 관심도 이해도 받고 싶다는 생각이 불쑥 들었고 그것들을 서로 나누지 못한 채 쓸쓸하게 생을 마감할 수도 있겠다는 불안감이 나를 더욱 우울하게 만드는 것이었다.

고향을 떠나 어디든 날아가고 싶었다. 묻은 먼지 털어 내는 것같이 시름에 애태우며 고민하는 내 마음이 씻겨 나갈 것 같았기 때문이다. 갈급한 내 마음을 그 누구에게도 내비칠 순 없었다. 말할 수도 없고 말할 수 있다 해도 반대하거나 무시할 것이기 때문이었다. 누이에게 털어놓을까 생각해 보았다. 가뜩이나 가족 뒷바라지에 눈코 뜰 새 없는 그녀의 처지가 눈에 어른거려 말을 꺼낼 용기가 나지 않았다. 동생들에게 말한들 어린 그들은 내 마음을 이해하지 못할 것이고 도리어 내 얘기를 고자질할 것 같았다. 만약 집안 어른들 귀에 들어가는 날에는 장손이 집안 대를 잇고 고향을 지켜야지 어딜 가려고 하느냐며 보이지 않는 밧줄로 나를 더욱 옥죌 것이 불 보듯 뻔했다.

생각이 꼬리에 꼬리를 물고 길게 이어질수록 내 마음은 어떻게든 고향 땅을 벗어날 생각에 골몰했다. 기회가 오기만 고대하고 바라던 어느 날, 6년 동안 같은 국민학교에 다니며 날 지독히도 괴롭히고 짓밟는 일의 중심에 있던 상권이 이복형을 알게 되었다. 상호라는 사람은 아버지는 같고 어머니만 다른 상권이와 동부이모(同父異母) 관계였다. 동네 어귀에서 우연히 만난 그는 잠시 쉬려고 고향에 왔다고 했다. 나는 내 무료함을 그에게 털어놓았다. 내 이야기를 듣고 그는 서울 변두리에서 조그만 양말 공장에 다니는데, 그 공장을 소개해 줄 수 있다고 했다. 기회를 찾던 나에게 이보다 더 좋고 기쁜 소식은 없는 것 같았다. 기대와 흥분이 고향을 떠나는 날까지 계속 이어질 것 같았기 때문이었다.

그날 이후, 이곳을 떠날 기회만 찾게 되었고 드디어 그날이 다가왔다. 상권이 이복형 상호 형과 서울역에서 만나기로 이미 약속이 되었다. 모두가 잠든 밤에 떠나기로 했다. 반나절 걸려 도착하는 서울행 야간열차를 타라고 했다. 그의 말대로 작은 가방 하나만 손에 들었다. 아무도 모르게 뜨기로 한 밤, 토굴 같은 내 방에는 묵은 때로 번들대는 내가 덮고 깔고 자던 이불만 덩그러니 남겨졌다. 떠난다는 한마디조차 남기지 않은 채 두려움과 설움에 바랜 수많은 사연을 오롯이 가슴에 묻고 무저갱같이 느껴지던 서삼면 금계리 여고 마을을 떠났다. 언제 또다시 이곳에 돌아오리라는 기약도, 계획도 없이 머리와 가슴에 돌처럼 박혀 있던 정든 고향을 떠나는 것이다. 누군가 내 이름을 부르는 소리가 내 어깨너머로 들리는 것 같아 뒤돌아보았다. 옆집 누렁이가 꼬리 치며 다가와 내 다리에 몸뚱이를 문질렀다. 뒷산 병풍처럼 서 있던 크고 작은 대나무들이 서로 부딪혀 낮에 묻은 먼지들을 털어 내고 있었다. 밤이슬에 운동화가 젖었다. 할아버지, 아버지가 거닐었을 논길을 지났다. 멀리 신작로가 보였고 그 길을 걷는 동안 수많은 기억이 머리를 스쳐 갔다. 언덕 너머 소쩍새 소리가 들렸다. 하늘에 총총 떠 있는 별들이 떠나는 나를 배웅하는 것 같았다. 동네 사람들과 마주칠세라 야반도주하는 사람처럼 옷깃을 세우고 걸었다. 손에 든 작은 가방의 끈을 힘껏 감아쥐고 앞만 보고 걸었다.

　장성에서 서울까지 12시간 정도 걸릴 거라고 했다. 난생처음 기차를 탄다는 기대감과 호기심에 고향을 등지는 불안감이 거짓말처럼 사라졌다. 서울행 완행열차를 타기 위해 뛰듯 걷는 내 앞날에 행운이 있길 빌었다. 슬픔 대신 기쁨이, 울음과 고통 대신 웃음과 위로가 내 그림자처럼 언제까지고 나와 함께하길 바랐다. 내가 이 땅에 존재하는 한 나와 함께할 그림자. 그 그림자가 내 발걸음에 맞추어 움직이고 있다. 앞서거니 뒤서거니 걷듯 뛰듯 그림자와 함께 간다. 기약 없이 떠나는 고향 밤길에 안개가 끼었다. 밤안개를 헤치며 내일 새벽에 도착하는 서울행 기차를 타기 위해 장성역으로 간다. 설렘과 불안을 양어깨에 짊어지고 가는 것이다.

아, 서울

태어나 처음 와 본 서울역 광장 앞마당은 삼삼오오 짝지어 몰려갔다 몰려오는 사람들로 인산인해를 이루었다. 사람들 목소리가 마치 봄 논 속 개구리 소리처럼 들렸다. 형형색색 자동차들이 쏟아 내는 비명처럼 들려오는 소리들은 여기가 분명 대한민국 수도 서울임을 알게 하는 데 충분했다. 두리번대며 낯설어하는 나를 바라보고 웃음 짓는 사람도 있었다. '용기 없는 못난이'라 흉을 보는 것 같아 마음이 쪼그라들었다. 막 도착한 시골 촌놈 여기 있다고 서울 사람들에게 알리는 것 같아 가뜩이나 주눅이 들어 있는 나를 더욱 오그라들게 하는 것이었다. 서울로 올라오는 도중에 대전역 근방에서 급히 우동 한 그릇으로 빈속을 채웠지만, 시장기를 없앨 순 없었다. 이른 아침 시간에 낯선 도시에서 음식점을 찾는다는 것이 얼마나 어렵고 힘든 일인지 가르쳐 주지 않아도 알 듯했다. 점심때를 기다렸다가

허기진 배를 채우리라 생각했다.

　서울역 택시 정류소 앞에서 만나기로 한 상호 형을 기다리기로 했다. 하늘이 밝아지면서 잘 보이지 않던 것들이 내 눈에 하나씩 들어와 박혔다. 점점 희미해지다 마침내 꺼져 가는 가로등 밑에 쭈그렸다 일어서기를 반복했다. 각양각색 옷을 입고 밀려오고 밀려가는 사람들 움직임이 신비롭게 보였다. 아래위 옷차림을 힐끗 보고 씽긋 웃는 사람에게 나도 어설픈 웃음을 보냈다. 낯선 곳에서 낯모르는 사람과 눈을 맞추고 웃음을 교환하는 우스꽝스러운 일이 생기기도 했다. 해진 손가방을 들고 낡은 고무신을 신고 빛바랜 바지와 구겨진 윗도리를 입은 채 허수아비처럼 서 있는 내가 신기해 보였을 것이다. 두메산골에 살다 서울에 올라온 사람이라 생각했을 것이다.

　동네 사람들이 가끔 하던 말들이 생각났다. 서울에는 갓 올라온 시골 사람들 코를 베어 간다는 것이었다. 순간 무서워졌고, 어디선가 나를 노리고 있는 사람이 있을 것 같아 주위를 살폈다. 어느새 손바닥엔 땀이 나 얼굴이 붉게 달아올랐다. 고향의 맑고 신선한 공기와는 사뭇 다른 매캐하고 텁텁한 공기가 나를 어지럽혔다. 지천에 초록색 이파리들 대신 콘크리트 건물로 둘러싸인 회색빛 도시, 말로만 듣던 서울에 서 있다는 사실이 믿어지지 않았다.

한 치도 내다볼 수 없는 복잡하고 혼란한 미지의 땅 서울에 첫발을 내디디며 어디서, 무엇을 하며, 어떻게 살아가야 할지 대책도 방안도 없었다. 서툰 도시 생활 참고 견디다 보면 언젠가는 적응할 것이고, 그렇게 시간이 흐르다 보면 서울 생활에 익숙한 서울 사람이 될 거라고 스스로 위로했다. 찬 바람에 마음도 몸도 얼어붙는 것 같았다. 따스한 아랫목이 생각났다. 넉넉한 웃음과 이해와 양보가 해처럼 빛나던 고향 집이 그리웠다. 말을 걸거나 나를 아는 사람은 없었다. 힐끗거리며 지나치는 사람들 눈총을 온몸으로 받으며 서 있어야 하는 답답하고 처량한 마음을 토로할 사람이 한 사람도 없다는 현실만 덩그러니 남아 있었다. 상경한 지 몇 시간 안 되어 나약한 생각에 빠져 있는 나를 발견하곤 화들짝 놀랐다.

서울역 앞에서 만나기로 상권이 이복형 상호 형이 내 앞에 나타났다. 약속한 시간보다 늦게 도착했다. 시골에서 막 올라온 내가 그의 눈에 한심하게 보였는지 그는 나를 아래위로 훑어보며 말했다. "돌아갈 기차표를 줄 테니 다시 고향으로 돌아가도 좋다." 무슨 뜻으로 그렇게 말했는지 그때는 몰랐다. 어정쩡하게 바라보는 나를 보던 그는 근처 빵집에 데리고 갔다. 종일 굶은 내 코를 자극하는 난생처음 맡는 빵 향기는 나의 오감을 자극했고, 오장육부를 요동치게 했다. 무한정 먹을 수 있을 것 같은 부드럽고 향긋하고 달콤한 빵과 과자가 진열되어 있는 곳에서 나는 생각했다. 사람들이 서울에 그토록 오고 싶어 하고 가고 싶어 하는 이유와 이 맛난 것들을 얻기 위해 얼마나 많은 수고와 노력을 해야 할지 스스로 깨닫게 되었다.

1959년, 대한민국 수도 서울은 6.25 전쟁으로 폐허가 된 건물들과 도로를 복구하는 등 흔적 지우기에 모든 힘을 쏟고 있었다. 전쟁통에 부서지고 없어진 삶의 터전들을 회복하느라 너 나 할 것 없이 땀 흘리고 있었다. 그 와중에서 먹고사는 문제는 죽느냐 사느냐 사선을 넘나드는 치열한 전쟁과도 같았다. 기차역 앞이나 전차, 버스 정류장 앞에는 기차나 전차에 짐을 싣고 내리는 화주들을 기다리는 지게꾼들이 장사진을 치고 있었다. 어디선가 "어이, 지게!" 하고 부를라치면 던져진 먹이에 달려드는 배고픈 맹수처럼 부른 사람에게 달려가 자기 지게에 짐을 실으려는 밀고 당기는 경쟁이 일어나는 것이었다.

크고 힘이 세 보이는 젊은이에게 밀린 늙은 지게꾼은 다 잡은 새를 놓친 것만큼이나 아쉬워했다. 끌어 올리던 물고기를 놓친 사람처럼 안타까움에 쓴 입맛을 다시는 것이었다. 하루 품삯을 보장받은 젊은 짐꾼의 행운을 부러운 듯 바라보며 다음 기회를 노리는 늙은 지게꾼 표정을 지금도 잊을 수 없다.

상호 형이 나를 데려간 곳은 안암동에 있는 양말을 가공하는 작은 공장이었다. 그때는 몰랐지만 서울 지리를 차차 알게 된 후 그곳이 종로6가 근처 대학천 근방에 있는 작업장이었음을 알게 되었다. 청계천과 종로 사이에 흐르던 청계천을 콘크리트로 복개하였는데, 그 위에 지어진 수많은 판잣집이 무질서하게 난립해 있던 곳이었다. 집과 집 사이에 둘러싸여 있는 작은 공간에서 사람들이 이곳저곳 군데군데 앉거니 서거니 하고 양말을 가공하는 것이었다. 끊임없는 양말짜는 수동 기계 소리와 섞여 나오는 노랫소리들이 매캐하고 텁텁한 실내 공기를 달구고 있었다. 나는 그 음악 소리가 네모반듯하게 생긴 자그마한 상자같이 생긴 곳에서 흘러나온다는 것을 알게 되었다. 시골 고향에서는 들어 볼 수 없었던, 서울에 올라와 처음 들어 보는 노래들은 유행가라고 했다. 그 음악 소리에 나는 더욱 주눅이 드는 것 같았다. 그러나 힘들게 일하는 사람들에게 그 노래들은 그들의 피로를 얼마만큼이나마 덜어 줄 수 있겠다는 생각이 들었다.

쇠 다리미로 가공된 양말을 다리고 포장하여 매장에 납품하기 전까지 모든 과정이 이어졌다. 수동 기계로 양말을 짜고 다리미로 다리고 포장까지 하는 것이 여기서 내가 할 일이라고 했다. 양말을 짜는 기술과 함께 가공하고 포장하는 일에 숙달되도록 열심히 하라고 상호 형이 나에게 말했다. 물설고 낯선 서울에 올라와 미로 같은 공장에서 한 발 한 발 적응해 나가는 바야흐로 서울 시민으로서 자리매김하기 시작하는 순간이었다.

　양말을 다리고 포장하는 일이 계속 이어지지 않을 때도 있었다. 비수기라고 하는 시기가 계절처럼 변화를 따라 나타나곤 했다. 월급이 당연히 작거나 없을 때도 있었다. 그때마다 나는 이 일과 다른 업종에 종사해야 했다. 어차피 돈을 벌기 위해 이곳 서울에 올라왔을 때는 어떤 일이라도 해야 한다는 각오를 했기 때문이었다. 공장 가까이에 있는 중국 음식점에 들어갔다. 그곳에서 철가방을 들고 음식 배달을 하는 거였다. 그때 임금으로 얼마를 받았는지는 생각나지 않는다. 다만 먹여 주고 재워 주는 조건이면 어디든 가야 했고 무엇이든 해야 했었기에 주인이 수고비라는 명목으로 주면 고맙고 주지 않으면 그대로 감수할 수밖에는 별도리가 없었던 때였다. 여름엔 뚝섬 근방 물놀이 지역에서 수영하는 사람들 옷을 보관하는 일을 했다. 수영복을 갈아입는 텐트를 설치하고 그곳을 지키고 돈을 받는 일이었다. 그러나 그 일도 오래 지속할 수 없었다. 그해 여름은 지난여름

과는 달리 몹시 내리던 비와 바람으로 수영을 즐기려는 사람들이 줄었기 때문이었다.

 2년여간 이곳에서 일하며 나는 말로만 듣고 글로만 읽었던 4.19를 직접 보고 겪었다. 인근 대학교에 다니는 학생들이 어깨동무를 하고 이리저리 물밀듯 몰려다니며 시위하는 모습을 보았다. 무엇이 저들을 저토록 흥분케 했는지 그땐 잘 몰랐다. 그들 또래이던 나 역시 그들처럼은 아니지만 어떻게든 나타내 보일 수만 있으면 그렇게 했었을 어떤 뜨거운 감정들을 경험했다. 가능하면 나도 저들과 함께 뒤섞여 함께 뛰고 소리치고 싶다는 생각이 불같이 들었다. 그러나 그들과 나는 뿌리부터 다른 어떤 커다란 이물감이 있는 것 같았다. 말로 할 수 없는 그것은 자유와 평등을 위한 모든 사람의 바람을 대표하기 위한 숭고한 희생의 시작이었고 그것은 배움에 젖어 있는 저들 몫이었음을 나중에야 알게 되었다.

삼영 편물 학원

　처음 들어간 양말 공장에서의 경험은 좀 더 큰 공장에서 더 많고 색다른 제품들을 접하고 그것들을 만드는 기술을 배우고 싶다는 생각을 가지게 했다. 그 시점에 작은아버지가 고향인 장성을 떠나 정읍으로 이사했다는 소식을 들었다. 숙부는 나에게 낯선 서울에서 고생하지 말고 이곳 정읍으로 와서 함께 일하자고 했지만 난 이곳에 있기를 원했다. 돈 벌려고 찾아온 서울에서 씨 뿌려 열매를 맺을 때까지 참고 견뎌 볼 심산이었기 때문이었다.

　어깨너머로 배우고 익히던 편직 기술을 체계적이고 합리적으로 가르치는 학원이 여기저기 생겨났다. 함께 일하는 사람들의 입소문을 듣고 알게 된 학원에 들어갔다. 무언가 더 깊이 배우고 싶다는 생각이 들었기 때문이었다. 내가 다니던 청계천 근방 양말 공장에서 얼마 떨어져 있지 않은 동대문구 창신동에 있던 편물 학원에 들어갈 수 있게 되었다. 사설 학원이었기에 수업료도 있었다. 분야별로 가르쳐 주는 교사들의 친절한 가르침에 나는 비교적 빠르고 정확하게 편물 기계를 이용하여 만들어 내는 스웨터 짜는 기술을 익힐 수 있었다. 수많은 사람이 배우고자 찾아온 학원에는 학교에 진학하지 못한 나와 비슷한 또래의 젊은 청소년들이 가득했다.

경제 개발 5개년 계획 아래 정부는 수출 장려 제품으로 가발과 스웨터를 지정했다. 산업 인력 조달과 값싼 인건비로 만들어 낼 수 있는 후진국형 제품으로 이런 품목들을 선정한 것이었다. 국가 시책에 발맞춰 잽싸게 생겨나던 관련 학원들은 아마도 국가의 지원을 받아 설립되었을 것이라고 생각했다. 학원에 등록하여 그곳을 다니며 얻게 되는 여러 가지 정보는 편물 학원을 수료한 사람들은 물론 앞으로 이런 기술을 배우고자 하는 사람들에게 유용한 취업 정보였다. 편직 기술을 배우고자 하는 수많은 사람에게 새로운 삶의 터전과 새로운 직업으로 나갈 수 있는 길을 열어 놓은 셈이었기 때문이다. 내 나이 스물넷, 서울로 올라온 지 수년이 지나 서서히 움트기 시작하는 대한민국의 부흥과 발전에 현실적으로 참여하기 시작한 때이기도 했다.

학원을 수료하고 나서 나는 필동 사거리에 위치한 당시 이름만 들어도 알 만한 편직 공장에 입사하게 되었다. '흑마표 주름치마'라는 상표를 가진 회사였다. 경제 개발의 초점을 수출에 두고 모든 역량을 집중하던 국가 시책에 따라 국가에서 지원하는 사업체였다. 그 공장에는 크기와 규모에 걸맞은 작업 체계가 잡혀 있었다. 아무렇게나 입고 일하던 다른 영세 공장과는 다르게 작업 중에도 정장과 넥타이를 착용해야 했다. 경력과 관록이 있는 담당 기사 밑에서 3개월간 그의 작업 지시를 따라 기술을 익혀야 하는 규칙도 있었다. 나는 그곳에서 3단계 작업 공정에 따라 생산되는 스웨터와 가발 등을 가공하는 작업에 참여했다. 이 공장에서 일을 하는 동안 나는 편직 기술을 익히게 된 이후 가장 소중한 시간을 가질 수 있었다. 나도 언젠가 기회가 되면 독립하여 내가 직접 공장을 운영할 수도 있겠다는 자신감을 갖게 된 것이다. 양말이라는 최소한의 제품 생산 범위를 벗어나 더 광범위한 분야인 스웨터 생산에 도달할 수 있으리라는 희망을 갖게 된 것이다. 내 일생에 가장 반짝이던 때, 그때를 나는 도약기라고 스스로 단언하고 싶은 것이다.

객지인 서울에서 돈을 벌겠다는 신념 하나로 모여든 사람들 사이에서 열심히 일한 결과 부지런하고 눈썰미 있는 사람으로 인정받았다. 굶지 않을 뿐 아니라 잘 곳이 있다는 것 하나만으로 만족하고 감사했다. 이 행복을 지속시키기 위해선 공장주 눈에 들어야 했다. 이런 나의 생각은 행동으로 나타났다. 한 달에 한두 번 쉬는 날 사람들은 공장 근처 극장으로 몰려가 영화를 보고 마음이 맞는 사람들끼리 술을 마시기도 했다. 그러나 나는 그들과 어울리지 않았다. 보고 싶고, 먹고 싶었지만, 돈 버는 일에 우선할 수 있는 것은 없었다. 더 많이 일하는 사람에게 돈은 들어온다고 생각했다. 남들과 같이 먹고 마시고 즐기는 동안엔 결코 돈은 나를 찾아오지 않을 것이라고 생각했다. 돈이 없으면 가난의 그림자를 벗어 내지 못할 것이고 하고 싶은 것도 못 한다는 생각이 나를 일벌레로 만들었다.

휴일에도 작업장에 널려 있는 잡동사니를 치웠다. 아무렇게나 흩어져 있는 작업 자재들을 정리 정돈하여 다음 날 출근하는 사람들을 놀라게 했다. 사장은 공장 인부들에게 날 본받으라며 시간이 날 때마다 날 치켜세우곤 했다. 주인에게 잘 보이기 위한 행동이어서 내 열심은 능동을 가장한 수동적인 것일 수밖에 없었다. 열심이 최선이라는 생각에도 한계가 있었기 때문이었다. 직접 공장을 운영하는 사람의 입장에서는 진짜 칼로 싸우는 전쟁 같은 능동적 열심일 것이라고 생각했다. 사장과 종업원들이 바라보는 관점은 크게 달랐다. 언제 떠날지 모르는 일터에서 주어진 일에 적당히 근무하면 될 것을 쉬는 날까지 공장에 나와 일을 하면 우리는 맘 편히 쉴 수 있겠느냐는 힐난의 화살을 나에게 쏘아 댔다. 근면, 성실, 솔직함만을 놓고 좋고 나쁨을 판단할 순 있으나 옳고 그름도 따져 봐야 한다는 것을 그때 알게 되었다. 사람들마다 생각이 다르고 각자 소망도 목표도 같을 수 없겠다고 생각했다. 틀린 것이 아닌 다른 가치관, 그런 것들로 인해 사람들 간 오해와 반목과 증오가 싹트고 자라서 끝내 파탄에 이르는 쓴 뿌리가 될 것이다. 양보와 침묵, 참음 또한 사람이 살아가는 데 중요한 삶의 요령이 될 수 있음을 터득하게 되었다.

전쟁터 같은 삶의 현장에서 상대를 높이고 나를 낮추다가 상대방을 위해 죽는 척이라도 하는 것이 사랑이고 화합이며 협동일 것이라고 나는 생각했었다. 사람과 사람 사이 관계에서 솔직함이 최선이라 생각해 왔다. 그러나 그것은 어리석고 순진한 내 짧은 생각에 불과했다. 솔직함은 때론 흉기로 변해 나에게 되돌아오는 부메랑이 될 수 있겠다는 생각이 들었기 때문이다. 스스로 만족한 사람에게서 흘러나오는 자연스러운 희생을 철들었다고 말하는 것은 아닐까 생각했다. 다른 사람의 가능성과 내가 지닌 가능성을 비교할 수 있게 되었다는 것과 다름없다고 생각했다. 철듦의 희생을 실험해 보고 경험하면서 살아가는 것이야말로 내 삶의 좋은 밑거름이 될 수 있을 것이라고 생각하며 하루하루를 보내던 내 생애 인생 경험의 장으로 기억한다.

죽음의 그림자

한가위 명절을 서울에서 보낼 때마다 못 견딜 만큼 고향 식구들 생각이 났다. 몸은 타향에 있지만 마음은 고향에 있었다. 휘영청 밝은 달 아래 옹기종기 모여 송편을 빚으며 옛날부터 전해 오는 이야기를 어른들을 통해 들었었다. 그때마다 나고 자란 내 고향이 자랑스러웠고 사랑스러웠다. 땀 흘려 키워 낸 각종 과일과 곡식으로 조상을 기리는 차례에 동참하던 기억이 새롭게 떠오르기도 했다. 어린 나이임에도 종손이라는 신분적 특혜로 집안 어른들과 자리를 함께했고 제사 때마다 앞자리에 섰었다. 이번 한가위에는 일가친척들을 만나 보리라 다짐했다. 아무도 모르게 도망치듯 떠나온 나 때문에 무던히 애달파 할 어른들 생각이 났기 때문이다.

해마다 그랬듯 평상시보다 몇 배 더 많은 제품이 추석 대목 수요를 타고 전국 시장에 납품되었다. 팔려 나가는 만큼 공급 물량이 달렸고 이에 맞춰 작업을 더 해야 하는 몫은 고스란히 직공에게 돌아갔다. 주간, 야간 가릴 것 없이 계속된 일을 마치고 숙소에 돌아와 눕자마자 잠이 들었는데, 그다음 기억은 내 머리에 남아 있지 않았다. 며칠 동안 잠을 잤는지, 자는 동안 무슨 일이 일어났는지 도무지 기억할 수 없었다. 깊은 잠에 빠져 있다가 잠깐씩 되돌아오는 흐릿한 의식만 있었다. 웅성대는 사람들 목소리와 그림자들만 내 귀와 눈언저리에서 어른대고 있다는 실낱같은 직감만 겨우 내 뇌리에 남아 있을 뿐이었다. 흐릿해진 내 눈망울에 들어와 박힌 글자가 있었다. 검은색 전봇대에 '군포역'이라 쓰여 있는 글씨였다. 까무룩 멀어지다 점점 크게 다가와 나를 삼킬 것 같은 몽환적 두려움이 파도처럼 밀려와 나를 떨게 했다. 어릴 적 당했던 구타와 욕설들이 잔뿌리로 묻혀 있다가 굵은 대나무가 되어 달려드는 꿈을 꾸었다. 귀에 익은 소리에 눈을 뜨고 주위를 살폈다. 점점 뚜렷해지는 '실루엣'은 내 어머니와 할머니였다. 주름 가득한 얼굴로 내 얼굴을 맞대며 쭈글쭈글한 손으로 감싸듯 다가오는 할머니와 어머니. 그 모습을 보고 다시 깊은 잠에 빠져들었다.

출근 시간에 작업장에 나타나지 않는 나를 이상히 여긴 사장 지시에 내 숙소에 온 공장 동료는 죽은 듯 잠에 빠져 있는 나를 발견했다고 했다. 깨어났으나 일어나 앉지 못하는 내 상태를 사장에게 알렸다고 했다. 정상 작업은 불가능하다고 판단한 사장은 나를 데려가라고 고향에 전보를 쳤다고 했다. 물량 맞추기에 바빠 병원에 데려가지 못했다고도 했다. 입원을 시킬 요량은 없어 보였고, 의사 진단도 약을 처방받을 기회도 없었다고 했다. 목숨이 보전된 상태인 것에 감사하라는 듯 그들의 말과 행동은 떳떳해 보였다고 나를 데리고 가려고 서울에 온 남동생이 나에게 말했다. 대학천 판자촌 옆 가공 공장의 고된 일에 견디지 못하고 영양실조와 과로로 쓰러진 것이었다.

근면과 성실과 정직, 아름다운 삶의 가치들은 이성화하고 논리화하는 것에 미치지 못한다는 걸 알게 되었다. 사람은 누구나 자기 위주로 살 수밖에 없는 존재들이라는 것도 깨닫게 되었다. 세상엔 모든 것을 믿고 따를 사람이 없다는 슬프고 절망적인 사실을 알게 되었다. 거짓말쟁이들의 말장난에 속아 살아가는 것이 인생이라 생각했다. 부모에게 좋은 머리 물려받고 태어나 꼭두각시처럼 살아가는 삶이라면 사람으로 태어나 해서는 안 될 일 중 하나일 것이라고 생각했다. 짧은 배움도 그 이유 중 하나일 수도 있겠다고 생각했다. 난 분노와 증오를 이성화하고 논리화하는 데 실패했다. 아니, 훨씬 미치지 못하고 할 수도 없다는 현실적 부족함을 인정하고 쓸쓸히 고향 땅을 밟아야 했다. 영양실조와 과로로 인한 심신 박약이라는 병명만

훈장처럼 달고 내려온 것이다.

 나는 집에 돌아온 뒤 얼마 되지 않아 기운을 회복했고 의식을 되찾
았다. 나는 동생에게 고향으로 올 때 일어난 일들과 내 귀에 들리고
내 눈에 보이던 웅성거림과 그림자들은 무엇이었는지 물었다. 비몽
사몽간 나만이 느끼고 있었던 일들에 관해 알고 있는 사실들을 말해
달라고 동생에게 말했다. 눈은 뜨고 있었지만 앞이 보이지 않는 듯
비틀거리다 넘어지곤 했다고 동생은 나에게 말했다. 분명치 않은 발
음이지만 난 말을 했고 의사 표시도 가능했었다고 했다. 주위에서
들리는 소리에 반응을 했다고 했다. 장성행 기차를 기다리는 중에
내가 갑자기 의식을 잃고 대합실 바닥에 쓰러지는 바람에 오가는 사
람들이 몰려들었다고 했다. 아마도 그것이 웅성거림으로 내 귀에 들
렸을 것이라고 동생은 말했다.

 분명히 들을 수 있었다. 무슨 말을 하는지 상대편 말을 듣고 내 형
편과 처지를 직접 보는 것처럼 알 수도 있었다. 생각은 명료했고 무
슨 말이든 할 수 있었다. 잔잔한 바다에 누워 있는 것처럼 마음이 편
했고 주위가 조용했다. 말하고 싶었고 만지고 싶었다. 누구와 말하
고 싶다는 생각이 들었다. 그러나 그것은 내 생각이고 느낌일 뿐 행
동으로 옮겨지지 않았다. 보이지 않는 무거운 바위에 눌린 듯 꼼짝

할 수 없었고, 숨조차 쉴 수 없을 정도로 가벼운 존재로 느껴졌다. 움직일 수 있는 것이라곤 눈동자와 들을 수 있다는 사실에 반응할 수 있는 것뿐이었다. 깃털조차 들어 올릴 힘이 없었다. 입을 벌릴 힘도 없었다. 입 속에서 웅얼댈 뿐 말을 할 수 없었다.

승객용 의자 하나를 차지하고 누웠다고 했다. 내가 누웠기 때문에 서서 가야 했던 승객들의 따가운 눈총을 나를 대신하여 동생이 모두 받았다고 했다. '사망의 음침한 그림자'가 날 덮으며 죽음의 문턱을 향해 손짓하던 때를 난 지금도 기억할 수 있다. 편하고 안락한 느낌이 죽음에 이르는 문이라면 더 이상 죽음을 두려워하지 않아도 될 것 같다고 생각했다. 간섭도 눈총도 없는 편하고 안락한 죽음 문턱을 경험했기 때문이다. 인생 절정기, 헤치고 걷는 길이 나의 길이 될 수 있을 청춘기, 갓 스물에 세상을 떠날 수도 있었을 그 시절이 굵디굵은 삶의 나이테로 지금까지 내 기억에 남아 있다.

대학천 판자촌 근처 양말 가공 공장에서 일하는 동안 과로와 영양 실조로 쓰러졌던 나는 고향에서의 체류 기간 동안 심신이 회복되었다. 내가 태어나 자라던 그곳이 그 어떤 병원보다 더 훌륭한 치료 장소였음을 실감하는 기회이기도 했다. 뚜렷한 회복 기미가 보이자 나는 작은아버지가 살고 있는 정읍에 갔다. 그곳에는 어머니가 작은아버지 식구들과 함께 생활하고 있었다. 나의 죽어 가는 모습을 상상하며 위급함을 알리는 전보 내용을 읽었을 그들 앞으로 걸어 들어갔다. 자연스레 문을 들어서는 나의 모습을 보고 모두 놀랐다.

그들은 죽었다가 다시 살아난 사람을 대하듯 나에게 온갖 정성을 다해 잘 대해 주었다. 걱정 너머 안도함이 뒤섞인 말과 행동들로 그들이 나타내 보일 수 있는 모든 것들이 나에게 피부로 다가오는 것을 느낄 수 있었다. 어머니가 내 곁에 계신다는 사실 또한 나에게 위로가 되었다. 시간이 흐르고 건강을 되찾은 것으로 판단한 작은아버지는 이번 기회에 나에게 그가 새로 시작한 김을 떼어다 파는 장사를 가르치려는 듯했다. 서울의 복잡한 삶의 영역에서 벗어나게 하고 숙부 그늘 아래 두고 싶어 하는 것 같았다. 어디서 어떻게 어떠한 과정을 거쳐 김을 도매로 확보하여 소매로 팔곤 했는지 나는 몰랐다. 아무튼 숙부는 김을 시장에 내다 파는 사업을 하고 있었다. 그리고 그 일을 나에게 전수하려는 듯 보였다.

융통성이라고는 눈곱만큼도 없는 나의 수줍음과 겸연쩍음의 행동이 사진처럼 고스란히 사람들 앞에 나타나곤 했다. 물건을 팔기 위한 장사꾼으로서 해야 하는 최소한의 행동조차도 배우고 따라 하기 너무나 힘들었고 이질적으로 보였다. 내 입을 벌려 소리를 내는 것임에도 불구하고 사람들을 향해 김을 사라는 말을 내뱉지 못했다. 수많은 사람이 오가는 시장에서 나를 바라보는 뭇사람의 눈총이 나를 더욱 주눅 들게 했기 때문이다. 그곳에서 2년간 머물며 작은아버지를 위해 내가 한 것은 없었다. 물건을 파는 일에 소질이 없어 보였는지 숙부는 더 이상 나에게 김을 팔라는 말을 하지 않았다.

나는 집에서 그리 멀지 않은 내장산 근방 야산에서 방구들을 데울 땔감 나무를 하는 것이 좋았다. 나무하는 일은 힘들고 어려웠지만 고향 앞산에서 나무하며 즐거웠던 기억이 새롭게 떠올랐다. 아궁이에 들어가기 좋게 도끼로 잘게 잘라 벽에 기대어 쌓아 놓았다. 집 마당과 담 둘레마다 땔감이 서서히 자리매김하는 모습을 보면 행복하

고 즐거웠다. 온 식구와 따뜻하게 보낼 수 있는 겨울이 더없이 기다
려지기도 했다. 그 일이 나로선 더 편했고 자연스러운 행위의 근거
였으며 타당한 합리적 이유이기도 했다.

아버지처럼 다정다감하게 돌봐 주던 숙부와 사촌들과의 동거는 땔
감 나무가 거의 바닥을 보일 즈음, 그해 겨울을 마지막으로 그곳을
떠나야 했다. 내 몸은 원상태로 회복되었고 내가 처음 서울로 올라
와 느꼈던 '양말 가공과 제작 기술이 내 적성에 맞는 것이 아닐까?'
라는 생각이 나를 감쌌기 때문이었다. 편직 기술을 더 배우고 다양
하게 경험할 수 있는 삶의 현장으로 나가기로 결심한 것도 커다란
이유라면 이유였다. 내가 정읍에 온 지 2년여 동안 작은아버지 집에
서 친척들과 함께 생활하던 어머니와도 자연스레 작별을 고했다. 더
나은 작업 환경을 만드는 그날, 나는 어머니를 서울로 모셔 오기로
마음속으로 다짐하고 정읍 작은아버지의 집을 떠나 다시 서울로 올
라왔다.

보자기로,
가마니로 알다(필동)

　양말을 짜고 임가공을 하여 포장하는 단순 작업 형태에서 스웨터를 생산하는 공장으로의 이직은 나에게 많은 새로운 경험을 할 수 있는 기회를 가지게 하였다. 기술자와 몇 명 직공이 조를 편성하여 분야별 분업 형태로 작업하는 공장이었다. 예전에 근무하던 양말 공장과는 비교할 수 없을 만큼 작업량이 많았고, 일하는 사람들 수도 많았다. 쇄도하는 주문량을 해결하기 위해 주인과 생산자가 정해진 비율로 수익률을 나누는 작업 형태가 유행처럼 번지던 때이기도 했다. 3단계 작업 공정 체계를 통해 분업의 형태로 작업이 진행되었는데, 완제품이 되기까지 가공하고 포장하는 일련의 과정을 경험하면서 나는 갖가지 새로운 작업 체계에 관심을 가지게 되었고, 장차 내가 직접 공장을 경영할 수 있는 유익한 경험을 실전처럼 쌓게 된 계기가 되었다.

다양한 유형의 작업자와의 만남과 교분은 자연스러운 것이었고, 그들과 오가며 새로운 정보를 교환하기도 했다. 평소 이론적으로 알고 있는 것과 그것을 행동으로 옮기는 실천 과정과는 하늘과 땅만큼이나 차이가 있을 수 있음을 알게 되었다. 규모가 큰 공장에서 경험을 쌓아야겠다는 생각이 들어맞았다고 나는 생각했다. 일하는 직공들이 많으니 그들 사이에서 갖가지 사건이 끊임없이 일어나곤 했는데, 거의 사람들 간에 일어나는 사소한 일상의 것들이었다.

한창 작업에 열중하고 있는 날 향해 누군가 의자를 던져 나는 팔에 심한 부상을 입었다. 순식간에 일어난 일로 작업장은 아수라장으로 변했다. 내 몸을 강타한 후 둔탁한 소리와 함께 부서진 나무 의자 조각이 사방에 흩어졌다. 무방비 상태에서 일에 골몰하던 나에게 닥친 급작스러운 공격으로 나는 어떤 대처도 생각할 겨를조차 없이 고스란히 몸으로 맞고 당해야 했다. 머리에서부터 흐르는 피가 눈에 흘러들어 눈 속이 따갑고 쓰라렸다. 나를 공격하는 상대를 바라보려고 비틀거리며 눈을 떠 보았으나 찡그려진 눈으로, 흐릿해진 초점으로 가물거리는 상대를 똑똑하게 바라볼 수 없었다. 발과 주먹이 쉴 새 없이 내 몸을 강타했고 무지막지한 폭력은 계속 이어졌다. "이 새끼, 죽여 버릴 거야…."

쓰러져 있는 날 둘러싸고 웅성대는 사람들 목소리가 내 귀에 들렸다. 별안간 일어난 일로 작업을 멈추고 나에게 다가온 사람들이 내는 목소리였다. 와자지껄한 소리에 유독 경상도 사투리들이 내 귀에 들어와 박혔다. 일방적 폭행이었음에도 적극적으로 말리기보다 이 사태를 구경하며 즐기는 사람들이 모두 나의 적으로 보였고 나는 그들이 무서워지기 시작했다. 이렇게 계속 얻어맞다가는 쥐도 새도 모르게 죽을 수도 있겠다는 생각이 들었다. 이곳에 지역감정의 뿌리가 보이지 않게 심겨 있음을 알게 되자 위기감과 공포심이 나를 엄습했기 때문이었다.

살아야겠다는 본능은 절박한 반격으로 변했다. 쇠 파이프와 각목, 작업용 기구 등 내 손에 잡히는 것들은 모두 나의 본능적 반격용 무기로 사용되었다. 악의 없고 단순하며 감성적 성격이 농후한 나였다. 묵묵히 주어진 일을 하며 친밀감이 남다르던 나였다. 누구에게나 친절하고 밝게 대하던 나였다. 나의 감추어진 내면의 행동 변화가 싸움에 직간접적으로 가담하게 했고, 날 둘러싸고 있던 동료 모두를 놀라게 하기에 충분하도록 내 모습과 행동은 철저히 변했다. 나의 숨겨진 의외성에 공장 사람들은 나를 다시 보는 것 같았다. 나를 착하고 우직하게만 바라보던 사람들도 다시는 나에게 함부로 하지 않는 것이었다. 뜻밖에 벌어진 폭력 사태로 나는 잃은 것도 있지만 얻은 것 또한 적지 않음을 알게 되었다. 힘에는 힘으로, 말과 행동은 실천과 열매로 나타난다는 평범한 삶의 이치를 다시 한번 경험한 기회였다. 적어도 이곳 작업장에서만큼은 일방적인 폭력의 피해자가 더 이상 되지 않을 것이라고 나는 생각했다.

　나를 공격한 사람은 '편직 세팅'을 담당하는 실장이었다. 평소 같은 작업장에서 함께 일하던 어떤 한 여공과의 애정 불화로 인해 일어난 갈등이 이유였다고 했다. 그는 자기도 모르게 분풀이의 화살이 나에게 고스란히 날아간 것 같다고 했다. 하소연할 사람이 없자 술을 마시고 '묻지 마' 폭행을 한 것이었다고 했다. 그 실장과 사귀던 여 직공이 나를 좋아하고 있는 것으로 오해를 했다는 것이었다. 믿을 수 없는 그의 일방적인 착각과 판단에 따른 행동 결과에 나는 아무런 대답을 할 수 없었다. 사과를 했지만 진정한 사과였는지 의문이 남았다. 아무리 그래도 그렇지, 아무런 증거나 이유도 없이 나에게 그토록 지독하고 일방적인 폭행을 가했다는 사실에 어이가 없었을 뿐이었다. 작업 중간에 잠깐 주어지는 휴식 시간마다 몇몇 여공이 차(茶)와 간식거리들을 가지고 다니며 나누어 주곤 했다. 나에게 다가와 차를 나누어 주는 그 여직공을 보고 나에게 애정을 품은 것으로 착각하고 질투심에 못 이겨 그런 행동을 하지 않았나 생각했다. 평소 나에 대한 불만과 나를 얕잡아 보려는 내면의 의식들이 쓴 뿌리처럼 얽매여 있다가 폭발한 것이 아니었을까 생각했다. 그토록 이해할 수 없는 폭력을 가하는 그들의 마음속엔 무엇이 들어차 있는지 생각했다.

세상에는 실로 이해할 수 없는 일들이 우후죽순처럼 피어나 삶의 지경 여기저기에 지뢰처럼 숨겨져 있을 것이라는 생각이 들었다. 그날 그 모습은 내 삶을 통해 가장 잊지 못할 기억으로 남았다.

평소 사귀던 한 여인의 변심이 나로 인해 생긴 것이라 오해했다고 사과했지만 난 그의 말을 믿을 수 없었고 이해도 할 수 없었다. 그의 말대로라면 적어도 나에게 남자로서 있어야 할 '겨자씨만 한' 호감이라도 있어야 했다. 그러나 그의 질투 어린 눈초리가 내 주위를 맴돌 만큼 나에게는 어떠한 매력도 박력도 없었다. 난 내 물음에 답하기를 꺼리는 사람에겐 두 번 묻지 않았고, 불손하게 나에게 묻는 사람에게 대답을 하지 않았다. 상대가 묻는 말의 핵심을 즉각 파악하지 못해 빠르게 대답하지 못했고, 사투리를 쓰는 나 자신이 부끄러워 얼굴이 벌게지며 수줍어 머리를 긁어 대는 더벅머리 촌뜨기였다. 과연 어느 여성이 좋아할 수 있었겠는가.

그때의 폭력 사태로 인해 나는 서울 '을지연합병원'에서 치료를 받아야 했다. 치열한 전쟁터에서 육박전처럼 벌어진 싸움 이후, 내 시력이 0.3 아래로 떨어졌다. 먹물처럼 쉽게 지워지지 않을 것 같았고, 나비처럼 잠시 머물다가 사라질 것 같았던 청춘의 한 시기를 이렇게 이곳에서 보냈다. "보자 보자 하면 보자기로 알고, 가만히 있자 가만히 있자 하면 가마니로 안다."라는, 우스갯소리처럼 들리는 격언은 아마 나 같은 '모자란' 사람들에게 해당되는 숨은 뜻을 가진 말이 아닐까 하는 생각이 들었다. 세상모르고 살던 그때 이후로부터 지금까지 후유증을 온몸에 증거로 남긴 채 지금까지 내 기억에 오래도록 남아 있는 것이다.

1962년, 내 나이 20세, "눈 뜬 채 코 베어 간다."라는 말만 들어도 오싹했던 서울 한복판에서 "없는 것 빼고 다 있다."라는 동대문 시장 근방 공장에 들어갔다. 6.25 전쟁 때 자유를 찾아 남쪽으로 내려온 실향민들이 주류를 이루었던 시장 근처에 작업장이 있었다. 삶과 죽음의 경계를 헤치고 나온 그들에게서 처절한 삶의 경쟁을 통해 승자만이 누릴 수 있는 생존 법칙을 배울 수 있는 기회이기도 했었다. 겉웃음 속에 감추어진 장사치들의 살벌하고 냉정한 내면을 발견하곤 나의 어리석음과 천진함이 부끄럽도록 창피했다. 영리 앞에서 미덕은 없었고, 냉랭함과 인색함 속에서 웃고 있지만 울고 있는 살벌한 인간 세계를 발견하기도 했다.

사람 사이에서 주고받는 물건과 돈뿐 아니라 신용을 지키며 쌓아진 신뢰가 중요하다는 것을 깨닫게 되었다. 평상시 쌓은 신용과 신뢰가 절체절명 위기에 빠진 사람을 구사일생하게 하는 현실을 보았다. 지게꾼 세계에서도 그들 나름대로의 질서와 약속이 있었다. 그것을 지키는 사람과 어긴 사람 간 반목의 싸움을 바라보며 옳고 그름, 맞고 틀림을 배웠다. 꿈과 소망, 현실적 호기심은 신기루처럼 다가왔다가 물거품처럼 사라져 갔다. 희희낙락 거리를 활보하는 젊은 이들은 나와 다른 고등 생명체들처럼 느껴졌다. 망망대해를 헤쳐 가는 뱃사람처럼 외롭다는 생각이 들었다. 하루 벌어 하루를 살아가는 사람들을 볼 때마다 고향 사람들이 생각났고, 식구들 모습이 떠올랐다. 너른 벌판에 볍씨 뿌려, 때맞춰 논물 대고, 꽃이 피고 열매를 맺는 여름 지나고, 오곡백과 무르익는 가을걷이 마친 후, 너 나 할 것 없이 흥에 겨워 축제의 밤을 보냈었다. 도란도란 옛이야기에 날 새는 줄 모르고, 엿을 고아 먹으며 긴긴 겨울밤을 지새우던 고향 마을이 그리웠다. 푸른 하늘 끝닿은 고향 땅, 서울이 빠르게 변하듯 고향도 서서히 변해 갈 것이다. 몸은 이곳에 있지만 마음은 항상 고향에 있었고 언제든지 찾아갈 고향이 있다는 사실이 기뻤다. 기쁘게 만나 슬프게 헤어진 내 사랑하는 피붙이들은 내 앞에 없지만 자그마한 내 꿈이나마 실현되는 날 그곳으로 기쁘게 달려갈 것이라는 들뜬 기대감으로 향수를 달랬다.

서울 생활에 점점 동화되어 갈수록 더욱더 바빠졌다. 하루하루 쫓기는 생활로 날 돌아볼 여유조차 없었다. 생각보다 앞서는 재빠른 행동으로 시간을 아끼고 관리했다. 지시하고 명령하는 사람에게 만족을 주는 가장 좋은 방법은 그 앞에서 쉬지 않고 일하는 모습을 보여 주는 것이라고 나는 생각했다. 이 생각은 공장을 운영하는 사장들도 공감할 것이라고 확신했다. 돌다가 쓰러지려는 팽이를 팽이채로 쳐서 계속 돌게 하는 것처럼 나 또한 그 같은 원리로 명령자 앞에서 그가 휘두르는 팽이채에 맞아 가며 쉬지 않고 돌아야 하는 팽이 같은 존재였다. 그들은 치고 또 치고 계속 쳤다. 돌다 느슨해질라치면 채찍으로 쳐서 다시 돌게 했다. 쓰러진 팽이를 돌리려면 다시 처음부터 팽이에 줄을 감아 돌려야 하는 수고와 시간이 필요했기에 넘어지기 전 때려서 곧바로 세워야 했다. 자유와 낭만이 넘쳐 나는 거리에서 가방을 들고 다니는 학생들과 마주칠 때마다 나는 커다란 잘못을 한 사람처럼 얼굴이 붉어지곤 했다. 어디론가 재빨리 숨고 싶은 마음이 들었다. 같은 피부색과 얼굴 모양새를 가졌음에도 나와 그들은 서로 다른 이질적 생명체처럼 느껴졌다. 떠들썩하게 지나가는 남학생 무리와 재잘대며 걸어가는 여학생들을 바라본다. 티 없이 맑고 거리낌 없는 모습들이 자신감 넘쳐 보였다. 구름처럼 두둥실 우울감이 떠오른다. 낭만에 대하여 더 이상 할 말이 없는 더벅머리 공돌이 총각은 단지 서서 한없이 바라보는 것 외에는 다른 방법이 없기 때문이었다.

어린 시절 여고 마을 동년배 아이에게 당한 일이 주마등처럼 내 머릿속을 스쳐 갔다. 끝없이 멀게 느껴지던 산 너머 서삼국민학교 등하교 때마다 그들은 나를 말이나 소처럼 대했다. 나이만 같을 뿐 그들은 폭군이나 다름없다고 생각했다. 나는 그들에게 아무런 대항이나 거부 의사를 나타내지 못했는데, 맞설 힘도, 용기도 없었기 때문이었다. 용기가 나지 않으니 힘이 생길 리 없었다. 그들은 그들 가방을 나에게 들고 다니게 했다. 느리게 걷거나 뒤에 처져 따라오면 나뭇가지로 때리고 발로 차기도 했다. 넘어지면 다시 일으켜 세워 계속 걷게 했다. 난 그들이 생각하는 소나 말일 수 있겠다고 생각했다. 내 아버지가 했던 일들에 대한 배상을 아버지 대신 하는 것이라고 스스로 마음먹었기 때문인지 몰랐다. "느그 아버지 빨갱이였다면서…. 너도 빨갱이야…." 그런 소리를 들을 때마다 나는 동네 근처에 있던 예배당에서 들려준 '십자가를 지고 가는 예수'가 떠올랐다. '세상 죄를 지고 가는 어린양'이라 쓰인 글자들이 내 가슴을 파고드는 것 같았기 때문이었다.

어릴 적 다니던 자그마한 예배당에서는 나이가 지긋한 어떤 남자가 교회 내에서 일어나는 행사들과 일들을 전반적으로 처리하곤 했었다. 그 남자 외에 목사라 불리는 사람이 있었는데, 그가 예배당에 찾아와 자리를 메운 사람들 앞에서 하는 얘기를 사람들은 설교라고 했다. 가끔 그 얘기를 들을 때마다 나는 조물주가 무엇인지 몰랐다. 다만 많은 사람 가운데 유독 나에게 하는 말 같아 어떨 땐 무섭기도 했고 신나기도 했었다.

성탄절 날 예배당에서 교회 학교 교사들이 나 같은 아이들에게 들려준 이야기가 생각났다. 조물주가 세상을 만들 때 가장 귀하게 만든 것들은 가난하고, 착하고, 외롭고, 쓸쓸하고 언제나 사랑과 슬픔 속에 살도록 만들었다는 내용이었다.

나를 괴롭히던 동네 친구 생각이 났다. 주인 말에 묵묵히 따르는 짐승처럼 나는 그의 말을 들어야 했었다. 당당히 맞서 대항할 수도 있었지만 그럴 용기와 패기가 없었다. 그가 하라는 대로 하던 어린 시절을 돌이켜 생각할 때면, 지금까지도 사람들 앞에서 제대로 내 생각을 자신 있게 말하지 못하고, 뒤에서 손뼉이나 힘껏 치는 수동적인 태도는 어쩌면 이미 어렸을 적부터 답습된 행동의 결과가 아닐까 하는 생각이 들곤 한다. 그런 생각이 들 때마다 가슴 가득 차오르는 서글픈 수치심이 연기처럼 떠오르곤 했다. 지치고 멍든 여린 가슴을 치료하고 회복시켜 줄 만한 사람은 내 주위를 둘러보고 찾아보았으나 어디에도 없었다. 그때 우리 식구들은 나보다 더한 고통을 말없이 참아 내고 있었을 것이기에 참고 기다리는 방법밖에 없었다. 눈물지으며 깊은 한숨을 토해 내던 한 집안의 며느리이자, 한 남자의 아내였고, 자녀를 홀로 부양하던 어머니 외에는 나의 깊은 시름을 안아 주고 아파해 줄 사람은 없었다. 그녀 남편이자 내 아버지의 갑작스러운 부재가 크나큰 죄목이 되어 온몸이 보이지 않는 밧줄에 칭칭 매인 채 죽음의 음침한 골짝에서 남모르는 고통의 눈물로 밤을 지새우던 내 어머니는 슬픈 여인이었다. 피를 토하듯 속울음을 우는 여인, 그 여인이 내 옆에서 나를 바라보고 울고 있었기에 나를 괴롭히는 친구들과 마땅히 싸울 수 없었고 싸워서는 안 된다는 나 스스로와 한 약속을 지켰다.

공깃돌처럼 흩어져 있었지만 작은 소식도 민감하게 알아차릴 만큼 울도 담도 없던 마을이었다. 우리 집안일들을 동네 사람들은 너무나도 잘 알고 있었고, 그들이 판단하여 내린 결정이 곧 그들의 공론이 되었다. 칭찬보다 비난에 익숙한 사람들 같았다. 잘되고 좋은 것보다 안되고 나쁜 소문에 호기심을 가진 사람들처럼 보였다. 그 눈총 속에서 우리 가족은 죽은 듯 살 수밖에 없었다. 뻥 뚫린 가슴을 두 손으로 움켜쥐고 악물고 참아 내자고 다짐했다.

  그런 나 자신이 기특하고 눈물겹도록 대견했다. 힘들고 어려운 일들이 닥쳐와도 스스로 때리는 채찍만 있으면 되었다. 쓰러질 듯 넘어질 듯 그러나 계속 돌아가는 '팽이'처럼 굳셀 것을 다짐했다. 피하지 못할 바엔 차라리 참고 견디는 저력이 내게 있음을 스스로 인정하고 확신하는 습관이 굳은살처럼 온몸과 마음에 생겨나기 시작한 것이다.

편백, 삼나무가 광활한 숲을 이루고 〈태백산맥〉, 〈쌍화점〉 등 많은 영화가 촬영되고 역사와 문화 고장으로 자리매김한 서삼면 금계 마을, 어머니 품 같은 내 고향. 축령산 자락을 휘감아 돌며 면면히 흐르는 물로 목을 축이며 맑디맑은 공기를 마시면서 호연지기를 하던 내 열조들의 나라 사랑은 항일 민족 운동인 6.10 만세 운동으로 그 움을 틔웠고, 그 여력에 힘입은 민족의 집결된 역량이 밑거름되어 세계에 한민족의 바람인 자유와 평등, 박애를 독립이라는 소망에 담아 널리 알린 3.1 운동의 시작점이기도 했다.

1930년대, 조선 사회주의의 유입과 함께 민족 운동에 새로운 활력소가 생기기 시작하였고 정열과 정의감에 불타 있던 학생들은 새로운 사상을 탐구하면서 민족의 해방을 위한 길을 찾아 나섰으며 농민들은 소작 쟁의를 일으키고 노동자들은 노동 쟁의를 일으켜 그들의 생존권을 지키고 나라의 독립을 추구했던 그때, 장성을 포함한 전남 지역은 소작 쟁의가 가장 활발하게 전개되어 그 열기가 뜨거웠던 곳이기도 하다.

1920년대부터 1930년대 초 사회주의와 민족주의 두 갈래로 큰 흐름이 시작된 이래로 제각기 주도 세력에 따라 나누어질 당시만 해도 조선에는 350여 개 이상의 사상 단체가 존재했다. 이러한 시대적 사상 대립을 극복하고 민족주의자들과 공산주의자들이 민족 협동 전선으로 장성에서 창립한 단체가 신간회였다. 회원 수는 약 4만 명에 이르렀다고 했다. 1927년 2월 결성되어 1931년 5월까지 존속했던 신간회는 착취 기관 폐지, 교육 차별 금지, 한국어 교육 실시, 과학 사상 연구 자유 등을 주장했다고 했다.

　어렴풋이 떠오르는 내 아버지, 그는 격동의 세월을 헤치고 이 나라 여명기에 불타는 정열을 가진 한 사람으로 개혁의 깃발을 높이 들던 장성의 젊은 청년이 아니었을까. 일제 강점기, 순사를 하던 큰할아버지의 영향으로 일본에 건너가 신문화를 접하고 진보된 사회주의 사상에 심취하여 우익과 좌익이라 불리던 사상 갈림길에서 갈 곳을 찾지 못하다가 끝내 우리 가족을 떠난 건 아니었을까. 한 가정의 가장으로 식구들을 먹이고 입히고 가르쳐야 할 하늘이 준 의무까지 저버릴 정도로 다급한 일이 그에게 따로 있었을까. 일언반구 없이 집을 떠나야 했었을 그의 마음은 어땠을까. 우리 곁을 떠나야만 했을 말 못 할 어떤 일들이 그와 그의 주변에 있었음이 분명했다 하더라도 행여 무슨 일이 있었다면 그를 도울 방법이 없었을까. 발 벗고 나

설 조력자가 없어서 젊은 나이에 처자식을 버리고 훌쩍 고향을 떠났을 것인가. 생각하면 생각할수록 행방불명이라는 법률적 용어에 묻힌 부친의 과거가 나를 슬프고 우울하게 한다. 패기 충만했던 부친 사진을 볼 때마다 늠름하고 의욕에 넘쳤을 그분의 기개가 나를 압도하곤 한다. 그분을 향한 그리움과 함께 그분이 겪었을 역사적 격동기 반만큼이라도 나의 젊음을 불태우며 살아오지 못했음에 서러움과 아쉬움이 뒤섞인 송구스러움으로 눈물이 나는 것이다.

부친의 생애를 훌쩍 넘는 삶을 일희일비하며 지금껏 살아온 못난 자식을 향한 애석함, 애통함이 있으실 것 같아 이 불효자는 영전에 머리를 제대로 들 수 없다. 피맺힌 부친의 마음을 헤아릴 수 있을 만큼 육체적, 정신적으로 성장했음에도 그분을 그리워하는 기억 속 강물은 계속 흐르고 있다. 수많은 날은 떠나갔지만, 그 시절과 그때는 내 곁에 여전히 머물러 있기 때문이다. 내 아버지를 그리워하는 마음의 우물은 마르지 않고 계속 깊어만 가고 있는 것이다.

» 아버지의 20대 모습

전화위복(금호동)

필동 공장에서 벌어진 폭력 사건으로 나의 마음의 상처는 점점 깊어 갔다. 특별한 이유나 명분 없이 입은 충격 때문이기도 했지만 사람들과 합의된 규칙들만 충실히 지키면 성공적인 삶이 될 수 있을 것이라고 스스로 생각했던 나에게 커다란 의문과 충격을 심겨 준 사건이기도 했다. 세상에 숨겨진 비밀들을 하나하나 배울 기회를 얻게 된 것에 감사했다. 그런 경험 없이 살아간다면 똑같은 식단대로 짜인 밥과 반찬만 먹고 마시며 평생 살아가야 하는 식이 요법 치료 환자와 다를 바 없을 것이라 생각했기 때문이다.

술을 마신 상태에서의 우발적 사고라고 나를 폭행한 사람은 에둘러 사과했지만 이미 지난 일이 되었고 시간이 흘러감에 따라 서서히 잊혀 가는 듯했다. 그러나 불난 집에 불탄 흔적이나 냄새가 오래도

록 남아 있는 것처럼 불신과 실망감이 연기같이 피어나 더 이상 그
곳에 머물러 있지 못할 것 같았다. 매일같이 똑같은 일을 함께해야
하는 사람들과의 관계가 예전 같지 않다고 느껴졌다. 내 편에 서서
이해하고 힘을 주던 몇몇 동료조차 처음 만났던 모습이 더 이상 아
니었다. 처음 가졌던 애틋한 감정은 사라지고 물과 기름처럼 서로가
서로의 주위를 맴돌다가 각각 다른 모습들로 갈라졌다. 착한 사람들
간 이어지던 좋은 만남의 관계는 서먹함과 어색함으로 변했다. 화기
애애한 분위기로 되돌아가기는 불가능해 보였다.

답답하리만치 외골수라고 말하면서도 칭찬과 격려를 아끼지 않던
문종환 사장은 부지런하고 정직하게 주어진 일을 완수하는 나를 관
심을 가지고 바라보던 사람이었다. 어느 날, 그는 나에게 며칠 전 있
었던 '세팅 실장'과의 몸싸움에 대해 다 잊으라고 했다. 그동안 나의
열심과 정직함에 많은 감명을 받았다고 했다. 내가 괜찮다면 자기가
이곳 공장에서 하고 있는 작업량의 일부를 하청으로 주겠다고 했다.
말이 하청이지 거의 완제품에 가까운 편직물을 약간의 가공만 하면
되는 누가 봐도 돈이 되는 일이었다.

어떤 계기나 동기로 인해 이 같은 특혜를 나에게 주었는지 지금까
지 이해가 되지 않는다. 학벌도 기술도 재산도 없는 오갈 데 없는 빈

털터리나 다름없던 나였다. 있는 것이라곤 연습과 훈련으로 뭉쳐진 오기, 근성, 근거 없는 낙천주의에 쉽게 빠져 남에게 이용당하기 쉬운 습성을 가진 것 외엔 아무것도 없었다. 자신감은 오직 꾸준함으로 완성된다고 말해 주었던 문 사장이 말뿐만 아니라 실질적인 도움의 손길을 나에게 뻗은 사실은 오래도록 내 기억 속에 남아 있다.

나는 나에게 호의를 베푼 문 사장에게 부탁을 했다. 문종환 사장의 공장에 있던 편직 기계 한 대를 나에게 빌려줄 것을 요청한 것이다. 싸움 사건 이후로 같은 공장에서 사람들과 일을 하기가 너무 싫었기 때문이었다. 그는 나의 요청대로 나에게 편물기 한 대를 선선히 빌려주었다. 다음 날 나는 알뜰히 모아 둔 돈을 털어 을지로6가에서 조립한 편직 수동 기계 3대를 더 구입할 수 있었다. 생산량에 따라 수익을 나누자고 제안한 문 사장의 배려를 빈틈없이 이행하기 위해서라면 어떤 만큼의 물량이 주어지더라도 넉넉히 소화해야 할 기계가 더 필요했기 때문이었다.

많은 주문량을 해결하기 위해 사장과 생산자가 약정한 비율로 수익금 일부를 나누는 작업 형태가 경제 발전의 급류를 타고 유행처럼 번지던 때였다. 그러나 돈이 오가고 돈을 버는 일이었기에 서로가 잘 알고 있는 사이라도 이런 일들은 웬만한 특별한 지인이 아니고는 어느 누구에게 제안조차 하지 않던 때이기도 했다. 문 사장이 나에게 제안한 건 특혜나 다름없는 것이었다. 그는 내 일보다 더 열심히 자기 일을 하는 내 성실함에 공감해 주었다. 조언과 격려도 아끼지 않았다. 현명하리만치 눈치 있게 일을 처리하는 나에게 그 사람 나름의 깊은 신뢰가 있었을 것이라고 나는 생각했다. 누구라도 이해할 수 없는 '묻지 마 폭행'이 있었지만 남다른 억울함의 표시도 없이 묵묵히 제자리를 찾아 일하는 나를 그는 남다르게 보았을 것이다.

남의 일을 자기 일처럼 하는 것이 어쩌면 세상을 살아가는 동안 무엇보다 중요한 덕목일 것이라고 생각했다. 윗사람에게 인정받는 것보다 아랫사람에게 인정받는 것이 애틋함과 그리움이 오래도록 이어져 갈 수 있다고 생각했다. 이것은 사람과 사람이 어울려 있는 어떤 곳에서든지 그 진가를 충분히 발휘할 것이라고 생각했었다.

폭력 사건 이후 난 필동 공장을 떠났다. 문 사장이 대여해 준 편직 기계와 내가 구입한 수동 기계 3대를 가지고 금호동 변두리 산동네로 이사를 한 것이다. 이곳에서 일을 하면서 야간에 3개월간 편물 학원에 다녔다. 힘들고 어려웠지만 제대로 배워 보고자 하는 소박한 계획 아래 열심을 다해 배우고 익혔다. 하루가 다르게 바뀌고 변하는 디자인 변화에 맞추어야 할 이유가 있었기 때문이었다. 말이 작업장이지 작디작은 방 두 개가 전부였다. 그러나 정해진 월급이 아닌 내가 하는 만큼 벌 수 있는 기회를 가졌기에 열심히 일할 수 있는 합리적인 이유가 마련된 것이었다. 말로만 듣던 능력급이 현실화되는 획기적인 일이 드디어 나에게도 기회로 다가온 것이었다.

문종환 사장에게 대여를 받은 편물기 한 대와 구입한 3대의 수동 기계로 시작한 편직 일은 발전에 발전을 거듭했다. 편직기 한 대로는 물량을 소화해 내지 못했다. 편직기 세 대를 더 구입했다. 편직기 수와 일하는 사람이 맞아야 했기에 사람들도 필요하게 되었다.

» 어머니(가운데)와 이모들(왼쪽과 오른쪽)

정읍에 계시던 어머니와 남동생과 여동생을 불렀다. 남동생과 여동생, 여동생 친구 한 명과 나까지 모두 4명이 각각 기계를 돌렸다. 어머니는 편직에 쓰일 털실을 감았다. 긴 기간은 아니었지만 일이 년간 금호동 산동네 자그마한 작업장에서 일하던 때를 잊을 수 없다. 그때가 내 일생 중 가장 마음 편하고 행복했기 때문이었다. 어머니와 동생들과 함께 일을 할 수 있다는 사실이 믿어지지 않았다. 편히 모시지 못하고 고달픈 서울 생활에 끌어들인 불효자에게 어머니가 힘든 내색 없이 도리어 흐뭇한 미소를 보내실 때마다 내 마음은 날아갈 듯 기쁘다가도 죄송함에 눈물이 맴돌곤 했다. 고된 작업이었지만 일할수록 피어나고 늘어나는 가정 경제 성장의 꽃봉오리를 바라보며 나와 동생들은 힘든 줄 모르고 일에 매진했다.

편물기에서 나는 소리에 맞춰 날줄과 씨줄이 교차하면서 옷감으로 변모되는 모습을 행복한 미소와 함께 바라보았다. 라디오에서 나오는 유행가 노랫가락에 맞춰 끊임없이 팔을 움직였다. 번갈아 가며 팔이 기계 위를 오갈 때마다 한 올 한 올 실들이 모아져 옷감이 되는 만큼 우리 식구 팔뚝은 가냘프게 변해 갔다. 수고한 만큼 늘어나는 수입으로 인해 우리 삶의 주름살은 조금씩 펴지기 시작했다.

서울에 올라와 스웨터 편직 기술을 배운 지 7년, 26세, 쌀 80kg에

3,000원가량이던 때, 나는 작업량을 채우지 못해 외부로 하청을 주어야 할 정도로 바빴다. 열심히 일하고 난 후 오순도순 모여 앉아 어머니가 지으신 밥을 먹는 순간은 영원히 잊지 못할 아름다운 추억으로 남아 있다.

필동 양말 공장에서 일어난 일련의 사건 속에서 나는 겪어 보지 않았기에 덤벼들 수 있었던 경험을 했다. 이 경험은 나로 하여금 인생의 어떤 순간에 설명할 수 없는 결정을 할 때가 있음을 깨닫게 했다. 그건 말로 할 수 있는 것이 아니라 말로 할 수 없는 것이었다. 슬프고 억울할 때마다 내 손은 왜 부처님 손이고 왜 다리는 나귀 다리여야 하는가. 왜 내 얼굴은 만개한 꽃처럼 슬플 때도 웃어야 하고 참고 견뎌야 하는 무쇠 인간이어야 하는가에 대한 답을 찾으려고 심혈을 기울였다. 젊음의 우울은 그 깊은 속 맛이 새콤달콤하다고 했다. 돈 주고도 살 수 없는 젊음의 맛이기 때문일 거라고 사람들은 말했다. 난 지금 땀 흘린 만큼 내 것이 될 수 있다는 무한한 가능성을 맛보며 선량한 운영자의 입장으로 탈바꿈하게 된 지난 나의 젊은 시절을 회상하면서 전화위복의 기회였음을 기억한다.

사업 확장을 위해 무엇보다 사업장을 넓혀야 한다는 생각이 나를 지배했다. 늘어나는 주문량을 채우고 발 빠르게 변화하는 '패션 다양화'에 속도를 맞추어야 하는 이유에서였다. 면사무소(경기도 양주군 덕소면) 철거 폐자재로 지은 건물을 공장 겸 창고로 임대한다는 소식을 지인 백 씨에게 들었다. 경기도 구리에 있는 건물이라고 했다. 그곳은 망우리 고개를 넘자마자 서울과 경기도를 가르는 경계 표시석 너머에 있는 지역이었다. 산 하나를 사이에 두고 서울과 나뉘어 있지만 서울과 가까운 지형적 장점을 가지고 있었다. 그런 이유로 서울 변두리에서 생활하던 사람들이 상대적으로 저렴한 주택 가격에 따라 삶의 터전을 옮기는 때였다. 이 시기에 나는 서울 외곽 지역 금호동을 떠나 경기도 구리로 편물 기계 12대를 가지고 이사했다.

도급제로 하는 작업은 자기 능력껏 할 수 있는 시간과 환경을 갖게 했다. 부지런한 사람은 수고한 대가만큼 충분하게 가져갔다. 시간을 안배하지 못한 사람들은 상대적으로 적은 수입에 만족해야 했다. 이곳에서 2년여 동안 함께 일하며 알게 된 종업원 중 소녀들이 몇 명 있었다. 그들 가운데 박애순이라는 소녀가 있었다. 나이는 17살이었다. 다른 소녀들과 다르게 말수가 적었다. 말을 많이 하지 않는 만큼 그녀는 맡은 일을 끝까지 마무리를 잘할 뿐 아니라 매사 맺고 끊는 것조차 내 눈에 들어오는 것이었다. 경영자와 종업원 간 공적 관계를 넘어 처녀와 총각 사이에 풋풋한 애정이 싹튼다는 건 자연스러운 일이었을 거라 생각한다. 그러나 그 시절 남녀가 일대일로 만난다는 건 자연스러우면서도 실로 대단한 용기를 필요로 했다. 그녀에게서 풍겨 오는 이성적 매력이 스물넷 더벅머리 청년이자 숙맥이던 나를 사랑의 미로에 빠져들게 했다.

작업을 마치고 작업장을 정리하다가 늦게 남아 일을 하고 있는 그녀를 보았다. 그녀는 작업을 하고 있었으나 일보다 나를 만나고자 기다리고 있었던 것 같았다. 텅 빈 작업장에 있는 젊은 두 남녀는 누가 먼저랄 것 없이 청춘의 열기를 서로를 향해 발산하는 것을 느낄 수 있었다. 우리는 자연스레 만남을 이어 갔다. 대화가 오갔고 공감하고 동감하는 감각과 지각으로 서로가 서로에게 일치하고 있음을 알게 되었다. 어느 날, 그녀와 내가 작업장 바깥 처마 밑에서 서로 부둥켜안고 있는 것을 그녀의 어머니가 보았다. 늦게 돌아오는 딸을 마중 나왔다가 우연히 우리의 풋사과 같은 사랑놀이를 목격하게 된 것이었다. 부둥켜안은 채 어쩔 줄 몰라 하는 우리를 향해 말하던 그녀 어머니의 목소리가 지금도 귀에 쟁쟁하다. "알았네, 보았네…."

　그녀 어머니의 말뜻을 그땐 잘 헤아리지 못했다. 꿈처럼 흘러간 세월 속에서 고생하는 딸을 향한 한 어머니의 걱정과 희망이 섞여 있는 독백이 아니었을까 하는 생각이 드는 것이다. 미안함과 두려움의 추억이었다고 말할 수밖에 없는 그 기억은 빛바랜 초상화처럼 지금까지 내 뇌리에 남아 있다.

1960년대 말, 대한민국은 정부 주도로 경제 개발 5개년 계획을 세우고 가난의 굴레를 벗어나기 위해 안간힘을 쓸 때였다. 덜 먹고 덜 쓰고 덜 낳자는 설득 너머로 주어진 일보다 더 많은 일이 요구되던 시절이었다. 개발 속도가 서울에 비할 순 없지만 수도 서울과 인접한 교통 체계도 좋았으므로 수도권인 이곳으로 이주하는 사람들 수가 서서히 늘어나고 있었다. 삶의 터전을 중심으로 전통 시장과 병원, 의원이 들어섰다. 소규모 공장을 짓고 직공들을 모집하여 각종 수공업 형태 사업장을 운영하는 사업가들이 여기저기 생겨났다. 편물기로 스웨터를 짜서 시장에 납품하며 더 크게 성장하고자 하는 사업가의 꿈을 가진 편직업자들이 너도나도 이곳에 자리 잡게 되었다.

고복격양(鼓腹擊壤), '배를 두드리며 발을 구르면서 흥겨워한다'라는 고사성어가 생각날 만큼 돈이 벌렸다. 돈이 벌리는 만큼 몸은 명령에 따라 움직이는 종같이 고달프고 힘이 들었지만 마음만은 임금처럼 뿌듯했다. 힘들게 노력하는 만큼 그 대가가 늘어난다는 건 21세기를 살아가는 인류가 보편적으로 인정하고 추구하는 민주주의 사상에 입각한 자본주의의 근간임을 여실히 느끼고 확인할 수 있었다. 어느덧 함께 일하는 직원들은 우리 식구들을 포함해 13명으로 늘었다. 숙식이 필요한 종업원들을 위한 방이 따로 있어야 했다. 직원들 식사 준비는 어머니가 도맡아 했지만 음식을 준비하는 사람들도 늘려야 했다. 늘어나는 작업량을 해결하기 위해 더 넓은 작업장이 필요했다. 생산 물량을 신속하게 운반하고 저장하기 위해 교통시설이 원활한 서울로의 이전이 시급한 문제로 대두되었다. 금호동에서 경기 구리로 이사한 지 얼마 되지 않아 또다시 서울로의 이전을 꿈꾸게 된 것이다.

더 넓고 큰 시장을 꿈꾸는 사업가로서의 본능은 그 계획을 실행에 옮기는 데 별다른 망설임이 필요 없었다. 자본이 있었고, 편직 기계 20대와 그것들을 다룰 직원들이 내 곁에 진 치고 있었기 때문이었다. 더 많은 제품을 만들어 내려면 제품을 보관할 장소와 물량 운반 여건이 무엇보다 필요했다. 사업이야말로 땅 갈고 씨 뿌리고 비료 주고 잡초를 제거한 후, 드디어 바라던 튼실한 열매를 거두는 농사와 같은 것이라고 생각했다.

제품을 만들어 내고 그것들을 관리하고 납품하는 역할 분담이 자연스레 생겨났다. 생산 직원과 영업 담당 직원들의 인건비 부담이 눈에 띄게 불어나기 시작했다. 어느덧 수입에 비해 지출 폭이 커지는 현상이 나타났고 서서히 적자 폭이 늘어나기 시작했다. 적자가 눈덩이처럼 불어 가기 시작했다. 나 혼자 하는 일들은 무슨 일이든 자신 있게 헤쳐 나가고 해결할 자신이 있었지만, 다른 사람 지혜와 경험을 빌려 사업을 일구어 나가는 재주는 나에게 턱없이 부족하다는 엄연한 사실 앞에 나는 겸손함과 좌절감을 동시에 맛보게 되는 혹독한 현실을 마주하게 되었다.

서울 휘경동으로 공장을 옮긴 후, 편물 기계 20대를 운용하며 직원 20명 이상을 고용한 편물 업계 중소기업 운영자로 탈바꿈하기엔 내 역량과 능력이 따라 주지 못했다. 벌어들이는 수입에 비하여 지출되는 인건비와 기타 비용 발생으로 수지 타산을 맞추는 데 어려움을 겪기 시작했다. 더 나아가 산업 근대화에 박차를 가하는 정부에 맞서 그동안 묵묵히 일해 오던 일선 노동자들의 목소리가 커지는 사회적 변혁이 생기기 시작한 것도 어려운 여건에 일조하는 결과를 가져왔다. 경제가 나아지고 발전할수록 일자리는 증가했지만 거기에 걸맞게 근로자들의 작업 환경 개선 및 임금 인상을 요구하는 목소리가 차차 커지지 시작했다. 그 여파는 중소 편직 공장에까지 밀려 들어왔다. 각종 규제와 근로자 처우 개선 요구에 법적으로 대처할 경험과 이해가 나에게는 없었다. 그리하여 적절히 대처하고 해결하지 못한 결과가 참담한 현실로 나타났다. 한 가족 같았던 종업원과의 관계가 갈등과 분열 양상으로 나타난 것이 그것이었다. 그 여파는 생산 차질과 납품 기일을 제대로 맞출 수 없게 되는 상황으로 치달았다.

스웨터 제조 분야에 들어와 기술을 익히고 사업을 시작한 지 25년이 지났다. 결코 짧지 않은 기간 동안 잔뼈가 굵다고 생각했었다. 하지만 시대가 요구하는 〈노동법〉 제정과 개정 앞에서 무력할 수밖에 없었던 나는 안타깝게 바라볼 뿐 대처하고 적응할 수 있는 역량이 없었다. 누구에게 도움을 구할 수 없었고 하소연할 수조차도 없었다. 자포자기할 수밖에는 별 방법이 없었다. 휘경동으로 이사한 지 몇 년이 채 되지 않아 사업을 접을 수밖에 없었다. 편직 기계 10대가 내가 할 수 있는 최대 역량의 한계였음을 뼈저리게 느낄 수 있었던 계기가 되었다. 삶의 전장에서 기업의 종업원은 나무칼로 하는 싸움이라 크게 다칠지언정 목숨을 잃을 만큼 중대하게 위험하지 않다고 생각한다. 그러나 사업체를 책임지고 운영하는 주체로서의 오너(경영자)는 진짜 칼로 승부를 벌여야 하는 치열한 피 흘림이 있다고 했다. 그 승패 결과에 따라 나 자신은 물론 나를 따르고 다스림과 보살핌을 받던 사람들의 경제적 생명까지 잃을 수 있다고 했다. 동종 업계 선배들의 경고처럼 들리던 조언이 너무나도 빨리 내 앞에 현실로 나타난 것에 나는 환멸을 느껴야 했다.

　기계를 최대한 활용하여 벌어들인 수입은 모두 인건비와 기계 감
가상각비 용도로 지불되었다. 내 손에 들어오는 이익은 거의 없었
다. 결국 인원을 줄이는 방법이 최선이라는 결론에 도달했다. 그러
나 인원을 줄이려고 노력했으나 누구를 어떻게 설득하여 내보내야
할지 몰랐다. 인원과 기계와 함께 사업체 전체를 넘기려고도 했었
다. 그러나 얼마를 받아야 하며 누구에게 어떻게 넘길 것인지 그때
나는 잘 몰랐다. 모든 것을 포기하고 새로 시작하는 방법이 있다고
들 했다. 그러나 나로서는 청산이라는 법적인 절차도 복잡하고 현실
적 어려움이 너무나 크고 버거웠다. 승승장구하며 경기도에서 서울
로 이사한 지 3년 만에 일어난 일이었다.

배밭(상봉동)

편직 기계 20대 증설로 잘나가던 나의 편직 사업은 시대 변화에 적절하게 대처하지 못했다. 치열한 경쟁 사회에서 적응하지 못하는 것은 곧 죽음과도 같다는 교훈을 얻었다. 현실 속 암담함에 계속 빠져 있을 수는 없었다. 흩어진 종업원들은 다시 불러 모을 수도 없었다. 그러나 내가 가지고 있던 기계들과 지금까지 목숨처럼 지켜 오던 신용을 담보로 몇몇 지인에게 도움을 받아 다시 일어설 수 있는 발판을 마련했다.

작업을 이어 나가기 위해서 우선 필요한 것이 작업 장소였다. 제품을 만들고 보관하고 운반하기 좋은 교통이 원활한 곳은 임대료가 비쌌다. 상대적으로 저렴한 곳을 찾아야 했다. 결국 상봉동 도심에서 벗어난 약간 경사인 배나무들이 심겨 있는 임야에 천막을 쳤다. 수동 기계 6대를 가지고 그곳에서 작업을 시작했다. 초라한 환경 아래서 하는 작업이었지만 끊기지 않고 일을 이어 가고 있음에 감사했다.

2~3년이 흐른 어느 날, 서서히 회복의 기미를 보이는 것 같은 상황 변화에 고무된 나는 반자동 기계 6대를 구입했다. 여기저기 빌려 모은 돈으로 기계를 산 다음 해, 그 빚을 다 갚기도 전 박 대통령 시해 사건이 일어났다. 그 일은 광주 5.18 사태로 번져 나갔다. 대한민국에 머물던 해외 바이어들이 우리나라를 떠났다. 그것은 한국의 경제를 벼랑으로 몰고 가는 신호탄이 되었다.

편직물들은 국내에서 소비되는 소수의 내수용 제품들을 제외하고 거의 모든 제품을 인근 동남아 국가 등으로 수출했다. 가발도 주된 수출 품목 중 하나였다. 갑작스러운 정치적 혼란 속에 수출이 막힌 편직업계는 타오르던 불꽃에 찬물을 끼얹은 것같이 사그라들었다. 호경기에서 불경기로 바뀐 것이다. 반딧불처럼 희미하게 반짝이던 실낱같았던 나의 작디작은 사업체는 검은 재조차 보이지 않을 만큼 흔적조차 없이 사라졌다. 난 편직 분야에서 사람과 돈을 모두 잃었다. 몸과 마음이 피폐해졌다. 정처 없이 떠돌아다니는 부랑아가 된 것처럼 초라해졌다. 내 손에 들려 있는 것이라고는 내 생명과 같았던 반자동 기계 6대가 전부였다.

결혼

한 해가 끝나갈 무렵, 1976년 12월 28일, 성탄절 여운이 연기처럼 남아 있던 그해 겨울의 한가운데, 서울 을지로6가 모퉁이에 자리한 예식장 안에는 엊그제 본 듯 눈에 익은 사람들이 여기저기 흩어져 있었다. 삼삼오오 모여 이야기를 나누다가 날 발견하고 달려와 나를 얼싸안기도 했다. 지난날 묻혀 있던 숨겨진 비밀들을 나를 보는 순간 알아내기도 한 것처럼 달려와 안기는 것이었다. 흘러간 세월이 남긴 흔적을 찾는 듯 낯섦에 머뭇거리며 거리를 두고 서먹하게 접근하는 사람들도 있었다. 슬며시 내 손을 잡고 무언가 말을 하려는 사람들도 있었다. 무엇이 그들로 하여금 나에게 다가와 관심과 애정을 나누려 했고 나타내려 했는지 그때는 알지 못했다. 알 수도 없었고 알고 싶지도 않았다. 나는 그 사람들에게 무어라 일일이 답했는지 기억에 없다. 애써 지은 웃음기 섞인 얼굴과 당황함과 어색함에 몸 둘 바 몰라 했던 기억만 남아 있을 뿐이다. 그들이 나에게 나타내 보이던 데면데면한 행동만큼이나 나 역시 기억이 나지 않는 사실들을 아는 양 애써 감추다가 끝내 애매한 표정을 지어 보일 수밖에 없었기 때문이었다.

» 결혼식 사진

나의 결혼식에서 나를 둘러싸고 이어지는 하객들의 떠들썩대는 이야기 소리들이 편직 기계 돌아가는 소리처럼 내 귀에 들어와 박혔다. 편을 나누듯 삼삼오오 모여 무언가를 제각각 주장하듯 목소리들을 높이는 사람들을 바라보았다. 함께 일하는 동료들이 눈에 들어왔다. 어떻게 알았는지 전에 알고 지내던 사람들 모습도 보였다. 일일이 찾아가 아는 척을 해야 했지만 그렇게 하지 못하고 보이지 않는 밧줄에 묶여 있는 듯 어쩔 줄 몰라 하는 내 모습이 스스로 안타깝게 느껴졌다. 부자연스러운 눈치 싸움에서 빨리 빠져나가기를 바랐다. 결혼식이라고 서울까지 올라와 인륜지대사에 동참한 친척들도 고마웠지만 함께 웃고 울며 궂은일들을 나누어 하던 공장 동료들의 와자지껄함이 더욱 반가웠다. 나에게 달려들어 축하 인사를 건네는 그들을 마주할 때마다 타향도 정이 들면 고향이라 했고, 이웃이 먼 친척보다 어쩌면 더 가깝다는 이야기들이 실감 나게 느껴졌다.

　뜻 모를 이야기를 끝없이 이어 갈 것 같던 주례자의 주례사도 끝이 났다. 내 나이 35세, 신부 나이 24세, 열 한 살의 나이 차이를 극복하고 주위 사람들 만류에도 아랑곳하지 않은 용감했던 우리의 결혼식은 그렇게 끝이 났다. 다음 날 삶의 현장으로 뛰어들어야 하는 팍팍한 삶의 부담을 안고 우리는 광장동 인근 워커힐 호텔에서 신혼여행 겸 첫날밤을 보냈다.

동대문구 휘경동에서 상봉동으로 공장을 이전할 무렵 지방에 있는 언론사 기자 일을 하던 이종사촌 소개로 알게 된 여인이었다. 고향을 떠나 서울에 온 후 힘들고 외로운 환경 속에서 더 나은 삶을 동경하던 남녀 간의 만남은 이렇게 이루어졌다. 어떤 거창한 조건이나 전제가 필요 없는 만남이었던 같았다. 공장이 쉬는 날이나 공휴일이면 영화관에서 함께 영화도 보고 놀이공원에서 산책을 하곤 했다.

고향은 충청도라고 했다. 자그마한 과수원과 밭농사를 짓는 부모님과 살고 있다고 했다. 농사일에 매여 사는 시골 마을이 못내 싫어서 도시로 올라왔다고 했다. 어떤 일이든 돈벌이가 되는 것이라면 열심히 일을 했다고 했다. 서울에서 알게 된 친구의 소개로 찻집에서 종업원으로 근무하게 되었다고 했다. 그녀 어머니는 기독교인이라고 했다. 그녀 아버지는 결혼 전 세상을 떠났다고 했다. 열한 살 나이 차이가 나는 남자와의 결혼을 그녀 집안사람들은 반대했다고 했다. 현실적인 어려움을 극복하고 결혼에 이른 우리 결혼을 두고 주례자는 열정과 인내로 빚어진 승리자답게 앞으로 삶에 더욱 정진할 것을 주례사 말미에 강조했던 것을 기억한다.

시원시원하고 활발한 성격으로 주위의 관심을 끌 만큼 눈에 띄던 여인이었다. 소심하고 수동적이던 나를 이끌고 리드하는 그녀가 왠지 나의 용기와 자신감을 키워 줄 것 같은 예감이 조금씩 호감으로 나타났다. 호감은 호기심으로 번졌다. 숫기 없는 행동 속에 다소 용기가 생기자 옅은 웃음이나마 내 마음속 시름의 주름살이 펴지게 되었다. 주거니 받거니 오가던 의미 없는 대화가 어느새 뜻이 통하는 남녀 간의 사랑으로 발전되었다. 그녀와의 사귐은 팍팍하고 버거웠던 서울 생활에 있어 새로운 활력과 삶의 힘을 얻을 수 있었던 오아시스였다. 지친 나에게 시원한 생수를 값없이 주는 사람 같았다. 뛰고 또 뛰는, 괴롭고 외로운 나의 힘든 시간 속에서 구름이 걷히고 해가 돋는 것 같은 영화 속 한 주인공처럼 그렇게 나에게 다가온 그녀와의 만남은 빠르게 그 종점을 향해 달려갔던 것이었다.

불 꺼진 텅 빈 방은 오늘도 을씨년스럽다. 물먹은 솜처럼 축 처지고 무거운 몸을 방바닥에 누이려는 순간 인기척이 느껴졌다. 화들짝 놀라 일어나 전기 스위치를 켜자 주인 없는 빈방에 두 개의 그림자가 보였다. 퇴근 전 먼저 문을 열고 들어와 있던 작은아버지 두 분의 얼굴이 환하게 나타난 것이었다. 그들은 다짜고짜 범인 잡는 형사처럼 잽싸게 나를 잡아챘다. 내가 살고 있는 곳을 어떻게 알고 찾아왔는지 내가 채 묻기도 전에 두 사람은 한목소리로 말했다. "장가는 왜 안 가는 거냐! 안 가는 건지 못 가는 건지 확인하고 싶어서 아침 일찍 기차를 타고 왔다!"

형제 셋 중 장남이던 아버지 동생들이었다. 일찍이 내 어린 시절 한마디 말도 남기지 않고 우리 집과 내 곁을 떠나간 아버지 형제들이다. 부친의 행방불명 이후 얼굴조차 희미해져 기억나지 않을 만큼 시간이 흘렀지만 숙부 얼굴에서 아버지 모습을 찾아내어 엿볼 수 있을 것이라는 실낱같은 희망이 나를 흥분케 했다. 그들 얼굴을 볼 때면 행동이 공손해지고 마음이 잠잠해지는 건 아마도 내 아버지와 피를 나눈 피붙이 앞이어서 본능적으로 복종하는 마음이 생겨났기 때문일 것이라고 생각했다. 내 삶의 지경이 넓혀지길 바라고, 더 나아가 가문을 빛내고 지켜 내기 위한 꿈을 가지고 서울로 올라온 나였다. 수년간 앞뒤 없이 뛰며 살아온 나에게 고향으로 내려와 결혼을 하라 다그치는 그들 앞에서 또다시 죄인처럼 무릎을 꿇어야 했다. 당당하게 거부할 수 있었음에도 늘 그랬듯이 그들 앞에서 난 내 생각과 의견을 보란 듯 말하지 못한 것이다. 기계 소리에 파묻혀 기계 움직임에 내 몸을 맞추고 쉬지 않고 움직인 고단한 내 몸뚱어리는 그들에게 무어라 대답할지 정신조차 없었다. 그저 멍한 눈으로 그들의 말을 듣고 바라볼 뿐이었다.

'가문을 이을 장손'이라며 애지중지하시던 할머니 생각이 났다. 동네 아이들에게 놀림과 따돌림을 당하며 괴로워하는 어린 나를 치마폭 속에 숨기고 감싸 안으시던 분이었다. "날 죽여라!" 성난 벌 떼처럼 달려드는 그들에게서 온몸으로 날 지켜 내던 분이다. 어떤 잘못을 했기에 이다지도 나와 우리 집을 괴롭히는지 몰랐다. 무슨 이유로 오간다는 말 한마디 남기지 않고 아버지는 고향과 우리 곁을 떠나야 했는지도 나는 몰랐다. 남길 수 없었는지, 남기지는 않았는지 누구에게도 설명조차 나는 듣지 못했기 때문이었다. 앞뒤 전말조차 알 수 없는 메말라 가는 과거의 슬픈 기억들이 희미해져 갈 무렵 나에게 종갓집 종손이라 집안의 대를 이어야 한다는 무한 책임을 물으며 빨리 결혼을 해야 한다는 숙부들의 이야기는 나를 더욱 당황스럽게 했으며 그 말이 무거운 마음의 짐처럼 느껴지는 것이었다.

한국 전쟁 발발 1년 전, 1949년, 내 나이 7살. 자기 생각을 똑똑하게 말로 하진 못했지만 집안에서 일어나는 일들과 흐르는 분위기를 알아챌 만큼 영특했다던 나를 버려두고 아버지는 내 곁에서 사라졌다. 나는 '사라졌다'는 말은 '세상을 떠났다', '돌아가셨다', '운명을 달리했다'는 죽음을 뜻하는 말들과는 거리가 있다고 생각했다. 사라졌다는 말은 영영 헤어짐이 아닌 아지랑이나 연기처럼 없어졌다가 어느새 다시 나타나는 것을 표현한 것이라고 생각하곤 했었기 때문이다. 사라진 내 아버지 뒤에 따라다니는 '행방불명'이라는 글자. 난 지금까지도 아버지가 내 곁에서 연기처럼 홀연히 사라져 갔다고 생각하고 있다. 언젠가 내 앞에 갑자기 나타날 안개나 연기처럼 아버지와의 만남을 고대하고 기대하고 있는 것이다.

아버지 처지를 누구보다 잘 알고 있었을 아버지 형제들은 형이었을 그분에게 무슨 일들이 일어났는지 잘 알고 있으리라 나는 생각했다. 어떻게 이런 일이 생겼는지, 왜 그래야 했었는지, 형과 아우 사이인 그들은 서로 도움을 주고받는 관계를 통해 형제의 행방불명 사태를 막을 순 없었을까. 내가 알지 못하는 어떤 조치들이 있지는 않았는지, 있었다면 혹시 내가 알지 못하는 비밀이라도 있었던 것은 아니었을까. 한 집안과 가문을 이어 갈 장남인 내 아버지 이름 석 자에 행방불명이라는 붉은색 줄이 쳐져 있는 공문서를 보는 집안 어른들의 비통함을 어디다 어떻게 비할 수 있을 것인가.

악몽과도 같았던 지난 수십 년의 세월이 지나고 이제 가계를 이어가야 한다는 절박함에 찾아온 작은 아버지들에게 나는 어떤 말과 행동을 보여야 옳을지 몰랐다. 큰 죄를 지은 사람처럼 고개를 숙인 채 듣고만 있는 내 양쪽 귀에 천둥처럼 들려오는 크고 날카로운 고함이 파편처럼 들어와 박혔다. "우리랑 지금 당장 내려가자!" "그 나이 되도록 객지에서 총각으로 살다 죽도록 내버려 두지 않겠다. 우리가 색시 준비해 놨으니 지금 내려가자!" 악착같이 벌어 고향에 내려가서 고향 사람들과 함께 보란 듯이 살아갈 청운의 꿈을 안고 상경했던 나였다. 그 꿈이 이렇게 여기서 산산이 조각나는 건 아닐까. 황당함과 무력감에 정신이 혼미해지는 건 어쩌면 당연한 것이었다.

순간, 앞뒤 가릴 겨를도 없이 나는 큰 소리로 그들에게 말했다. 사귀는 여자가 있고 조만간 장가갈 계획이 있다고 소리치듯 말했다. 죽은 듯 잠자코 듣고만 있던 조카의 대답에 숙부들은 놀란 표정과 함께 흐뭇한 미소를 지었다. 그리고 "그럼 됐다. 기왕 서울에 올라왔으니 그 아가씨 얼굴도 볼 겸 그녀 부모와 상의해 서둘러 날짜를 잡자!"라고 했다. 앞뒤 경황을 살필 새도 없이 꼼짝없이 결혼을 해야만 하는 지경에 이르렀다.

　숙부들이 내 숙소에 다녀간 지 약 한 달이 지나 약혼식을 했다. '번갯불에 콩을 구워 낼 만큼' 빠른 진행이었다. 내 나이 35세, 양말부터 시작하여 스웨터 편직 공장에 손과 발을 담근 지 25년, 타 지역 공장에 편직 기계를 분배해야 할 정도로 사업이 팽창하던 때, 경제 활성화 시대를 앞두고 열악한 노동 현실을 폭로하고 자살한 어떤 한 청년의 이야기가 전국 노동 현장에 스멀스멀 피어나던 1978년 12월 28일, 겨울의 한복판에서 말띠인 나보다 열한 살 아래 뱀띠 여성, 충주가 고향이고 경주 김씨에 '봉태'라는 남성 이름을 가진 여인과 결혼식을 올린 것이다.

애석함

　호남의 집 사랑방에서 흘러나오는 불빛이 보였다. 그 빛 속에서 어른거리는 그림자를 보았다. 틀림없이 그녀의 그림자라고 생각했다. 사방이 조용하고 창을 통해 흘러나오는 불빛은 보는 이로 하여금 아늑함과 설렘을 갖게 하기에 충분한 것이었다. 달빛에 흩날리는 밤꽃 향기가 스무 살 청년의 심금을 수줍게 매만지고 사라질 것 같은 한여름 밤이었다. 시정 거리에서 만나기로 한 약속에 마음은 이미 그곳에 가 있었다. 내 가슴은 벌써부터 뛰기 시작했다. 아마도 그녀는 지금쯤 정자 아래에서 나를 기다리고 있을 것이라고 생각했다. 그녀가 나와의 만남 약속을 지키기 위해 랜턴을 들고 어두운 정자 주위로 나를 찾아다니고 있을 것이 분명해 보였다. 장기를 두고 있었지만 생각은 온통 그곳에, 그녀를 향해 있었다.

그녀와 만나기로 한 그날 저녁, 그녀 오빠의 갑작스러운 장기 제안이 없었거나 내가 장기 두기를 고사하여 그녀 오빠와 함께하지 않았더라면 그녀와의 약속을 나는 지켰을 것이고 그녀와의 만남도 이루어졌으리라….

그녀의 집 사랑방에서 그녀의 오빠와 마주 앉았다. 장기를 두려고 앉은 것이었으나 마음은 온통 그녀에게 머물러 있었다. 어디쯤 가고 있을까. 먼저 도착하여 날 기다리고 있진 않을 것인가. 혹시 기다리다 집으로 돌아오는 건 아닐까. 안타까움과 미안함에 온통 헝클어진 마음을 다잡기 어려웠다. 그녀 생각으로 버무려진 혼돈의 시간이 흐른 후, 손전등 움직이는 불빛이 안방 문에 어스름히 비추는 것이 보였다. 날 기다리다가 끝내 집으로 돌아온 것이 분명해 보였다. 바로 뛰어나가 미안하다고 사과를 해야 했다. 그리고 전후 사정을 그녀에게 설명하고 다음 기회를 잡는 가장 객관적이고 합리적인 행동을 해야 했었다. 그러나 그녀의 오빠가 지켜보는 앞에서 그런 해명이나 행동을 그녀에게 하기가 나로서는 거의 불가능하다고 생각했다. 겉으론 강한 척하지만 속은 부끄러움과 수줍음에 얼굴이 벌게지는 것을 나 스스로 잘 알고 있었기 때문이다. 서울 생활을 하면서 건강에 이상이 생겨 고향에 내려와 휴식기를 갖는 동안 그녀를 보았다. 지나칠 때마다 내심 좋아하는 감정으로 꽉 차 있었을 뿐 겉으로 나타내 보이지 못했었다. 어쩌면 그녀도 나와 같은 감정이지 않았을까 미루어 짐작할 뿐이었다. 고향으로 돌아온 후 그녀와 만날 시간과 기회는 충분했지만 그녀와의 만남은 쉽게 이루어지지 않았다. 서로가 서로에게 다가가려는 용기가 너무나도 부족했기 때문이었다.

집안끼리 흉허물 없이 지내던, 절친한 이웃이었다고 했다. 아마도 그들은 우리 가족에게 하듯 다른 이웃과도 살갑고 다정하게 지냈을 것이고, 나누고 베풀기 좋아하는 그들 가족에게 이웃 사람들의 호감과 관심은 어쩌면 당연하였을 것이다. 그녀는 오빠 둘과 그의 부모와 살고 있다고 했다. 고향 토박이는 아니었지만 동네에서 일어나는 애경사마다 자기 일인 양 앞장서는 그녀 가족에게 토박이보다 더한 애정과 관심을 나누어 주고 인정할 만큼 그들은 동네 사람들의 전폭적인 지지를 받는 다정한 이웃으로 자리매김하고 있었다.

나와 마주칠 때마다 말없이 웃음 지으며 고개를 숙이는 그녀에게 나는 마음이 쏠렸다. 어떤 말이라도 그녀에게 하고 싶었다. 나에 대한 그녀의 생각을 알고 싶었다. 말속에는 말이 하는 거짓말이 섞여 있기 때문에 진심을 나타내 보이기 충분치 않을 것이라고 나는 생각했다. 말로 하기보다 글로 쓰는 것이 내 속마음을 내보이기에 더 좋을 것이라고 생각했다. 하얀 피부에 홍조를 띤 그녀 얼굴이 내 편지를 받아 본 후 어떤 모습으로 변할 것인가 호기심과 울렁임에 밤잠을 설치기도 했다.

정숙하다는 그녀에 대한 소문이 동네에 퍼져 인근에 사는 나 같은 총각들과 그들의 부모 마음을 설레게 했다고 했다. 편지를 그녀에게 보내고 돌아온 나는 밤새 잠을 못 이루었다. 글을 읽고 난 후 그녀의 표정과 생각의 변화를 생각하며 설레는 마음을 억누를 수 없었기 때문이었다. 애틋함과 그리움이 버무려진 내 젊은 날의 초상이 여과 없이 그대로 담겨 있었으리라는 것만 분명하게 기억날 뿐 어떤 내용이었는지 기억할 순 없다.

마을 시정 거리 근방에서 만나자는 내용의 편지를 두 번째로 보냈다. 만나기로 한 날 그녀를 기다렸지만 나타나지 않았기에 다시 쓴 편지였다. 이번에도 약속한 장소에 나오지 않는다면 나에 대한 그녀의 관심은 없는 것으로 간주하기로 했다. 약속 장소에 먼저 나가 기다리고 있었다. 이때 내 뒤에서 남자의 목소리가 들려왔다. 그녀 오빠인 광수 씨였다. 휘영청 달 밝은 밤에 정자에 앉아 장기 한판 두는 게 어떠한가를 그가 나에게 물었다. 그의 여동생을 기다리던 내 앞에 그녀의 오빠가 나타난 것이다. 혹 그녀가 오빠에게 우리 둘의 만남을 이야기한 건 아닌지 몰랐다. 호남을 만나야 할 시간에 자기와 장기를 두자는 그녀의 오빠가 한없이 원망스러웠고 의심스럽기도 했다. 그러나 하늘처럼 높아 보이기만 하던 그녀 오빠의 제안을 뿌리칠 어떤 방법도 떠오르지 않았다. 그녀 오빠 광수 씨와의 갑작스러운 장기 두기로 인해 그녀와 만나기로 한 약속을 지킬 수 없었다. 갑갑하고 답답한 마음은 장기를 두는 동안 벌어지는 승부욕에 빠져든 나머지 삼베옷에 방귀 새듯 약속의 의미조차 슬그머니 잊고 말았다.

 저 멀리서 반짝이는 랜턴 불빛이 점점 희미해져 가고 있는 것으로 보아 나를 찾고 기다리다가 그만 그 자리를 떠나가는 것이라고 생각했다.

 자리를 박차고 일어나 금방이라도 그녀를 향해 달려가고 싶었다. 그러나 어쩌랴, 그녀의 오빠와 내가 장기를 두고 있는 것을. 그때 장기를 잠시 멈춘 채 우리 둘 사이를 그녀 오빠에게 솔직하게 말하고 싶었다. 그러나 생각뿐 행동으로 옮기지 못했다. 그 자리에서 그녀에 대한 내 속마음을 그녀 오빠에게 밝혔더라면 어땠을까 상상해 보았다. 그의 평소 행동으로 보아 그녀를 불러 나에 대한 그녀의 생각과 의향도 물었을 것이고 우리는 어쩌면 어른들 비호와 합법적인 인정 속에 자연스러운 만남을 가졌을 거였다. 더 나아가 더 가깝게 지내며 젊은 날의 꿈들을 나누고 공유했을지도 모른다.

그날 밤 만남이 이루어졌다면 기쁘게 만나 하고 싶은 얘기들을 나누었을 것이고, 그녀와 새로운 약속도 했었을 것이다. 그러나 그날 이후 다시 만날 기회가 오지 않았다. 그녀를 향한 내 마음을 전하지도, 그녀의 생각을 듣지도 못한 채 총총히 사라지는 그녀의 그림자만 기억할 뿐이었다. 그녀 마음에 날 향한 원망의 그림자가 드리워지지 않았기를 바랐다. 약속을 지키지도 못하는 용기 없는 못난이라고 흉이나 실컷 보아 주기를 바랐다.

달빛 쏟아지는 대낮같이 밝은 밤, 달그림자에 둘러싸인 정자 옆에서 그녀와 단둘이 이야기를 나누고 싶었다. 소곤대는 젊은 우리를 반짝이며 내려다보는 수많은 별을 바라보고 싶었다. 아득한 먼 옛날, 이곳에서 우리 조상들을 지켰을 저 달과 별들의 소곤댐도 듣고 싶었다. 그녀의 생각과 내가 하고 싶은 이야기를 주고받으며 둘만의 시간을 나누어 가졌더라면 얼마나 좋았을까 생각해 보았다. 그녀와의 작은 이야기들이 계속 모여서 평생 긴긴 대화들로 이어져 나가기를 바랐던 나만의 영원한 비밀이자 슬픈 착각이었는지 몰랐다. 그날 이후 나는 사랑하는 마음은 갖지 않기로 했다. 미워하는 마음도 갖지 않기로 했다. 사랑하는 마음은 만나지 못해 괴롭고 미워하는 마음은 만나서 괴롭기 때문이라고 생각했기 때문이었다.

좋은 사람들

오빠 광수 씨가 병원에 입원했다는 연락을 호남에게 받았다. 임종을 앞둔 것 같아 부랴부랴 연락했다고 했다. 전남 장성병원에서 화순 원자력병원으로 옮겼다고 했다. 늦은 시각에 도착한 나는 움직임 없이 침상에 누워 있는 그를 보았다. 말을 나눌 순 없었지만 분명하게 광수 씨는 나를 반갑게 맞는 듯했다. 의식이 불명하다고 의사는 말했지만 난 분명히 그의 목소리를 들을 수 있었다. 말보다 더 호소력 있는 눈을 통해 알아낼 수 있었기 때문이었다. 연명 치료를 거부하고 자연스러운 죽음을 택한 그가 현명하고 용감하게 보였다. 그의 가냘픈 손을 통해 느껴 오는 따스함이 평생을 두고 나에게 하지 못한 이야기들을 한꺼번에 전달하려는 것처럼 느껴졌다.

그는 죽음의 그림자에 싸여 있던 나에게 따스함을 전해 준 사람이었다. 하루에도 몇 번씩 나의 병간호를 위해 집으로 찾아왔었다. 내 동생이 맹장염 수술 후유증으로 장성병원에 입원해 치료를 받고 있을 때도 피붙이처럼 동생을 돌보았다고 했다. 입으로 말하기보다 눈으로 대화하기 좋아했던 그였다. 동네 면장 일을 했던 그는 많은 이에게 온정을 베푼, 따뜻한 사람이었다.

'로또 복권'에 당첨된 사실을 온 동네에 알린 장본인이기도 했다. 자기 일처럼 기뻐하고 즐거워할 줄 아는 사람이었다. 임종 전, 그의 병실로 찾아가 그의 손을 잡았을 때 그의 온기가 손으로 모여 말로 나에게 다가오는 듯했다. "바쁜데 여긴 뭣 하러 왔느냐."라는 말은 평상시 듣던 그의 목소리처럼 나를 안심시키기 위해서 하는 마지막 배려처럼 들렸다. 어쩌면 나를 기다리고 있었던 그의 마지막 의연함인 듯하여 복받쳐 오르는 눈물을 감출 수 없었다.

만약 호남과의 인연이 이어져 양가가 혼인 관계로 이어져 인척 관계로 넓어졌더라면 어떻게 되었을까 생각해 본다. 아마도 나는 오래도록 한동네에서 집안끼리 알고 지내던 친근함과 애정 섞인 줄에 매여 지금과 다른 삶을 살았을 것 같다. 관심과 격려의 울타리 안에서 모든 것을 참고 이기고 견딜 수 있었을 것이다. 인연은 어떻게 사람이 만들 수 없는 것이기에 운명이라는 이름으로 돌리는 것일 것이다. 편지 속 약속 장소에 갑작스럽게 나타난 그녀의 오빠가 그녀와의 만남을 무산시킨 원인이었다고 단언하기에는 나의 부족함이 너무나 컸다. 그때 장기를 두면서 혹시 광수 씨는 나의 진정성 있는 말을 은근히 듣고 싶었거나 기대하지는 않았는지 모를 일이다. 세월이 흘러 모든 것이 변하고 변했다 해도 세상에 새로운 것은 없다고 생각한다. 좋은 것은 계속 좋을 것이고 나쁜 건 계속 나쁜 것으로 남을 것이기 때문이다. 내 주위에 있는 좋은 사람은 나를 기쁘게 해 주었다. 삶의 보람도 의욕도 북돋아 주었다. 그러나 결국 그것은 나의 용기와 결단과 판단에 의거하여 일어나는 결과일 수 있다고 생각한다.

호남, 그녀를 향한 불타는 마음이 진정으로 내 가슴에 한 조각이라도 있었더라면 어떤 장애도 나를 막을 수는 없었을 것이고 그녀를 향한 나의 마음을 무슨 수를 써서라도 보여 주었을 것이기 때문이다. 알고 있는 것과 그것을 실천하는 것과의 차이는 하늘과 땅만큼이나 크다는 의미를 이제 알 것 같다. 좋음과 나쁨의 차이는 결국 내 마음에 달린 것이고 내 판단과 결정에 따라 이루어지는 과정일 뿐이라는 사실 또한 그녀와 이루어지지 않은 원인이자 이유라고 생각한다. 그러나 그때 일은 지나간 과거일 뿐 후회는 하지 않는다. 나는 또 다른 여인을 만나 결혼할 기회를 가졌을 뿐만 아니라 그녀와의 사이에 사랑하는 자녀들을 선물로 받을 수 있었기 때문이다. 내 인생의 숙명은 이렇게 그림이 그려졌고 그 그림은 연필로 그린 것이 아닌 지울 수 없는 펜으로 그린 것이기에 내 삶의 열매이고 향기일 수밖에 없다고 생각한다.

10.26 사태를 맞다(상봉동)

　손으로 일일이 조작하고 다루어야 하는 수동 편물 기계 15대, 실을 감고 푸는 기능이 자동으로 조작 가능한 반자동 기계 6대로 번갈아 가며 작업하는 것으로 사업을 이어 갔다. 점차 변화되어 가는 자동화된 기계 출현은 대기업의 생산량 증가와 그와 맞물려 소비자 물가 인하 효과를 산출했지만 수동으로 작동하는 기계에 죽기 살기로 매달려 작업하는 것도 한계가 있었다. 불철주야 노력한 보람도 없이 사업은 점차 종말을 향해 내리막을 달렸다. 치솟는 인건비를 감당할 수 없었고 거래처에서 요구하는 물량을 기한 내 납품할 자체 능력조차 갖출 수 없는 악순환이 계속되었다.

　18년간 통치하던 박정희 대통령이 그 측근 중 한 사람에 의해 총격을 당하는 국가 비상사태가 발생했다. 혼란한 정국을 틈타 정권을 탈취하려는 몇몇 정치군인이 주동이 되어 일으킨 12.12 사태가 벌어졌고 '민주화의 봄'을 기대하던 국민들의 여망을 짓밟은 5.18 광주 민주화 운동이 일어났다. 서슬 퍼런 군부 독재 아래 온 국민의 눈과 귀를 막은 채 광주에서 벌어진 사태를 두고 신군부 측은 불온한 과격분자들이 선동하여 일으킨 폭동이라 했다. '광주 민주화 운동', 얼마나 많은 사람이 어떻게 희생되었고 누가 저지른 사건인지 그때는 알 수 없었다. 암흑 같던 때, 전국에 내려진 비상계엄 여파 등으로 경제 침체의 골은 깊어 가고 있었다. 자연스레 소규모 가내 수공업은 내리막길을 걷게 되었다.

결혼한 지 일 년이 채 되기도 전에 얻은 첫딸에 이어 1979년 둘째 딸을 얻었다. 눈에 넣어도 아플 것 같지 않은 어린 두 딸의 재롱을 볼 때면 뜨거운 사막을 걷는 것 같은 우리 일상에 말로 다 할 수 없는 새 힘이 생겨나는 것 같았다. 그들이 웃을 때 우리는 더 크게 웃을 수 있었고, 그들이 아파 울 때면 가슴이 메는 듯 어쩔 줄 몰라 했다. 누가 먼저랄 것 없이 둘러업고 병원으로 내달렸다. 두 딸은 우리가 쉬어 가는 생명의 오아시스였고, 삶의 이유였으며, 목표이자, 이정표였다.

갈수록 심화되는 불경기에 임금을 제대로 줄 수 없게 되자 직원들은 우리를 떠났다. 동고동락하던 작업자들이 뿔뿔이 제 갈 길로 가는 것이다. 함께하던 일손이 줄자 아내와 해야 하는 고된 작업이 시작되었다. 반복되는 기계 소리와 제품이 쌓여 있는 좁디좁은 방바닥은 두 아이의 놀이터로 변했다.

딸들은 편직 기계들을 놀이 기구 삼아 거기서 놀고, 먹고, 자곤 했다. 하루 정해진 작업량을 마치고 두 딸을 안아 줄 요량으로 그들 곁으로 다가갈라치면 새우처럼 구부려 잠든 모습을 발견하곤 했다. 아무리 부르고 불러도 대답 없는 부모를 향한 말 대신 가슴으로의 절규에 얼마나 멍이 들었을 것인가. 부르짖다 잠들었을 그들의 필요를 해결해 주지 못하는 무능하고 무정한 부모를 향해 얼마나 원망했을 것인가. 눈물과 콧물이 말라 허연 자국을 하나 가득 얼굴에 드리운 채 새우잠을 자고 있는 두 딸을 바라볼 때마다 우리는 소리 없는 울음을 삼켰다. 우리가 겪는 고생을 아이들에게는 물려주지 말자고 소리 없는 굳은 약속을 했었다.

경제는 좋지 않았지만 노동자들의 처우 개선에 관한 목소리들이 높아지기 시작한 시기였다. 곳곳에서 노동 분규가 일어났다. 정부는 노동자 편이라기보다 사업자 편에 선 듯했다. 경제 발전을 목표로 현장에서 일하는 노동자보다 자본을 움직이는 기업에 더 비중을 두는 것은 정책 당국에서 볼 때 당연한 것이라 생각했다. 약삭빠른 편직 기업들도 이 정책에 발맞추어 노동자들을 모집하기보다 각 개인이 할 수 있는 곳에서 나누어 작업하는 풍토가 전국적으로 유행처럼 생겨나기 시작했다. 나는 공장을 두 군데로 나누었다. 수동 기계와 반자동 기계로 제품을 만들 수 있게 한 것이다.

국민학교 동창인 고향 친구 이길환을 만났다. 편직 계통에서 동료이자 친구를 만난 건 분명 특별한 우연이자 인연이었다. 그는 스웨터와 가발을 가공하는 업자라고 했다. 달러 획득에 집중하던 정부 방침에 맞춰 큰 무역 회사에서 나오는 편직 하청 일을 도맡아 한다고 했다. 그의 도움을 받아 나는 성남 일대와 태평동 일대를 다니며 하청을 받아 일을 했다.

힘든 나날의 연속이었지만 소망의 나래가 우리를 덮을 것을 기대하며 하루하루를 보냈다. 큰 쓸모가 없어지게 된 수동 편물기 15대를 과감하게 정리했다. 대신 우리 네 식구 생명 줄이 담긴 반자동 편직 기계 6대를 피난 보따리처럼 챙겨 피난길에 오르듯 또 다른 곳으로 이사해야 했다. 서울과 경기도를 구분 짓는 경계석인 망우리 고개 꼭대기 돌 해태상을 지나 동구릉 후문 근방 허름한 집으로 이사를 한 것이다. 일감 원료를 받아 가공하여 납품하는 일을 하게 된 것은 동구릉 근방으로 이사한 지 일 년이 지나서였다. 수년간 편직업계에 발을 내디딘 후 알게 된 박 부장이라는 편직업자였다. 그는 일본을 주 무대로 ㅅ원무역이라는 회사 내에서 일본 무역을 담당하는 사람이었다. 그는 편직 재료를 공급하고 공급받은 업자가 완제품을 만들어 주면 납품을 받는 일을 주로 하였다. 그는 자기가 가져가야 할 최소한의 이익을 제외한 나머지를 나에게 준 것이었는데, 지난날 사업상 이어 온 크고 작은 끈끈한 신용들이 어려운 지경에 있는 나와 가족에게 비빌 언덕이 되어 준 것이었다.

박 부장이 나에게 보여 준 선한 마음이 담긴 파격적 배려 덕분에 나와 아내 그리고 두 딸과 함께 힘든 고비를 넘길 수 있었다. 허름한 가건물 안에서 식구들과 생계를 이어 갔다. 죽을 수도 있었을 험난한 삶의 고비를 넘을 때 그는 나에게 생명을 공급해 준 의인이나 다름없었다. 지금은 어디서 어떻게 살아가고 있는지 만날 수만 있다면 지금이라도 찾아가 보고 싶은 사람이다. 수십 년이 지난 지금까지도 나를 향한 인정과 선심을 베풀어 준 박 부장을 잊을 수 없다.

수동 기계를 없애고 난 후 나는 동구릉 후문 근처에 천막을 치고 작업에 임했다. 박 부장이 나에게 주는 일감을 소화하기 위해서였다. 박 부장과 함께 일하던 김승평이라는 사람이 내 앞에 나타났다. 그 사람도 나처럼 박 부장에게 임가공 하청을 받아 일하는 사람인 줄 알았다. 그는 면목동에서 가공업을 하는 사람이었다. 그는 일 년 여간 박 부장과 나와 함께 임가공 일을 했다. 어느 날 김승평은 자기보다 내가 더 많은 돈을 박 부장으로부터 받고 있다는 사실을 알게 되었다. 그는 내가 받는 혜택만큼 자기도 대우해 줄 것을 박 부장에게 말했다. 사업상 연루된 세 명 사이가 금전 관계로 벌어지게 되자 살갑던 관계의 나와 박 부장 사이가 갑자기 얼어붙는 듯했다.

김승평은 자신보다 파격적 대우를 받는 나를 못마땅하게 생각한 나머지 박 부장에게 어떠한 말들을 한 것이 분명해 보였다. 무슨 말을 어떻게 했는지 진실한 말은 아닌 듯했다. 그러나 증거는 없었고 박 부장은 더 이상 나에게 예전과 같은 배려를 하지 않았다. 호형호제하던 나와 박 부장 관계가 서먹한 관계로 변했다. 나는 박 부장을 찾아갔다. 무슨 이유로 전과 같이 일감을 주지 않는지 이유를 물었다. 그는 대답하지 않았다. 김승평이 무슨 말을 하여 박 부장과 나 사이를 갈라놓았는지 지금도 의문으로 남아 있다. 하루아침 사이에 양지가 음지로 바뀐 느낌이었다. 갑작스레 온탕에서 냉탕으로 들어간 느낌이 들었다. 나는 작업을 계속할 의지가 없어졌다. 믿을 사람도 도움을 받을 사람도 결국 기분과 처지를 맞출 수밖에 없는 존재라는 사실에 환멸을 느꼈다. 사람을 칭찬하기보다 헐뜯고 음해하는 일이 더 쉽다고 생각했다. 정직과 신용 하나만으로 뭉쳐졌던 나와 박 부장이 쌓아 올린 인간적인 신뢰는 서서히 그 빛이 사라져 갔다. 빈번했던 대화가 소원해졌다. 대화가 적어지니 만남 또한 뜸해지는 것이었다. 뜸한 만남은 헤어짐의 그림자이고 그것은 지난 모든 이야기와 행위를 덮어 버릴 수 있다는 것을 실감하게 되었다.

오해와 갈등이 비 온 뒤 죽순처럼 자라나는 것은 세상살이 가운데 다반사로 일어나는 일이라고 생각한다. 업무적으로 이어진 관계가 하루아침에 무너지기도 한다. 있지도 않은 일들로, 거짓과 술수로 나와 박 부장 사이를 이간질하여 박 부장으로 하여금 날 향한 돌이킬 수 없는 오해를 불러일으켰음이 분명하다고 생각했다.

강함이 약함을 이기는 건 거의 진리인 것처럼 나는 오해를 이해로 뒤바꾸어 놓을 어떠한 능력조차도 갖추지 못했기에 마냥 진실이 밝혀지길 기다렸다. 마침내 김승평은 업계에서 나쁜 사람으로 소문이 났고, 뚝섬 근방으로 작업장을 이전한 후 편직 일에서 손을 뗐다는 소문만 들려올 뿐이었다. 세상에는 착하고 좋은 사람도 있지만 나쁜 사람도 그에 못지않게 많다는 것을 알게 되었다. 조건 없이 받아 주고 이해해 주고 배려해 주는 태양 같은 사람이 있는 반면 남 잘되는 일에 시기와 질투 그리고 시시콜콜 반박과 부정적인 말로 사람의 기분과 마음을 황폐하게 하는 사람들도 많다는 사실을 알게 되었다. 한겨울 차디찬 동짓달처럼 냉정한 사람도 주위에 얼마든지 있다는 것을 삶의 교훈으로 가슴에 깊이 새기게 되었다.

나를 음해하던 김승평이라는 사람도 끝내 박 부장과 원만한 관계를 이어 가지 못하다가 1년 후 편직 공장이 밀집되어 있는 성수동 뚝섬 근방 공단으로 이전했다는 소식을 끝으로 소식이 끊겼다고 했다. 비로소 나와 박 부장과의 오해는 풀렸다. 풀린 내용이나 원인은 지금 기억에 없다. 단지 오해의 구렁텅이로 날 빠뜨린 사람만 아픈 기억으로 남았을 뿐이다. 큰 공장으로 이전한 김승평을 두고 박 부장은 '나쁜 놈'이라고 말했다.

서울에 올라와 양말 가공을 시작으로 스웨터 편물에 이르기까지

몸과 마음을 담아 아름다운 직물들을 만들어 내고자 최선을 다했었
다. 마음 한가운데에 이제 볼 수 없고 만질 수도 없는 편직 기계를
심는다. 그것에 한 올 한 올 아름답고 귀한 생명의 샘 같은 마르지
않는 마음의 실을 심기로 한다. 누구도 볼 수 없고 만질 수도 없는
옷감을 짜기로 한다. 마음씨가 착한 사람들은 보이는 기적을 만들기
로 한다….

　천직으로 여기고 달려온 내 생명과도 같았던 편직 기계들을 모두
처분하는 것으로 편직업계에 종지부를 찍었다. 눈 감아도 떠오르는
편직 일을 완전히 접은 것이다.

전업, 건축에 뛰어들다

　건설 노동을 하고 있던 고향 친구 안정만을 만난 건 나로선 행운이었다. 'ㅅ신건설'이라는 중소 건설 업체에서 일하고 있던 정만이는 나의 스웨터 편직업 포기를 믿으려 들지 않았다. 돈을 많이 벌었고 잘살고 있는 줄 알았다고 했다. 나는 그에게 지금까지 겪어 낸 편물 업계에서의 일들을 말했다. 지금 내 가족을 먹여 살려야 하는 시급함을 알리고 건축 노동판에 들어갈 수 있게 도와줄 수 있는지를 물었다. 그는 강원도 간성에 있는 군부대 안에서 일어나는 잡다한 공사들을 도맡아 시공하고 수리하는 업체를 나에게 소개했다. 강원도에서 살고 있던 고향 친구 안정만이 그의 지인인 이기조를 나에게 소개한 것이 인연이 되어서 나는 실타래 대신 돌과 흙을 만지는 일을 시작하게 되었다.

이기조는 노태우 정권 때 정치적으로 영향력을 행사하던 그가 아는 사람을 등에 업고 강원도 간성 일대 군부대 안에서 일어나는 각종 건축물 수리와 신·개축을 도맡아 하는 업자였다. 그가 처음부터 건축물 바닥에 시공된 돌 표면에 난 작은 흠집을 기계를 이용해 없애고 광택을 내는 일을 나에게 시킨 것은 아니었다. 이 과정에 이르기까지 양어깨가 짓물러 몇 번이나 피부가 벗겨져야 하는 단계를 거쳤다. 건축 과정 중 가장 아랫바닥에서 겪어야 하는 힘들고 어렵고 위험하고 혹독한 과정을 거친 후였던 것이다.

건축 과정 마지막 단계인 일명 '도기다시'라고 불리는 마감재 처리를 맡아 하도록 나에게 작업 방법과 기술을 배울 기회를 주기 위한 준비 기간이었던 것이었다. 꼼꼼함과 세심함이 요구되는 작업이자 기술자로서 대우받을 수 있는 분야였다. 친구인 정만이가 나에게 남다른 특혜를 준 셈이었다. 이 작업과 이 분야에서 기술자로 인정받기까지 땀과 피와 눈물이 뒤따랐고 고통을 맛보아야 했다. 물과 모래와 시멘트 가루로 반죽을 해 오후 사용할 적당량을 준비해 놓아야 하는 것은 오로지 내가 해야 할 일이었다. 무더운 날씨에 점심시간 한 시간을 넘기지 못하고 점점 굳어 딱딱해지기 시작하는 시멘트 반죽 통에 쉴 새 없이 물을 길어다 부어야 했다. 여름철 가뭄에 물 부족이 심한 강원 지역 둘레를 여기저기 헤매듯 뛰어다녔다. 굳어 가는 레미콘 점도를 풀어야 했기 때문이다.

이렇다 할 보호 장비나 안전장치는 없었다. 모래나 자갈을 어깨나 등에 지고 몇 개의 층을 오르락내리락했다. 나무로 만든 통에 달린 멜빵을 양팔을 통해 등에 지고 흔들리는 나무 계단을 한 계단씩 오를 때마다 무섭다는 생각이 들었다. '무섭다'는 건 자칫하면 죽을 수도 있겠다는 살벌함을 뜻하는 것이었다. 모래와 자갈 그리고 때에 따라 철근 등 건축 원자재를 등이나 어깨에 지고 메고 오르내리며 기다란 통나무들을 철사로 엮어 만든 나무 계단의 흔들리는 반동에 맞춰 뜻 모를 노래를 흐드러지게 부르는 사람들을 볼 수 있었다. 난 그때 사람은 기쁠 때만 노래를 부르는 게 아니라 두렵고 힘들 때도 노래를 부를 수 있다는 확실한 증거를 척박한 삶의 현장에서 체험했다.

온몸을 전율케 하는 두려움의 엄습은 한자리에서 몇 시간씩 작업하던 지난날 내 경험치들을 여지없이 무너뜨렸다. 이마와 얼굴에서 쉴 새 없이 흐르는 땀을 씻어 낼 엄두조차 나지 않았다. 한 손으로 땀을 닦는 동작을 하다가 잘못 균형을 잃을라치면 예상치 못한 불상사가 일어날 수도 있다는 부상의 공포가 온몸을 휘감고 지나가곤 했다. 두꺼운 헝겊과 종이로 모래와 자갈이 든 통 멜빵에 겹겹이 덧댔지만 끊임없이 이어지는 무게에 짓눌린 두 어깨는 화롯불에 익어 가는 살코기처럼 벌겋게 달아올랐다. 하루가 멀다 하고 벗겨지는 살가죽은 새 피부가 돋기도 전에 또다시 벗겨지기를 여러 차례 반복했다. 어느새 내 두 어깨는 마치 주사를 맞은 것처럼 고통을 느낄 수 없었다. 밀려오는 아픔을 참지 못하면 약을 바르거나 붕대로 싸맬 수 있었으나 쉴 새 없이 흐르는 땀에 약이 스며들지 못했다. 붕대도 힘없이 흘러내렸기 때문에 바르고 싸맬 효용 가치가 없었다.

집에 있는 아내와 두 딸이 생각나는 유일한 공간은 작업장 옆에 임시로 지은 허름한 숙소였다. 그곳에서 보내는 시간은 고통을 고통이라 느낄 수 없을 만큼 달콤했다. 작업장에서 이어지는 고된 일과의 싸움에서도 방긋방긋 웃는 딸들 모습이 떠올랐다. 그 모습은 웃음소리로 변해 귀에 쟁쟁하게 들려오는 듯했다. 물속에 잠겨 있던 것들이 수면 위로 오르듯 아이들 얼굴이 두둥실 떠올랐다. 광활한 공사장에서 버티고 또 버티며 그렇게 일 년처럼 길게 느껴지던 하루하루를 버티고 버텨 내었다.

공사 현장 안에 있는 물탱크를 철거하기 위한 작업 과정에서 그것을 둘러싸고 있는 나무 거푸집을 제거해야 하는 일이 있었다. 고참 인부들끼리 서로 눈치를 보며 섣불리 다가서려 하지 않았다. 나는 누가 시키지 않았음에도 스스럼없이 거푸집에 올라가 묶인 철사를 끊어 내고 두껍게 둘러싸인 통나무들을 큰 힘을 들이지 않고 해체했다. 어디서 그런 용기가 솟아났는지 지금도 의아하기만 하다. 내가 하는 것을 처음부터 지켜보던 감독관은 다음 날부터 임금을 나와 같은 신임 인부들보다 갑절로 책정하여 지급하는 것이었다. 다른 사람보다 눈에 띄게 많이 받게 된 것이다. 그날 이후 그 작업장을 떠나 다른 곳으로 가기까지 나는 보통 일군 일당 금액 5만 원의 두 배인 10만 원을 받았다. 물불 가리지 않고 솔선할 뿐 아니라 지시하는 작업량 완수와 빈틈없는 일 처리까지 공사 책임자 눈에 좋게 보였기 때문일 것이라고 난 혼자 생각했다.

어느 날, 미장공 천순기(미장 십장)가 날 불렀다. 눈에 띄게 열심을 내는 내가 그에게 돋보였는지 나의 자세한 일신상에 관한 정보를 알아내고자 이것저것을 묻는 거였다. 나는 그에게 내 고향과 식구 현황을 말했고 이어진 대화 속에서 그는 도기다시보다는 미장 기술이 앞으로 더 전망이 좋다고 했다. 그는 미장 기술자를 따라다니며 그를 돕는 과정을 통해 기술을 배울 것을 권유하는 것이었다. 나는 그의 권유를 받아들였다. 미장공인 그를 따라다니며 일을 배우는 나에게 이틀간 일한 임금에 하루치를 더하여 주었다. 빠르게 적응하는 나를 향한 그의 마음이었을 것이다. 도기다시 작업보다는 쉬웠지만 나는 편직 일보다는 비교할 수 없을 만큼 힘이 든다고 생각했다.

그와의 만남은 계속 이어졌다. 추석을 쇠고 난 이후에 그와 함께 미장일을 시작했다. 공사 현장을 옮겨 갈 때마다 그와 함께했다. 그는 예약된 다른 장소에서 있을 공사 일에 자기와 계속 함께했으면 좋겠다고 했다. 천순기는 지금까지 일하던 ㅅ신건설보다 더 많은 수입이 보장되는 작업 현장으로 옮겨 갈 것을 나에게 제안했다. 성실하게 일하는 사람 곁에는 누군가 계속 주시하고 있는 사람이 있다는 사실을 깨닫게 되었다. 반갑게 들렸으나 그의 제안을 쉽게 수락할 수는 없었다. 이곳으로 오기까지 도움을 준 친구 정만에게 의향을 물어야 하는 것이 도리처럼 느껴졌기 때문이었다.

'아시바(건축 작업 시 철 세우는 작업)' 일을 전문으로 하는 김 모 씨라는 사람이 있었다. 그는 그의 고향과 내 고향이 같다고 했다. 그는 나의 할머니에 대한 이야기를 듣고서 내가 '대기댁' 손자라는 사실을 나에게 말해 주었다. 할머니 고향 이름이 '대기'라는 사실을 알게 되었다. 더 깊은 뜻을 알아보기도 전에 그는 나와 보기 드문 인연이 분명하다며 반가워하는 것이었다. 그 또한 자기와 함께 일할 것을 제안했다.

나는 갑작스레 들어오는 이러한 청유에 답하기 전에 친구인 정만에게 먼저 이 사실을 말해 주었다. 정만은 나의 이야기를 듣고는 이제 우리 나이도 들고 했으니 다른 사람과 다니지 말고 동업을 하자고 했다. 도기다시 일을 다시 하자는 제안으로 받아들였다. 이후 나는 ㅅ신건설을 떠나기로 결심했다. 미장과 아시바 일을 함께하자는 두 사람의 제의를 모두 포기한 셈이 되었다. 고향 친구인 안정만과 동업을 시작하기로 다짐한 것이었다.

ㅅ신건설에서 건축 일을 하는 동안 나는 사람들에게 신임을 얻었다. 보이든 보이지 않든 맡은 바 일에 충실했을 뿐인 나를 사람들은 좋아하는 것 같았다. 내가 열심을 보이는 어떤 곳에서든 나를 둘러싸고 있는, 내가 볼 수 없고 보이지 않은 곳에서 여전히 나를 주시하고 있는 사람이 많이 있다는 사실을 거듭거듭 깨닫게 되었다.

찬 바람이 불기 시작하던 초가을쯤, 나를 이곳 ㅅ신건설에 소개한 안정만과 ㅅ신건설을 떠났다. 그가 나를 이곳에 데리고 왔듯이 떠남도 그와 함께했다. 그와 내가 새로 간 곳은 정만의 처남이 근무하는 곳이었다. 강화도에 있는 건설사였는데, 그곳에서 그의 처남이 갖고 있는 하청권을 이용하여 나를 포함한 세 명이 함께 건축업의 동업자가 되기로 했다. 얼마씩 투자하고 이익은 어떻게 나누기로 했는지 기억에 없다. 그러나 제2의 직업을 가지고 새로이 출발하는 것임에는 틀림없었다.

도기다시 기술을 가진 고향 친구인 안정만과 동업을 시작한 지 2~3년이 지났다. 같은 업종에서 일하던 김길곤이라는 기술자와 함께 일하게 되었다. 그의 출현으로 나와 정만이와의 사이가 점점 소원해지는 것처럼 느껴졌다. 세 사람 사이의 보이지 않는 갈등은 비누 거품처럼 부풀었다. 그 거품은 서로가 서로를 인정해 주기보다 인정을 받으려는 갈등과 투쟁 속에서 나타난 추함 같은 거였다. 공감을 얻기 위해 더 가까워지려 하는 인간관계 틈바구니에서 나는 고향 친구인 안정만과 사이가 점점 멀어지는 거였다. 둘 사이에 한 사람이 들어오면 영락없이 먼저 알게 된 사람과 서먹해지는 슬픈 현실 앞에서 나는 보이지 않는 눈물을 흘렸다. 차라리 아파서 흘리는 눈물이기를 바랐지만 고통보다 더한 소원함과 서먹함 그리고 지난날로 돌아갈 수 없는 현실 앞에 서 있는 나 자신이 바보처럼 보이는 눈물이었다. 사람과의 만남은 우연처럼 보이기도 하지만 헤어짐은 빠르고 야속한 현실로 나타난다는 사실이 나를 슬프게 했다.

"먹을 것 앞두고는 형제 없다."라는 속담처럼 돈 앞에서 친구도, 인심도, 일말의 양심조차도 없다는 사실이 새삼 느껴졌다. 고향에서 함께 크고 자란 나를 이해하고 감싸 주고 날 위해 변호해 줄 사람이라고 생각했었다. 힘들고 어려울 때 나를 이곳으로 이끈 사람이기도 했다. 그러나 나보다 더 유능한 사람처럼 보였을 김길곤 앞에서 그는 나를 친구 반열에서 제외하려는 것처럼 보였다. 나의 존재를 애써 잊으려는 것처럼 보였다. 나를 외톨박이로 만들 작정을 한 정만에게 내 속마음을 무슨 말과 행동으로 나타내 보이고 싶었지만 그렇게 할 방법이나 현실을 뒤바꿔 놓을 용기가 나에겐 없었다.

답답한 가슴에 다가오는 건 우울함뿐이었다. 믿고 의지할 사람으로 생각한 친구가 너무나도 다른 존재로 바뀌는 현실 앞에서 나는 속울음을 쏟지 않을 수 없었다. 얼음처럼 차디찬 인간관계가 싫었다. 어차피 세상은 슬픔으로 가득한 곳이라고 지나가는 말로 들었었다. 하지만 이렇듯 살벌하리라곤 생각지 못했다. 일이 손에 잡히지 않았다. 말없이 그곳을 떠나고 싶다는 생각만 머릿속을 달궜다.

강원도 간성을 떠나 일감도 많고 사람들도 많이 만날 수 있는 강화도로 일터를 옮기는 것이 어떤지 나에게 제안한 사람은 ㅅ신건설에서 함께 일하며 알게 된 서정곤이라는 사람이었다. 한창 작업 현장을 넓혀 나가는 ㅎ대아파트 공사 현장으로 옮겨 가는 것이 돈벌이가 더 좋다는 것이 그 이유 중 하나였다. 울적함에 일이 손에 잡히지 않으니 차라리 작업 환경을 바꾸는 것도 방법일 것 같다는 생각이 들었다. 기쁘게 만나 슬프게 헤어진 안정만을 내 기억에 남기고 미련 없이 떠나기로 했다. 나는 온다 간다 말없이 그와 함께 그곳을 떠났다.

김대중 정부 시절에 'ㅂ영'이라는 이름으로 건설업계에 혜성처럼 나타나 기세를 한창 끌어올리며 중소기업이던 기업체가 일약 건축업계 그룹 반열로 성장하던 때였다. 강원도 간성에서 강화도로 이전한 지 몇 달이 안 되어 안정만이 내 앞에 나타났다. 말없이 떠났던 나처럼 말없이 내 앞에 나타난 것이었다. 두 번 다시는 못 볼 것 같던 그였다. 그러나 그가 남다르게 반가웠던 건 고향 친구라는 이유에서만은 아니었다. 지난 일들은 모두 자기가 잘못한 것이었다는 자기반성에 내 마음이 풀어졌기 때문인지 몰랐다. 모두 잊자고 했다. 모두 자기의 좁은 소견에서 비롯된 오해로 인한 것이었다고 했다. 이제부터 마음과 뜻을 모아 돈을 버는 데 행동으로 옮겨 보자고 그는 나에게 말했다. 나는 그에게서 진심을 읽을 수 있었다. 어차피 돈을 벌 바엔 지난 일들을 잊고 다시 한번 힘을 내어 보자고 스스로를 다독였음의 효과도 있었을 것이다.

편직업에서 건축업으로의 전직도 정만이의 제안으로 이루어진 것이 아니었던가. 난 그의 생각에 동조할 수밖에 없는 새장 속 한 마리 새 같다고 생각했다. 사실 그는 나보다 생각도 깊었고 현실 감각도 뛰어났다. 이론적 생각을 뛰어넘는 가장 현실적인 돌파구를 제시하는 명철한 사람이었다. 그러던 친구 정만이가 나와 정만이 앞에 나타나 사이를 서먹하게 한 장본인 김길곤과 셋이 동업을 하자고 제안하는 것이었다. 기술과 건축 면허를 가지고 있는 안정만과 김길곤, 그리고 나 이렇게 세 명이 힘을 모으면 일하는 보람을 넘어 괜찮은 수입을 얻을 수 있을 것이라고 나를 설득하는 것이었다.

우리는 몸과 마음을 합하여 열심히 일했다. 일할 수 있는 일감도 끊임없이 우리에게 주어졌다. 전국에 건축 붐이 일어난 때였다. 안정만이 말한 대로 수입은 기대 이상으로 들어왔다. 셋이 각각 월 이천만 원씩 나누어 가져가기도 했다. ㅂ영건설이 시공하는 주택 건설 현장 일을 도맡아 했기 때문이었다. 대한민국 전체가 순식간에 경제적 동토로 변한 1997년 외화 부족 사태 때에도 우리 경제의 지경은 흔들리지 않았다.

매월 계산되어 받게 되는 수입을 사랑하는 아내의 계좌에 송금하고 돌아오는 발걸음은 가벼웠다. 더구나 아내 배 속에 있는 또 하나의 생명을 맞이할 부푼 기대에 힘든 줄 몰랐다. 나의 두 번째 생업인 건축 일을 통하여 얻게 되는 수입은 비록 돌을 갈고 붙이는 힘들고 위험한 일이었지만 고향을 떠나 처음 배웠던 편직 기술로 번 돈보다 더 많은 액수의 금액을 나에게 안겨 주었다. 그러나 돌을 다루는 숙련된 기술을 지녔다 해도 돌을 나무나 종이처럼 다룰 수는 없었다. 위험한 만큼 육체적인 힘이 요구되는 피와 땀과 눈물이 섞여야 이루어지는 정직한 직종 중 하나였다.

하나같이 힘에 의존해야 하는 계속되는 작업은 나의 속과 겉을 서서히 무너지게 하는 것 같았다. 몸살을 앓는 일들이 빈번하게 일어났다. 점점 쇠약해지는 현실 앞에서 불안했다. 한 가정의 가장으로서 내가 해야 할 일들이 파도처럼 닥쳐오는데 나이 앞에서 더 이상 맥을 이어 나갈 수 없게 된 처지가 한편으로 무겁고 슬프고 불쌍하게 느껴지는 것이었다. 무거운 돌을 맘대로 움직이는 데 어려움이 전혀 없다는 확신이 불신으로 변질되자 나는 급속도로 자신감을 잃게 되었다. 자의 반 타의 반으로 내 생애 두 번째 직업인 돌을 다루는 일을 포기할 수밖에 없었다.

내가 벌어 내가 쓰고, 내 가정을 부양하던 가장의 자리가 버겁게 느껴지는 것이었다. 보이지 않고 잡을 수 없는 그 자리에서 한 발짝 뒤로 물러서야겠다는 생각이 순간 장난처럼 가슴으로 파고들었다. 바꿀 수 없는 이러한 사실 앞에 내 몸과 마음은 눈 녹듯 힘이 빠지고 의욕조차 없어지는 것 같았다. 일생일대 한 번도 경험할 수 없었던 커다란 위기와도 같은 반향이 서서히 나를 향해 불어오는 것을 느꼈다. 마음과 행동이 일치되지 않는 현실 앞에서 나의 생각은 나를 점점 실의에 빠지게 하는 것 같았다.

나의 심신의 나약함을 미리 내다보기라도 한 듯 아내는 유유자적했다. 전과 같이 돈벌이가 시원치 않음을 알자 아내는 이런 상황이 닥쳐올 것을 진작 알고 있었다는 듯 결혼 전부터 몸담아 체득했던 다방 운영에 관해 관심을 가지기 시작했다. 가정의 가계를 돕는다는 명분으로 중동 신도시에서 커피와 술을 팔며 영업을 하고 있던 아내 지인의 영업장소에 직장을 구했다. 얼마 되지 않아 아내는 곧바로 출퇴근을 시작했다.

피곤한 몸으로 출퇴근하는 아내 대신 그녀가 해야 할 가정에서의 역할을 내가 해야 했다. 아내가 알고 지낸다는 아내 선배와 영업 실태에 관하여 물을라치면 그 선배는 좋은 사람이라고만 할 뿐 더 자세한 설명은 없었다. 현재 다방 운영은 잘되고 있다고 했다. 가족 같은 분위기에서 잘 돌아가고 있다는 짤막한 대답에 가타부타 물을 이유가 없었다. 퇴근 시간이 점점 늦어지는 것 같았다. 무슨 이유에선지 집에 들어오지 않는 날들도 빈번하게 생겨났다. 며칠씩 집을 비우는 지경까지 이르렀다. 영업장소 전화번호는 알고 있었으나 직접 전화하기가 생각보다 쉽지 않았다. 전화기 앞에서 몇 번이고 망설이다 송화기를 내려놓곤 했다.

막노동판에서 근근이 벌어들이는 적은 수입에 만족하지 못하고 맞벌이에 뛰어든 아내의 열심이 한없이 고마웠다. 그러나 내 가슴 한편에 한 가정의 주부와 세 명의 자식이 딸린 엄마로서 너무 집안일에 소홀한 것이 아닌가 하는 우려가 생겨났다. 눈 속에 묻혀 있던 잡동사니들이 눈이 녹자 하나둘씩 그 모습을 드러내는 것 같다고 생각했다. 아내 빈자리에 드리우는 허전함과 쓸쓸함이 그림자처럼 나와 우리 집을 뒤덮기 시작했다. 그녀의 부재가 하루, 이틀, 며칠씩 간격이 늘어나던 어느 날, 나는 매제에게 아내가 근무하고 있다는 신도시에 찾아가 아내 근황을 알아보고 올 것을 부탁했다.

중동 신도시 중심가에서 아내와 그녀의 지인이 함께 운영한다는 다방에 찾아간 매제는 아내가 그곳에서 커피와 술을 팔고 있었다고 했다. 그곳에서 만난 매제에게 아내는 집과의 거리가 멀어 출퇴근이 어려워 이곳 다방에서 숙식을 함께하며 생활하고 있으니 걱정하지 말라는 말을 전했다고 했다.

늦은 귀가와 빈번한 외박은 그날 이후에도 계속되었다. 돈벌이가 시원치 않아 가정 경제를 원만히 이끌지 못하는 못난 가장 때문이라고 생각했다. 맞벌이를 해야 하는 현실을 뒤로한 채 집안 돌보기만 바라는 건 현실을 외면한 일방적 착각이 아닐까 하는 생각이 나를 괴롭혔다. 부족하고 불안한 위치에 있는 날 바라보는 아내는 예전과 같지 않아 보였다. 평상시와는 다르게 날 피하는 듯했다. 누군가의 전화도 그 자리에서 받지 않고 자리를 피해 다른 곳으로 옮겨 가서 받는 모습이 눈에 띄게 많아졌다. 의심의 눈초리로 바라보는 나의 마음과 행동은 불안과 초조함, 못난 자책감으로 똘똘 뭉쳐져 보이지 않는 밧줄에 얽매여 허둥대는 한 마리 먹이가 된 것처럼 나 스스로를 옥죄고 있었다.

한 울타리 안에서 울고 웃으며 함께 살아가야 할 운명 공동체 안에서 점점 멀어져 가는 아내를 소리 없이 몇 번이나 부르다가 화들짝

놀라곤 했다. 큰딸 민정, 둘째 화정, 아들 현석을 부둥켜안은 채 잠
자리에 들라치면 아내가 누워 있어야 할 자리에는 밤늦게 내가 마시
다 남긴 소주병들이 나뒹굴고 있었다. 엄마를 부르다 지쳐 잠든 아
이들 숨소리에 섞여 나오는 애달픈 울음소리만 가리가리 찢겨 내 귀
에 들어와 박혔다. 1980년대, 슬픔의 깊이와 넓이를 가늠할 수 없는
혼돈 속 빛바랜 기억으로 남아 있는 것이다.

악몽

안개가 온 동네를 덮고 있다. 가까이 다가가지 않으면 보이지 않을 만큼 지독한 안개가 모든 것을 감싸고 있다. 동짓달이 이미 지나 겨울의 한복판임에도 안개는 온 천지를 뒤덮고 있다. 오늘도 아내는 밤 12시가 다 되어 집에 들어올 것이다. 안개를 뚫고 조심스레 움직이는 차들만 간간이 가로등 불 밑을 지나가고 난 다음 다시 주위는 조용하다. 왠지 오늘 밤은 더 불안하고 초조하다. 베란다에서 방 안으로, 다시 안방과 베란다를 들락날락하기를 몇 번이나 했을까. 뿌연 안개와 섞여 어렴풋이 회색처럼 보이는 승용차 한 대가 서서히 다가와 우리 집 문 앞에 멎는다. 전에 느낄 수 없었던 야릇한 흥분과 뒤섞인 호기심 어린 불안감이 내 마음과 생각을 찌르며 나를 휘감는다.

내 아내가 저 차에 없기를. 저 차에서 내리는 사람이 내 아내가 아니기를. 하루 일을 마치고 늦게 집으로 들어오는 주민 중 한 사람이기를. 오늘 모임에 즐거워하며 차에서 내리기 아쉬워하는 사람들 가운데 한 명이기를. 독백처럼 내뱉는 소리가 내 입에서 채 떠나기도 전 문득 아내는 대중교통을 이용하여 집에 오고 있을 수도 있겠다는 생각이 들었다. 종종 혼자 걸어오길 좋아하던 그녀였기에 그럴 가능성도 있겠다는 생각이 들자 안도의 한숨이 터져 나왔다. 안도의 한숨…. 늦은 아내의 귀가 앞에서 겨울 찬 바람을 온몸으로 맞고 서 있는 내 모습이 한없이 나약하고 형편없는 인간처럼 생각되었다.

'저 차는 몇 분이 지났는데 왜 아파트 입구에 계속 서 있는 것일까….' 별안간 생각 난 의문은 사방으로 퍼져 나가는 담배 연기처럼 나를 또다시 불안 도가니에 빠져들게 했다. 저 차 안에서 무슨 일을 하고 있는 것일까. 헤어지기 싫어 서로 엉겨 붙어 있기라도 한 것일까. 은밀한 곳에서 사랑을 나누고도 모자라 남편과 아이들이 있는 집 앞에서조차 헤어지기 싫을 정도로 가까운 사이일까. 남녀 사랑은 이성이나 의지와는 별로 상관이 없는 본능이고 그 본능은 어쩌면 신비로울 수 있다지만 추악할 수도 있지 않을까 생각했다. 지금 나는 내 아내가 어떤 사람과 비밀스러운 방 같은 차 안에서 무슨 일을 하고 있는지, 어떤 이야기를 나누고 있는지 궁금해하고, 그것들을 보고 듣지 못하는 야릇한 안타까움으로 스스로를 사로잡고 있을 뿐이다.

사랑은 모든 것을 덮고 이기고 감출 수 있다고 생각한다. 그 사랑은 아마도 고귀한 의미의 사랑을 이야기한 것은 아닐 것이라고 생각했다. 무분별한 사랑도 사랑일 수 있겠다는 생각에 이르자 갑자기 화가 났다. 슬픈 마음이 구름처럼 피어났다. 그 구름은 더욱 짙어져 우울하고 짜증 나고 고통스럽고 신경질이 났다. 울화통이 치밀었고 나 자신이 불쌍하게 느껴지며 쓸쓸했다. "저 등신, 자기 마누라 하나 간수 못 하는 병신 같은 인간." 날 향해 던진 옆집 노파의 말이 다시 한번 내 가슴을 후벼 파듯 바람처럼 지나갔다. 저 차 안에는 두 사람이 타고 있고 두 사람 중 하나는 남자이고 다른 한 사람은 아내임이 틀림없다는 확신이 드는 것이었다. 무엇이 그런 믿음을 갖게 했는지 모른다. 주인의 발걸음 소리를 듣고 꼬리를 흔드는 개의 움직임처럼 본능 같은 것이었을까.

두 손을 입에 대고 나지막한 신음처럼 내뱉은 하얀 입김이 채 사라지기도 전에 차 문이 열렸다. 제발 내 아내가 아니길 그렇게 빌었는데 나의 바람을 비웃기나 하듯 나타나는 내 아내. 그녀는 틀림없는 내 아내였다. 또박또박, 한 발 한 발 다가오는 내 아내의 구두 소리가 차디찬 겨울 공기와 함께 뻥 뚫린 내 가슴을 서러움으로 물들게 했다. 힘없이 걷는 모습이 측은하고 가엾게 보였다. 하루 종일 무언가를 했었을 것이고 그 피곤함이 양어깨에 고스란히 묻어 있었기 때

문인지도 몰랐다. 승강기를 타고 올라올 아내를 더 기다리지 않기로
했다.

　뛰어들듯 안방 침대에 엎드렸다. 모로 누워 자는 척을 했다. 뒤를
따라 들어와 내 어깨를 살며시 흔들 듯 만지며 아내는 말했다. "무슨
일 있어?" 난 고개를 들어 왜 이리 늦게 오느냐는 어제와 같은 말을
할 수 없었다. 어제도 그제도 똑같이 물어보았고 아내 역시 같은 대
답을 했었기 때문이었다. "내가 일하는 다방에서 알게 된 사람인데,
술 취한 손님을 태워다 주는 기사야. 친절하고 말도 별로 없고, 나보
다 열 살 아랜데 날 누님이라 불러. 우리 집과 별로 안 떨어진 곳에
그 사람 누나와 함께 사는데, 버스 타고 오는 날 보고 같은 동네인데
집까지 태워다 주겠다는 걸 사양할 수 없었어, 한두 번 그냥 그 사람
차 타고 온 것뿐이야. 당신이 타지 말라면 다시는 안 탈게…."

　어제도 그제도 똑같은 말을 하던 아내 말이 끝나고 잠시 침묵이 흘
렀다. '차에서 무슨 얘기들을 나누었을까…' 말할 수 없는 답답함과
우울함이 내 마음 깊은 곳에서 고통스러운 똬리를 틀고 있는 것이다.
　"차 안에서 무슨 이야기를 나누었기에 십 분이 넘도록 내리지 않았
던 거야?" 아내가 차에서 내리면 아무것도 묻지도, 대답도 하지 않
으리라 다짐했지만 나도 모르게 질문을 하고 있었다. "그 사람 팔에

생긴 상처가 궁금해서 어디서 그렇게 된 건지 물어본 것이고 병원에
갔었는지 물어본 게 전부야. 괜한 의심하지 마⋯.” 짜증스러움과 당
황한 기색으로 내 물음에 답한 아내는 별걸 다 물어본다면서 피곤하
다며 자기 방으로 들어가는 것이었다.

아내는 정답고 마음이 놓이고 아늑하고 편안한 이름이라고 했다. '행복을 짜는 사람'이라고 표현하기도 한다 했다. 사랑한다는 건 숨김없이 발가벗는 일이라고 했다. 서로 상처를 주고받을 수 있는 무기를 내려놓는 것이라고 했다. 그 상태에서 서로가 서로에게 다가가고 항복하는 것이라고 했다. 나는 아내에게 어떤 존재였는지 생각해 본다. 아내는 나에게 어떤 존재였는지 생각해 본다. 그녀의 마음 한 구석에 나는 어떤 모습으로 자리매김하고 있었는지 궁금하다. 평생 함께하기로 한 약속을 지키기 위해 얼마나 많은 고통의 나날을 보내야 했으며 얼마나 많이 눈감아 왔는지 아련한 마음이 나를 덮는다.

지금도 그녀 마음 한구석에 내가 들어갈 공간이 있는지 거울로라도 볼 수 있으면 좋겠다는 생각을 한다. 난 아내에게 남편으로서 할 일을 다 했다고 자신 있게 말할 수 없다. 애정을 나눌 상대로 삼기 위하여 우리는 만났다. 충분할 만큼 부부가 누리고 나누어야 할 친근하고 살가운 사랑 이야기들을 주고받기 위해 만났다고 해도 과언은 아닐 것이다. 그러나 우리는 얼마나 자주, 얼마나 많이, 서로가 서로에게 유치하리만치 사랑을 주고받았는지 자신 있게 말할 수는 없을 것 같다.

철없이 풋풋함 하나로 사랑을 찾아다녔다. 우리는 결혼이라는 굴레에 씌워지자마자 불길한 예감에 휩싸였다. 어차피 헤어져도 끝나고 결혼해도 끝나는 사랑일 바엔 서로 만나지 않았으면 좋았을 것이라고 생각하기도 했다. 보일 듯 보이지 않는 삶의 장애물들이 사랑의 애달픔과 안타까움으로 뻥 뚫린 서로의 가슴에 씻을 수 없는 흔적과 흉터를 남기는 건 아닐까 생각하기도 했다. 서로가 서로를 그리워하고 미워하기도 하는 애증이 찌꺼기처럼 가라앉아 있었던 것은 아니었을까. 그리움과 사랑에 지친 나머지 미움과 원망과 실망으로 뭉쳐진 실타래처럼 엉켜 버린 것은 아니었을까.

가족을 먹여 살리고 가정을 지킨다는 명목 하나만으로 쉼 없이 달려오는 동안 부부인 우리는 감정 표현을 서로에게 쉽게 하지 못했던 것 같다. 우리가 바라는 삶이 아닌 다른 사람들의 눈치와 기대에 맞추어 사느라 정작 우리가 누려야 할 둘만의 관계를 소홀히 했었던 건 아니었나 생각해 보는 것이다.

아내는 누구에게든지 거리낌 없고 소탈한 여인이었다. 개방적이고 사교성이 뛰어난 아내 성격상 남편인 나에게만 속마음을 열지 않는 영어(囹圄)의 삶을 살아온 것 같다는 생각이 든다. 남에겐 친절하고 싹싹했다. 적어도 난 그렇게 아내를 보아 왔다. 그러나 나에게만은 쌀쌀하고 절제된 모습으로 언제나 수동적 자세를 보였다. 겉모양은 정상적인 부부처럼 보였지만 우리는 대화를 하면 할수록, 접촉을 통해 이해와 공감을 하려면 할수록, 외로움이라는 그림자가 서로에게 둘러쳐지는 것이었다. 그 외로운 그림자는 더욱 짙게 드리워졌고 마침내 우리 둘을 갈라놓기에 이르렀다. "사람은 태어나서 죽을 때까지 정해진 양만큼 사랑을 주고받아야 한다."라고 했다. 아마도 그녀와 나는 귀하디귀한 둘만의 사랑 이야기를 미완성으로 내팽개친 채 '저 멀리서 무지개 타고 오는' 어떤 낯선 환경들을 마주하기 위해 각자의 길을 떠난 것이라 생각한다.

여보,

당신은 이론가들이 하는 어떤 말보다 당신의 예지력을 믿는 여인이었소. 한번 마음을 주면 영원히 변치 않을 성격을 가졌고, 순수하지만 아주 날카롭고 예민한 균형 감각과 눈썰미를 가지고 있는 여인이오. 누가 뭐래도 당신은 순수한 사람이오. 그렇기에 당신은 타협을 싫어하는 결벽이 있는 듯하오.

당신은 사랑만큼은 무서우리만치 과감하게 하는 사람이오. 그러나 터놓고 말할 만한 벗들이 당신 주위에 제한되어 있다는 게 당신을 어느 정도나마 알고 있는 나의 생각이오. 당신의 꿈은 누구나 쉽게 접근할 수 없을 만큼 크고 높다는 것, 잘 알고 있소. 그러나 당신을 둘러싸고 있는 당신이 아는 사람들의 조언이나 충고를 쉽게 받아들이지 않는 특성을 가지고 있는 것도 사실이오. 다른 이들에게 조신하고 세심하게 반응하지만, 정작 당신의 행동은 어리석을 만큼 고정된 시야를 가진 사람임이 분명하오.

여보,

 그동안 나는 당신을 향한 사랑의 마음을 충분하게 갖고 있지 않았던 것 같소. 그렇다고 미워하는 마음을 갖고 있었다는 말이 아니오. 사랑하는 마음은 당신을 못 보면 괴롭고 미워하는 마음은 나를 괴롭힐 것이기 때문이오. 사랑하는 것은 사랑을 받는 것보다 행복하다는데, 흘러간 강물처럼 우리의 지난날은 사라져 갔지만 난 지금도 행복한 걸 보니 내가 당신을 더 많이 사랑했는가 보오. 당신을 향한 나의 사랑의 빛이 내 마음속에서 밝아질수록 외로움이라는 그림자가 그만큼 길게 드리워진 적도 있었소. 누구나 태어나서 죽을 때까지 정해진 만큼의 사랑과 관심을 주고받아야 한다는데, 낯선 여인숙에서 하룻밤을 보내는 여행자처럼 우리는 서로 정해진 만큼의 사랑을 주고받았는지 곰곰이 생각해 보는 시간을 만들어 봅시다.

 여보,

 사랑한다고 해서 꼭 내 곁에 두어야 한다는 생각은 이제 바꿔야 할 것 같다는 생각이 드오. 그저 최선을 다해 당신 옆에 존재하는 것만으로 당신을 사랑할 수도 있을 것 같다는 생각이 드니 말이오. 그러나 두려워하거나 망설이지 말아요. 설사 영영 떠나가더라도 꼭꼭 숨겨 둔 당신이 하고 싶은 말을 해요. 당신이 하고 싶은 것도 해 보고 말이오. 해 놓고 하는 후회보다 하지 못해서 하는 후회가 더 클 수 있으니까. 이젠 당신도 당신 날개를 달고 훨훨 날아다녀 보구려. 생판 딴 곳에서 태어나 눈 한 번 맞춘 일밖에 없는 당신과 나 사이에 일어난 사건이고, 당신과 내가 그 사건 속 주인공이라면 신비에 가까운 축복 아니겠소?

여보,

나는 당신이 나인 줄만 알았소. 당신 몸과 마음이 모두 내 것인 줄 알았소. 당신에게도 당신 부모가 지어 준 이름이 있고 내 고유의 이름이 있는 게 당연한데, 나는 당신이고 당신은 나여야만 한다고 생각했소. 그런 만큼 때론 당신이 미웠고, 미워한 만큼 당신이 가여워 견딜 수 없는 시간을 보낸 적도 있었소. 인연을 맺는다는 건 눈먼 거북이가 바다에서 구멍 난 나무토막에 코를 내미는 것만큼 어려운 일이라던데 우리의 만남도 그만큼 희귀한 것이었을 게요. 편안하고 익숙하게 서로의 아픔과 슬픔을 안아 주고 쉴 자리를 마련해 주는 사이. 우리 서로 익숙함과 편안함이 주는 진짜 사랑을 해 보았으면 얼마나 좋았을까….

어느 날, 아내가 근무하고 있다는 중동 신도시 다방에 매제가 들렀다가 못 볼 것을 보았다며 "형님, 많이 속상하시겠지만 석이 엄마는 그만 포기하시는 게 좋을 것 같습니다."라고 말했다. 이 말이 무슨 뜻인지 처음 들었을 때 이해가 되지 않았다. 그 이후 그곳에서 이어져 들려오는 소문들을 들었을 때 비로소 그 말이 무슨 뜻인지 어렴풋이 알게 되었다. 직장과 집과의 거리가 멀다고 아내는 말했었다. 그곳에서 생활하겠다고 할 때 아무런 의심도 편견도 없었다. 아내가 일하기 쉬운 것이라면 무엇이라도 이해할 수 있었다. 불미스러운 일들이 서서히 현실로 나타나리라고는 생각하지 않았었다. 어쩌면 이것이 나의 불찰이자 실수였다고 생각한다. 일일이 간섭하는 것과 따져 묻는 것을 가장 싫어하는 아내 성격을 잘 알기에 더 묻지 않았다. 직접 본 것이 아니니 깊이 생각할 이유가 없다고 판단했기 때문이었다. 다방에서 차와 약간의 주류를 판매한다고 했고 다른 말은 하지 않았다.

내 이름으로 된 불법 오락기 설치 및 운용 위반이라고 명시된 법원

출두 명령서를 속달 등기로 받았다. 출두 불이행 시 벌금 부과에 관한 경고장도 함께 동봉되었다. 왜 내 앞으로 왔는지 자세한 내용을 알지 못했다. 이후로 그곳에서 무슨 일들이 벌어지고 있는지 나는 더욱 궁금해지지 않을 수 없었다. 어렴풋이나마 그 다방에서 정상 영업 범위를 넘어 불법 영업을 하고 있다고 생각했다. 아내와 전부터 잘 아는 여인이 운영한다고 했다. 집에 있으니 나와서 자기를 도와 달라고 했다고 아내는 나에게 말했었다. 가계에 보탬이 될 겸 그곳에 나가겠다는 아내 말에 동의했다. 처음에는 버스를 이용해 출퇴근을 했다. 아침 일찍 집을 떠나 밤늦게 도착하는 일이 반복되자 아내는 오가는 시간이 많이 걸리고 몸도 피곤하니 거기서 숙식을 해결하겠다고 했다. 일주일에 한 번씩 집에 올 것이라고 했다. 힘들겠지만 나는 아내의 출퇴근을 바랐다. 아이들이 엄마 얼굴을 보고 싶어한다는 것을 그녀도 잘 알고 있으리라 생각했기 때문이다. 그러나 결국 아내는 주말에 한 번 집에 오는 것으로 정했다. 처음 몇 번 주말에 집에 왔을 뿐 나중에는 주말에도 집에 오지 않았다. 아내는 그곳에서 생활하다시피 했다. 단지 종업원이라던 아내가 무슨 벌금을 왜 내야 했는지 궁금한 것이 많았지만 자세한 내용은 알지 못했다. 굳이 따져 물으려 하지 않았다. 어차피 아내가 버는 돈으로 낼 것이기에 내가 뭐라 할 말이 없었기 때문이다. 주인도 아닌 사람의 이름으로 벌금이 나온 사실이 궁금했고 그녀의 역할과 위치가 어디서 어디까지인지 그것이 궁금할 뿐이었다.

　나의 부탁으로 아내가 근무하고 있는 중동 다방에 매제가 다녀온 지 이틀 만에 나는 직접 그곳에 갔다. 매제 말을 들었지만 내 눈으로 직접 확인해야 할 것 같았기 때문이었다. 전해 들은 것만으로는 꼬리를 물고 생겨나는 궁금증과 의아심이 나를 더 이상 참고 있을 수 없게 했기 때문이었다. 그녀를 데려오리라 마음먹고 그곳에 어렵게 찾아갔다. 그러나 그녀는 그곳에 없었다. 내가 그곳에 간다는 이야기를 누구에게 먼저 전해 듣고 아내가 자리를 피했는지는 모른다. 그날 아내는 어디로 갔는지 그곳에 없었다. 이곳이 그녀 일터가 확실한지 누구에게 물은 기억도 없다. 내 눈에 그녀가 그곳에 없었고 아내를 만날 수 없었다는 사실만 명료하게 기억에 남아 있을 뿐이었다.

　중동 신도시 아내가 근무한다는 다방에서 아내를 만나지 못하고 허탈한 마음으로 돌아온 지 일주일이 지났다. 아내가 집에 오겠다는 연락도 없이 집으로 돌아왔다. 몇 개월 만에 집에 온 엄마를 반갑게 맞이하는 아이들은 기뻐 어쩔 줄 몰라 했다. 맞벌이를 이유로 집을 떠난 후 가정 경제가 얼마나 나아졌는지 생활이 얼마만큼 윤택해졌는지 알 수 없다. 다만 아내의 부재가 가정에 얼마나 커다란 충격과 아픔이었는지 분명하게 알 수 있었다. 기뻐 뛰며 엄마를 맞는 아이들의 표정을 보며 이런저런 회한을 생각할 틈도 없이 나 또한 아내의 귀가를 환영할 수밖에 없었다. 달려가 아내에게 매달리는 아이들을 본다. 먹이고 입히는 것만으로 아이들을 만족시켰다고 믿었던 내 생각이 여지없이 무너져 내렸다. 고정 관념에 휘둘린 판단 착오로 인한 미안함을 감출 틈이나 여지도 없이 엄마의 귀가를 즐거워하는 아이들을 보며 나는 눈물을 흘렸다. 아내와의 재회가 무엇보다 기뻤고 말할 수 없이 반가웠기 때문이다.

즐거움과 반가움의 반향은 컸다. 한 남자의 아내와 세 명의 아이 엄마에게로 향했던 원망과 그리움은 눈 녹듯 사라졌다. 우리 가족 뇌리에 깊이 자리하고 있던 눅눅하고 끈적이던 우울함은 씻은 듯 사라졌다. 음습하고 울적하던 분위기는 갯바람에 게 눈 감추듯 빠르게 변했다. 달이 뜨고 해가 뜨는 것처럼 언제 그랬냐는 듯 모든 것이 달라진 것이다. 얼음처럼 차디차던 집안 공기는 바람에 흩날린 구름 사이로 쏟아지는 햇살처럼 따스했다. 우리 식구들을 감싸 안은 포근함만 남은 것 같았다. 흩어져 있던 가족의 만남이 정령 이런 것이었음을 눈으로 확실하게 보았다. 정상적 가정생활로의 회복이길 빌었다. 둘도 없을 보배로운 가족 구성원들만이 가질 수 있고 누릴 수 있는 특권을 오래 간직하고 싶다고 생각했다. 누구나 할 순 있지만 누구라도 가질 수 없는 특별한 은총일 것이라고 나는 생각했다.

눈물과 아픔이 동반된 숭고한 열매가 다섯 식구의 가슴마다 아름드리 맺히길 바랐다. 다시는 아이들에게 헤어짐의 아픔을 안기는 일이 없기를 소원했다. 같은 일이 또다시 생겨나지 않기를 바라고 바라며 다짐하고 또 다짐했다. 그러나 그 다짐은 나의 결심이었고 나만의 각오였다. 나만의 반성이자 스스로가 지키지 못할 약속이었다. 지키지 않아 값어치가 없어진 약속 어음처럼 나를 둘러싼 내 삶의 지경이 더 깊은 나락으로 떨어지는 상황에 직면하게 될 줄 그때는 아무도 몰랐다.

집으로 돌아온 아내는 찌든 때를 벗겨 내듯 밀린 집안일들을 했다. 그동안 보살피지 못했던 아이들 뒷바라지에 여념이 없어 보였다. 나는 생활비를 벌기 위해 밤낮 가리지 않고 일했다. 무슨 일이든 손에 잡히는 대로 했다. 옷을 짜는 편직 기술과 돌을 만지는 석재 기술이 내가 가진 전부였다. 시대가 요구하는 직접적이고 효율적인 직업과는 거리가 있었다. 하루 벌어 하루를 살아가는 하루살이 같은 삶을 살았다 해도 과언이 아니었다.

하루가 다르게 커 가는 두 딸과 아들을 바라보며 하루가 천 년같이 천 년이 하루인 것처럼 최선을 다해 살아가자 다짐했다. 그러나 고부가가치 직업을 등에 업고 하지 않는 이상 내가 할 수 있는 것이라고는 노동 일밖에는 없었다. 힘든 일에 비해 얻어지는 소득은 턱없이 모자랐다. 우리 식구들은 풍족함보다 결핍과 절제를 앞세울 수밖에 없었다. 이런 나날들이 이어지자 아내는 생활 빈곤을 이유로 다시 생활 전선에 뛰어들었다. 아내의 생활력이 또다시 그 빛을 나타내기 시작한 것이다.

엘리베이터 부속품들을 제작하는 공장이라고 했다. 어떻게 누구의 소개로 그런 기술 분야에 들어가게 되었는지는 모른다. 숙련된 기술자들과 주로 남자들만의 작업 공간일 수밖에 없겠다는 내 생각을 뛰어넘어 그녀는 그곳에서 일을 시작한 것이다.

아내가 공장에 취업한 이후 우리 관계는 점점 더 악화의 길로 들어서는 것 같았다. 자그마한 것부터 중대한 집안일들까지 판단하고 결정해야 하는 중요 시점에서 의논이나 타협에 앞서 그녀 혼자 주도해 나가기 시작한 것이다. 부부 중 한 명의 선도적 역할이 무슨 문제가 될 것인가. 어떤 분야에서든지 능력을 인정하고 서로 돕는 처지에서 양보와 이해를 바탕으로 대화를 통해 역할을 충실히 분담한다면 이러한 부부야말로 바람직한 배우자가 아닐까. 남편과 아내 사이의 주도권 다툼 문제가 불화의 이유가 될 수 없다는 것에 나는 동감한다. 그러나 섭섭함의 연기가 피어나는 것을 감출 순 없었다. 아이들 아빠이기도 하고 한 가정의 가장으로서 역할이 엄연히 존재함에도 그 역할이 분명치 않고 맘에 들지 않는다는 이유만으로 남편으로 인정하지 않으려는 아내의 태도에 나는 섭섭함을 넘어 분노를 감출 수 없었다. 목소리가 커졌다. 말싸움이 몸싸움으로 번지기도 했다. 그럴수록 아내는 바깥으로 돌았다. 나 또한 집안보다 바깥에 나가 있는 것이 맘 편했다. 죄 없는 아이들만 그들 부모의 원만치 못한 틈바구니에서 소리 없는 신음을 내며 고통하고 있었다.

　나는 아내의 일에 일일이 간섭하지 않는다. 하고 싶지 않았다. 그러나 모르는 것보다 아는 것이 정상적인 부부로서 당연히 누려야 할 가치이자 권리라고 생각했다. 가정을 위해 힘들게 일하는 아내에 대한 관심일 수도 있을 것이다. 그녀가 공장에서 무슨 일을 하는지 알고자 하여 물을라치면 아내는 건성으로 대답할 뿐 내 물음에 이야기를 이어 나갈 마음이 없는 것처럼 보였다. 가정사에 대해 의견의 일치를 보기가 어려웠다. 모르면서 아는 척 따지고 캐묻는 내가 정말 싫다는 거였다. 그런 이유로 대화를 거부하는 것이었다. 국민학교 교육이 전부인 나보다 배움의 끈이 긴 아내 입장에서는 내가 상식을 벗어나 생각하고 행동하는 사람으로 보였을지 모른다. 세상과 싸우며 잡초처럼 살아온 나도 삶의 정도를 지키고 살아갈 생각과 염치를 가지고 있다는 것을 아내는 애써 외면하는 것 같았다. 나는 답답했다. 내 마음을 알아주지 못하는 아내가 원망스러웠다. 울고 싶었다. 그러나 울 수 없는 나 자신이 한심하고 불쌍하다는 생각이 들었다. 무뚝뚝하고 거친 여성으로 변해 가는 아내의 모습을 바라보며 난생처음 나는 쓸쓸함을 알았고 외로움의 의미를 알았다. 이해와 포용으로 날 감싸던 옛날의 아내는 이미 내 곁에 없다는 생각에 소리 없이 눈물이 솟는 것이었다.

지인과의 찻집 일을 접고 집으로 돌아온 후 아내는 죽이 되든 밥이 되든 어떤 환경에서도 아이들과 함께 살자고 했다. 충실하지 못했던 가정일과 아이들 돌봄에 최선을 다하겠다고 했었다. 그러나 가계의 빈곤함을 이유로 직업 전선에 다시 뛰어들었다. 적은 수입으로 가정을 이끌기 힘겨워하는 남편을 돕기 위한 부득이한 결정이었을 것이라고 생각했다. 애쓰고 힘쓰는 것에 비해 벌어들이는 나의 수입에 부족함을 느꼈을 것이고 불안한 마음이 생겼을 것이다. 하루 벌어 하루를 살아야 하는 현실 속 삶이 힘들었을 것이고 점점 자라나는 아이들을 바라보며 그녀의 불안은 더욱 커져만 갔을 것이다. 그녀의 성정상 다소곳이 집안에 들어앉아 가계를 꾸려 나가기 어려웠을 것이다. 더구나 아무나 들어갈 수 없는 번듯한 회사에 여자 몸으로 들어갔다는 사실 앞에 그녀의 능력을 인정하지 않을 수 없었다. 아내가 대견하고 자랑스럽고 고맙기도 했다.

　주어진 현실과 환경에 적응하기 위해 노력하기보다 직접 삶의 현장으로 뛰어들기로 다짐했는지도 모른다. 그러나 세상없어도 아이들과 가정을 지키겠노라 말했던 아내는 스스로의 약속을 지키지 못했다. 우리 가족은 또다시 각자 흩어진 삶의 영역에서 말 없는 외침과 외로운 전쟁을 치러야 하는 가족 구성원이 되어 갔다.

서울에서 힘들고 어렵게 공장 생활을 하던 시절, 인근 찻집에서 근무한다는 여인을 만났다. 나와 열한 살 차이가 나는 어여쁘고 단아한 여인이었다. '김봉태'라고 했다. 충청북도 충주가 고향이라고 했다. 경주 김씨가 본이라고 했다. 아들이 귀하던 그녀 부모는 그녀의 이름을 남자 이름을 지었다고 했다. 그녀 부모의 바람대로 그녀 아래도 남동생 두 명을 두었다고 했다.

그녀는 솔직하고 활발했다. 깔끔하고 일 처리가 매끄러웠다. 다혈질이고 허둥대는 나에 비해 언제나 침착함과 인내심을 가진 여성처럼 보였다. 이 여자라면 나의 부족한 부분을 채워 줄 수 있을 것 같았다. 객지 생활의 외로운 처지에서 이성 간의 만남은 위로를 주고받을 수 있는 공감대를 이루기 충분한 것이었다. 내가 쉬는 날에는 그녀가 다니는 찻집에서 그녀를 만났다. 그녀가 쉴 때는 내가 다니는 공장 앞에서 그녀가 날 기다리기도 했다. 꾸밈없는 상큼한 웃음 속 사랑을 주고받고 싶은 마음이 나를 사로잡곤 했다.

그녀를 볼 때마다 나는 피로가 가시는 것 같았다. 같이 쉬는 날에는 버스를 타고 야외로 바람을 쐬러 나갔다. 영화관에서 영화를 보기도 했다. 가까운 공원이나 유원지 등을 다니며 이런저런 이야기를 주고 받기도 했다. 그 시절, 내 일생을 두고 가장 행복했던 시간이었다. 이제는 가 버린 가슴 아픈 추억으로 남았다. 영원히 잊지 못할 존재, 그녀는 아직도 영원한 사랑으로 내 가슴과 머리에 오롯이 심어져 있다.

한 많고 탈 많은 세상에서 휘늘어진 버들가지 칭칭 둘러매고, 한평생 멋지게 살아 보자고 맹세했었다. 아무리 고되고 어려운 환경이 우리를 힘들게 하여도 그것들을 극복하고 헤치고 용감하고 씩씩하게 살아가자고 다짐했었다. 우리의 약속이 확실한 근거로 남아 지금까지 우리 곁에 있다. 우리에게 아빠, 엄마라고 부르는 이들이 있다. 그들은 그들의 아들과 딸들을 키우고 있다. 이렇게 살아 숨 쉬고 있지 않은가. 우리 삶의 열매들, 세 아이, 민정이, 화정이 그리고 현석이.

» 삶의 이유, 나의 열매들

저런 병신, 등신

경기도 구리시 인창동 동구릉 후문 지역에는 자그마한 집들이 다닥다닥 붙어 있었다. 이웃 사람들끼리 대화가 밤낮 끊이지 않고 이어지는 달동네였다. 지난밤 무슨 일들이 벌어지고 지워졌는지, 사라졌다가 다시 생겨났는지 아침이면 공공연히 드러나고 알게 되는 울타리도 담벼락도 없는 공동체였다. 어느 날 집 앞 큰길을 걸어가고 있었다. 옆집 사는 노파의 말이 내 귀에 들어와 꽂혔다. "어휴, 저 병신. 지 마누라 하나 간수 못 하는 병신….."

내 옆에서 어떤 다른 사람이 나와 함께 길을 걷는 줄 알았다. 노파가 다른 사람에게 말하는 줄 알았다. 나는 힐끗 옆을 바라보았지만 내 옆엔 아무도 없었다. 나는 가던 길을 계속 걸어갔다. 다음 날 같은 장소에서 같은 할머니가 같은 소리로 비아냥하듯 조소하는 소리를 들었다. 이번에도 내 곁에 있는 누군가를 향해 말하는 것 같아 함께 걷고 있는 사람이 있는지 주위를 둘러보았다. 나 혼자였을 뿐 주위엔 아무도 없었다. 며칠 후, 비로소 그 소리의 대상이 바로 나였다는 것을 알아차렸다. 그 노파는 날 향해 손가락질을 해 댔고, 날 바라보며 들으라는 듯 소리쳤던 것이었다.

내 마누라 간수 못 하는 병신? 생각할수록 기분 나쁘고 기운 빠지는 말이 아닐 수 없었다. 나와 함께 자고 먹고 생활하는 내 아내를 내가 잘 간수하지 못하다니….

집으로 돌아와 곤히 자고 있는 아내를 내려다본다. 아무런 걱정, 고민 없이 평온하게 자고 있는 아내를 보며 이름 모를 이웃 노파가 던진 뜻 모를 이야기가 생각나 넌지시 웃음이 났다. 날 보고 등신이라고 한, 지 마누라 하나 간수하지 못하는 등신이라고 한 그 노파의 말과 표정이 생각났기 때문이었다.

우리 집과 멀지 않은 거리에 살고 있는 사람 중에 택시 운전을 하며 살아가는 사람이 있었다. 사람들은 그 남자가 이혼남이라고 했다. 언제부턴가 아내는 그 택시 기사 집에 자주 드나들며 살갑게 지내고 있다고 했다. 특별한 일이 없음에도 아내는 택시 기사 집에 빈번히 드나들고 있었다. 택시 기사 아내와도 친하게 지낸다고 했다. 윗집, 아랫집, 옆집 사이에 울타리는 없지만 보이지 않는 이웃 사람들 눈이 우리를 경계하고 있을지 모르니 말조심을 하고, 행동거지에 조신하라고 아내에게 말했었다. 늘 그랬듯 나의 말에 아내는 들은 체도 하지 않고 늘 그녀가 하던 대로 그곳에 가곤 했다.

그 남자에게는 몇 년 전 새로 맞은 아내가 있었고 전 자녀와 함께 살고 있다고 했다. 자유분방한 태도로 거리낌 없이 드나드는 아내를 보고 직접 말은 하지 않았지만 이웃 사람들은 수군댔다. 이웃집 사이의 친밀함을 넘어서는 아내 행동에 주위 이웃들은 아내에게 의심의 눈길을 보내기에 이르렀다. 의심을 받을 만큼 서로 가깝게 지내고 있었기 때문이었다. 난 처음 아내의 행동을 별다르게 생각하지 않았다. 그녀의 저의를 나는 알지 못했고 알려고 하지 않았다. 아침 일찍 출근하여 밤늦게 돌아오는 일이 일상이던 나에게 동네 사람들이 하는 이야기가 들려오기까지는 그리 오랜 시간이 걸리지 않았다.

이해하기 어렵고 달갑지 않게 들리는 아내와 그 택시 기사와 관련된 이야기들이 내 귀에 가시처럼 따갑게 들려올 때면 나 스스로를 다독였다. '오해하지 말아야지. 잘못 들었을 거야. 남 얘기 좋아하는 사람들이 지어낸 뜬소문임이 틀림없어…' 그러나 어느새 불끈불끈 일어나는 불같은 질투심을 애써 잠재우기가 쉽지 않았다. 나를 힘들게 하고 괴롭게 했지만 확실한 증거가 없는 상황에서 섣불리 화를 내거나 사실 관계를 캐물을 수 없었다.

　가까운 거리에서 들으라는 듯 말하고, 딱하다는 표정으로 나를 바라보는 동네 사람들의 눈총이 너무나 부담스러웠다. 동네 길거리에서 만나는 사람들은 한 형제나 자매처럼 친근했다. 누구나 할 것 없이 조금만 묻고 대답하다 보면 그 사람 직업이 무엇인지, 식구가 몇 명인지조차 알 수 있을 정도로 가까운 사이들로 변하는 것이었다. 가깝고도 먼 친척 같은 이웃사촌이었다. 그런 사람들이 언제부턴가 나를 부담스럽게 쳐다보기 시작했다.

　어느 날, 길을 가다가 우연히 아내와 가깝게 지낸다는 택시 기사와 눈이 마주쳤다. 청바지에 빨간 운동화를 신었는데, 머리숱이 없는지 낡은 모자를 썼다. 어림잡아 보아도 아내보다 한참 어리게 보였다. 군살이 없고 날렵해 보였다. 입을 내밀고 긴장한 눈초리로 날 쏘아보는 모습이 날카롭고 까다로운 사람인 것처럼 보였다. 말을 나누었거나 통성명조차도 한 적이 없었지만 어디서 많이 본 듯한 낯익은 사람처럼 느껴졌다. 밉살스러운 감정과 기분 나쁜 서먹함이 내 온몸을 휘감는 것 같았다. 불길이 이는 듯 눈이 화끈거렸다. 말로 할 수 없는 화가 솟구치는 것을 억제하고 그 자리를 벗어났다.

그날 밤, 나는 아내에게 그 사내에 대해 물었다. 어떻게 알게 된 사람인지 물었다. 우리 집에서 멀지 않은 곳에 살고 있다고 했다. 몇 명 되는 아이 아빠이고, 그의 아내와도 잘 알고 지낸다고 했다. 택시 운전이 그의 직업이라고 했다. 만나면 인사 정도 하는 사이라고 했다.

그 사람 눈초리가 범상치 않으니 그 사람 조심하는 게 좋겠다고 나는 아내에게 말했다. 내 말을 듣자 아내는 화들짝 화를 냈다. 별걱정 다 한다며 듣기 싫다는 듯 고개를 돌리는 것이었다. 그러나 아내의 걱정하지 말라는 그 말속에는 가장 무겁고 커다란 멍에가 숨겨져 있었다. 그 멍에는 평생 사슬처럼 내 몸과 영혼까지 깊은 상처를 가져다주었고, 그 일이 일생 잊지 못할 악몽이 될 줄 그때는 미처 몰랐다.

아내 신발이 공동 쓰레기장에서 발견되었다. 그것은 나와 아내가 그 남자에 관해 이야기를 나눈 지 며칠 안 되어 일어난 일이었다. 그 택시 기사가 살고 있는 집 문 앞에 그 남자 신발과 나란히 놓여 있던 아내 신발이었다고 했다. 눈에 익은 아내 신발이 다른 사람이 살고 있는 집 앞에 놓여 있는 것을 보고 우리 집에서 키우고 있는 개가 물어 공동 쓰레기장에 버린 것이라고 했다.

믿을 수 없는 일이었다. 그 사실을 누가 발견했고 어떻게 알았는지 자세한 사실을 말해 준 사람은 따로 없었다. 그러나 나를 제외한 동네 사람들 모두가 사실로 받아들이고 있었다. 우리 개가 아내의 신발을 물어 공동 쓰레기장에 갖다 놓은 일이 전에도 여러 번 있었다고 했다. 틀림없이 아내가 신고 다니는 신발이었다. 그 신발이 우리 집이 아닌 낯선 집에 놓여 있는 것을 우리 집 개가 보았고, 주인 신발을 우리 집에 물어 온다는 것이 그만 쓰레기장으로 갔다고 나는 생각했다. 말만 하지 못하지 사람보다 영리한 개라고 나는 생각했다. 아내와 그 사내와의 관계를 알고도 모르는 척, 들어도 못 들은 척하는 내가 안타까운 나머지 그 증거를 우리 개가 보여 주고 싶어 했던 것은 아니었을까 하고 생각했다. 듣고도 보고도 믿기 어려운, 웃어야 할지 울어야 할지 분별하기 어려운 기이한 일이 일어난 것이다.

나는 그 남자와 아내 사이에 부인할 수 없는 불미스러운 일들이 벌어진 것은 아닐까 생각했다. 그 일에 관하여 확실한 장면을 보았다는 이웃 사람들의 목격담을 들었다. 우리 집 화장실에 두 사람이 한꺼번에 들어갔다는 것이었다. 아내가 먼저 들어가 문을 닫았고, 그 문을 열고 그 남자가 들어갔다는 것이었다. 믿을 수 없는 일이었지만 이웃 사람이 직접 봤다고 해서 믿을 수밖에 없었다. 화장실 안으로 왜 둘이 들어갔는지는 모른다. 그곳에서 무슨 일들이 벌어졌는지는 아무도 모른다. 그 두 사람만 알 것이다. 우리 식구들이 사용하는 화장실이었다. 수시로 드나드는 우리 집 화장실 안에서 무슨 일이 일어난 것인지 지금도 나는 알 수 없다. 알고 싶지도 않다. 이미 지난 옛날이야기가 되었기 때문이다.

두서없이 여기저기서 들리는 이웃들의 말에 사실을 확인할 의욕도 힘도 없었다. 어떻게 된 일인지 물었으나 아내는 담담했다. 아무런 일이 없었다고 했다. 벌건 대낮에 드러난 일을 두고도 아내는 모른다는 말로 일갈했다. 내 귀에 들려오는 많은 이야기는 그들이 무슨 일들을 벌였는지 상상하고도 남을 만큼 적나라한 행위들에 관한 것이었지만 아내는 부정도 긍정도 하지 않은 채 모른다는 말만 했다. 나는 아내 말을 듣고 그대로 신뢰하기로 했다. 내 아내이고 내 아이들의 엄마인 그녀의 말을 그 누구의 말보다 더 믿어야 할 것 같았기 때문이었다.

아내는 그 일들이 있고 난 뒤 어떠한 자책감이나 후회하는 기색이 없어 보였다. 아마도 내가 직접 본 것이 아니라는 사실이 그녀에게 큰 방패막이와 위로가 되었다고 나는 생각했다. 부끄러움도, 미안하게 생각하는 표정조차도 찾아볼 수 없었던 그녀의 태도에서 나는 가끔 그녀의 진정 어린 사과를 받고 싶다는 생각이 들었다. 불미스러운 일의 진실 유무를 떠나 동네 사람들에게 알려진 민망한 소문의 주인공이 바로 내 아내이기 때문이었다. 아내의 적절치 못한 행동들로 인해 벌어진 일들로 적지 않은 사람들에게 미쳤을 도의적인 책임을 표명하는 성숙함을 기대했었다. 더 나아가 남편인 나에게 미안하다는 말을 한마디라도 해 주었더라면 난 아무런 조건이나 이유를 묻지도 따지지도 않고 내 아내 편에서 그녀를 이해했을 것이다. 날 향한 아내의 사과가 너무나 듣고 싶었다. 그러나 아내는 끝내 나에게 그런 말을 하지 않았다. 하려는 의도조차 없어 보였다. 늘 그렇듯 그날 이후로도 날 지적하고 비판하고 비난하는 일에 조금의 변화도 없었다.

말없이 그녀를 바라보며 그녀가 나를 남편으로 인정하고 있는지 새삼 묻고 싶다는 생각이 들었다. 불꽃이 일어나는 듯 치밀어 오르는 우울과 고독함에 큰 소리로 울고 싶은 생각이 나를 사로잡는 듯했다. 마음대로 울지도 못하는 내가 한없이 불쌍하고 가엾게 느껴졌다. 늘 그랬듯 소리 없는 울음을 울었다. 그리고 크게 숨을 쉬며 눈물을 삼켰다.

미칠 것 같은 질투심과 분노가 끓어올랐다. 극으로 치닫던 질투심과 분노의 열기가 어느 순간을 지나자 거짓말처럼 사라졌다. 그러자 한없는 무기력함과 절망감이 나를 엄습했다. 끝이 보이지 않는 기나

긴 동굴 속으로 떨어지는 것 같았다. 지금까지 나와 아내에게 벌어지고 있는 일이 사실이 아니라 거짓이기를 바랐다. 끝내 헤어날 수 없는 깊은 슬픔에 머리를 파묻고 한없이 울고 싶은 충동이 일었다. 이어 지금까지 한 번도 경험하지 못했던, 불길이 이는 것처럼 눈이 화끈거렸다. 피가 거꾸로 솟는 것 같았다. 얼굴은 찬물을 끼얹은 듯 창백해지고 온몸의 털이 곤두서며 분노와 긴장으로 근육이 팽팽하게 당겨지는 것 같았다.

방으로 들어와 부엌에 놓여 있던 흉기를 들고 아내에게 달려갔다. 아내를 어떻게 해야 할 것 같은 마음이 불붙듯 생겼기 때문이었다. 사람이 사람을 해칠 때 이런 마음이 들어 실행에 옮기는 것이라고 생각했다. 용서를 구하기는커녕 빌 마음조차 없는 그녀에게 어떤 미련이나 애잔함도 없었다. 둘만 있는 지금이야말로 그녀에게 복수할 좋은 기회처럼 보였다.

아내 앞에 나타나자 그녀는 놀라는 듯 보였다. 그 와중에도 아내는 오해하지 말라는 말만 나에게 되풀이했다. 자기는 모르는 일이라고 했다. 무엇을 오해했기에 오해하지 말라는 말인지 뒤이어 나올 법한 변명조차 없이 그렇게 같은 말만 하는 거였다. 내가 칼을 가지고 있는 것을 본 아내와 함께 있던 그 남자도 작은 칼을 꺼내 방어 태세를 갖추었다. 싸우는 소리를 어떻게 들었는지 한두 명씩 사람들이 집 주위에 모여들었다. 흉기를 휘두르며 옥신각신하는 동안 서로의 옷에 피가 스며들었다. 보는 사람들도 비명을 질렀다. 죽인다, 죽여 봐라, 오가는 고함 속에 내 팔을 잡고 말리는 한 사람이 있었다. 학교에서 돌아온 아들이 소란스러운 싸움판에 끼어든 것이었다. 자초지종을 알기라도 한 듯 독 오른 수탉들처럼 고개를 쳐들고 싸움에 열중하던 나와 택시 기사 사이를 갈라놓았다.

결론 없이 싸움은 끝났다. 승패 없는 싸움이 끝난 것이다. 그때 아내는 그 사내 편인 것처럼 보였다. 자기가 참으라며 애원하듯 그 남자에게 매달렸다. 내가 분명 그녀의 남편이고, 마땅히 내 편이 될 것이라 생각했지만 그건 내 오산이었다. 나보다 그에게 더 가까이 있었다. 아내는 내가 입은 부상에는 아랑곳하지 않았다. 그가 입은 상처에 더 가슴 아파했다. 그는 내 아내가 자기편인 것에 만족한 듯 보란 듯 나에게 큰소리를 쳤다. "해 봐. 법으로 해 보라구. 내가 가진 거라곤 불알 두 쪽밖에 없는 놈이니까…. 네 여편네 꽃뱀이라고 온 동네에 광고하고 다닐 거다…." 그 말을 듣는 순간 앞이 캄캄해지는 것 같았다. 뭐라 할 말이 생각나지도 않았다. 사과를 기대했던 나는 아연할 수밖에 없었다. 어리석은 내 모습을 들킨 것 같아 얼굴이 뜨거워졌다.

순진한 나의 판단은 커다란 상처가 되어 나에게 돌아왔다. 양심의 가책도 없이 도리어 나를 깔보고 비웃듯 빈정대는 그 사내와 그 옆에 서서 그를 위로하고 있는 여인. 그 여인이 내 아내라는 사실이 믿어지지 않았다. "저 병신, 지 마누라 하나 간수 못 하는 등신…."

미안하다는 말 한마디 할 수 없었을까. 잘못을 인정하는 것이 그렇게 힘든 것이었을까. 당당하고 오만한 모습으로 나를 쳐다보며 비웃듯 바라보는 저들이 사람일 것인가. 마음속에서 끓어오르는 분노와 처절한 패배 의식에 사로잡혀 세상을 살아갈 용기와 의욕을 잃어버린 채 나는 몇 년을 흘려보냈다. "저 병신, 지 마누라 하나 간수 못 하는 등신…."

그 일이 있고 난 뒤, 나는 그 사내의 집으로 찾아갔다. 뭐라도 해야 할 것 같아서였다. 여전히 뻔뻔한 그의 얼굴에 침이라도 뱉어 주거나 힘껏 뺨이라도 후려갈기고 싶었다. 그러나 웬일인지 내 입 안에 고여 있던 침조차 말라 버렸다. 때리고 싶던 분노도 사라졌다. 조금도 변함없이 날 향해 분노를 삭이지 못하는 것처럼 보이는 그 사내를 뚫어지게 바라보았다. 순간 갑자기 어제저녁 우리 집에 나를 찾아온 그 사내의 두 딸 모습이 떠올랐다. 울면서 나에게 물었다. 혹시 우리 엄마 어디 간 줄 아느냐고. 내 아내가 그 애들의 엄마와 친했기에 혹시 엄마의 행선지를 아는지 나에게 물었던 것 같았다. 아빠의 배신감에 못 이겨 집을 나갔다고 했다. 우리 엄마 못 보았느냐 묻는 그녀들의 물음에 나는 아무 대답도 할 수 없었다.

　훌쩍이며 묻는 두 소녀의 모습이 나의 마음을 난도질하는 동안 나는 더 이상 그 사내와 함께 같은 자리에 머물러 있지 못할 것 같았다. 두 번 다시 만나지도 볼 수도 없는 곳으로 각자 헤어지길 진심으로 바라며 그 사내 집을 나왔고 그와 헤어졌다.

　아내와 사귀던 그 사내의 집안은 풍비박산이 났다고 했다. 그의 아내와도 헤어졌다고 했다. 한집 사람들처럼 살갑게 살아가던 이웃들은 모두 이 사건을 두고 자기 일처럼 마음 아파했다. 한목소리로 우리를 위로하려 했지만 난 모두가 나의 불찰이고 부족함에서 생겨난 자업자득이 아닐까 생각하는 자숙의 시간으로 삼기로 했다. 나는 '병신'이었고 '등신'이었음에 틀림없는 인간이었기 때문이었다.

　남녀 간 결합이 혼인이라는 형식으로 공식화되고 이 관례는 지금까지 이어져 자기복제를 위한 수단일 것이라는 데 난 동의할 수 있다. 벌과 나비는 꽃 하나에 머물지 않으며, 양초 하나로 긴 밤을 태울 수 없으리라는 것 또한 공감할 수 있다. 떠나고, 헤어짐으로 비로소 만남이 온전해진다는 사실을 어렴풋이 알고 있었지만, 이런 일들이 현실적이고 사실적으로 나에게 닥쳐오리라고는 꿈에도 생각하지 못했다. 정말 난 바보처럼 살았다. 하나만 알고 둘은 모르는 갓난아기같이 세상모르고 살아온 한없이 부족한 사람이 분명하다. 겉모양만 다 자란 어른처럼 보일 뿐 속은 철부지나 다름이 없다. 당연히 나는 나 자신을 잘 알지 못했을 뿐만 아니라 내가 누구인지도 모르고 무엇 때문에 살며 어디로 가는지조차 깨닫지 못한 눈 뜬 맹인이나 다름없었다.

제3의 직업

손에 일이 잡히지 않는 것인지 잡을 일이 내 손에 들어오지 않는 것인지 모를 얼마간의 시간이 흘렀다. 살아가야 하는 현실은 언제나 우리 식구들 앞에 당당하게 다가왔다. 배우고 익힌 것이라고는 옷감을 짜는 기술뿐이었는데, 힘들고 어려운 일인 만큼 부가 가치가 높지 않았다. 현실에 맞지 않는 한물간 기술이라면 기술이었다. 기술자를 구하는 곳이 있었지만 바늘구멍만큼이나 들어가기 힘들었다. 서로 아는 처지인 사람들을 소개받고 소개해 주는 업계의 전통은 변함없이 지속되고 있었기 때문이었다.

편직업계를 떠나 건축업으로 바꾸고 난 후, 눈썰미를 동원해 어깨너머로 익힌 것들을 기술이라 하기에는 너무나 미약했다. 기술이라 하기에는 실력이 훨씬 미치지 못한다는 건 누구보다 내가 더 잘 알고 있는 사실이다. 나무도 아닌 돌이나 쇠를 들고 지고 운반하는 것은 가히 말로 다 할 수 없을 만큼 힘이 드는 작업이었다. 건축에 관한 세분화된 기술을 가진 숙련자와 건축 사업이 한창 부가 가치를 끌어올리던 시절, 힘이 들어도 죽기 살기로 도전해 보려 했으나 힘과 정신력만으로는 그것들을 극복하기가 현실적으로 거의 불가능했다. 무엇이든 주어진 일이라면 자신 있게 도전할 수 있었던 젊은 시절의 패기는 약해지는 육체의 한계 앞에 그 존재 가치조차 희미해지는 것이었다. 현재 나의 삶을 지탱해 줄 마땅한 일자리를 찾는 것이 참으로 어렵게 느껴지던 때였다. 내 적성에 맞고 체질에 맞는 일을 찾는다는 건 하늘의 별 따기처럼 어렵다고 생각되었다. 배운 것이 짧고 특별한 기술이 없는 나 같은 사람은 현실의 벽을 뛰어넘기가 너무나 힘들었다. 한 집안의 가장으로서 땅에 발을 딛고 살아가는 동안 처자식을 먹이고 입히고 거주해야 할 보금자리를 마련하는 것이 당연하고 자연스러운 기본 전제이자 의무라고 생각했다. 적성이나 체질의 맞고 안 맞고를 따져 볼 여지조차 없는 현실이었다. 그 어떤 것이든지 손 닿는 대로 그것이 도둑질과 강도질이 아니라면 돈이 되는 것이면 무슨 일이든 해야겠다는 간절함이 내 온몸을 달궜다.

어느 날, 우리가 살고 있는 동네에서 전남 장성이 고향인 한 여인을 만났다. 대화를 나누다 보니 어렸을 적 나와 함께 같은 마을에서 자란 여인이었다. 그녀도 나처럼 무작정 상경한 이력을 가지고 있었고, 어느 정도 삶의 터전을 일궜다고 그녀는 말했다. 그녀는 내 아내와도 알고 지내는 사이라고 했다. 내 처지와 우리 가족의 형편을 알게 된 그 여인은 그녀가 몇 년간 일하고 있다는 강원도 대관령 고랭지 채소 출하 작업에 관해 설명하는 거였다. 일 년간 파종된 배추, 파, 무 등 고등 채소를 수확하는 일이라고 했다. 땅에 심겨 있는 채소를 뽑은 후에 묶는 일, 포장, 출하까지 사람의 손이 마무리되는 데까지 하는 일이라고 했다. 그녀가 속한 곳은 밭떼기를 모두 산 사람에게 하청을 받아 그 일들을 맡아 하는 일꾼 모임이라고 했다. 그녀는 그곳에 나를 소개했고 나는 그녀의 말대로 그곳에 가서 그들과 함께 일하기로 했다. 힘들고 어려울 때마다 기다리고 있었다는 듯 나를 도와주는 사람들이 있어 바다를 가르고 산을 옮기는 기적보다 더 감사하고 놀라웠다.

그 모임에는 한 사람의 책임자가 있다고 했다. 그 사람은 이 분야에 전문가로서 막강한 권한을 가지고 있는데, 평소 자기 눈에 들지 않거나 작업량을 채우지 못하는 일꾼은 언제든지 갈아 치운다는 것이었다. 여태까지 살아오면서 듣지도 보지도 못한 새로운 직업군에 관한 놀라운 이야기를 듣는 순간이었다. 사람의 얼굴이 각양각색이듯 사람들이 먹고 마시고 입고 생활하는 모든 것을 만들어 내는 과정들이 하나의 일이 될 수 있고 그것이 모여 특이한 직업일 수도 있겠다고 생각했다. 직업에는 귀천이 없다는 말은 사람이 살아가는 동안 서로가 서로에게 필요한 것들을 공급하는 일들을 하는 것이기에 그것을 비교할 수도 판단하고 결정할 수도 없다는 말일 거라고 생각했다.

　채소들을 채집하고 관리하고 수송, 판매까지 관련된 모든 일을 전문으로 하는 모임에 들어갈 수 있음에 감사했다. 그곳의 한 구성원이 될 수 있다는 것에 한 가닥 희망을 가질 수 있었다. 아직 내가 할 일이 있다는 것에 소망을 품었다. 누구나 할 수 있는 일이지만 아무나 할 수 없는, 오직 힘과 끈기와 오래 참을 수 있는 의지가 있는 사람만 할 수 있는 일이 내 앞에 있다는 것에 자신감을 갖게 되었다. 대규모로 움직이는 채소 상권 흐름을 직접 경험할 수 있고 한눈에 보고 알 수도 있는 기회를 얻었다는 데 고마웠다. 언젠가 채소 장사를 크게 할 수도 있겠다는 희망이 내 머리를 스쳤다. 누구든지 한번이 일에 가담하여 일을 시작하면 강원도 대관령 지역에서 모든 일이 끝날 때까지 머물러야 하는 부담 의무가 각자에게 지워진다고 했다. 팀을 이룬 작업 구성원들과 숙식을 함께하며 고랭지 채소 관리 작업에 몰두해야 하는 특성 때문이라고 했다.

모든 작업이 순서에 따라 원만하게 끝나고, 출하를 마치는 날까지 작업원들과 호흡을 함께해야 했다. 겉으로는 자연스러운 한 무리가 모여 하루 일당을 받으며 시키는 대로 일을 하는 사람들처럼 보였다. 하지만 조금 더 안으로 들어가 내막을 알게 되면 그곳은 내실을 추구하는 그 어떤 사업체보다도 특이한 작업 형태를 가진, 영리 목적과 친목을 중시하는 실체임을 알게 되었다. 고랭지 지역에 채소 농사를 짓는 사람은 그 지역에 살고 있는 땅 주인이자 농부가 아니라 따로 있었다. 미리 그 경작지에서 자라날 채소를 모두 예매한 사람의 판단과 결정대로 그해 겨울 채소 가격이 매겨졌다. 풍년이면 덩실덩실 춤을 출 일이지만 밭뙈기로 예매한 업자들은 채소 작황이 좋지 않기를 바랄 때도 있었다. 품귀 현상이 곧 가격 상승으로 나타나기 때문이라고 했다.

　소비자 주머니 사정보다 그들의 영리 목적이 더 큰 까닭에 사람과 사람과의 인정이나 사정은 돈 앞에서 아무것도 아닌 것처럼 보였다. 작황이 계획량을 넘을 땐 일 년간 애지중지 키우던 배추나 파를 갈아엎기도 하는 무자비한 일들을 자행하기도 했다. 잘려 아무렇게나 뒹구는 배추나 무를 바라보며 자기 생명같이 돌보고 키워 왔을 농부들의 마음을 헤아릴 수 있었다. 세상살이 불공평함이 마치 독거미가 자기 먹잇감을 기다리기 위해 비밀스럽게 거미줄을 치고 있는 것 같앞다. 개인 자유가 없을 것 같은 팍팍한 작업 아래에서 언제 일을 마치고 집으로 돌아가게 될지 불확실했다. 모든 상황을 온몸으로 부둥켜안은 채 초조함과 불안감을 가지고 하루하루를 보냈다. 누구에게도 자기가 일하는 곳과 무슨 일을 어떻게 하는 곳인지 알리려 하지 않았다. 마음대로 자유를 누리지 못하는 것이 거의 확실한 일터였기에 자기 위치가 알려지는 것이 싫었을 것이기 때문이었다.

아내의 잦은 부재로 한창 보호받고 관심을 받아야 했었을 유년기에 그렇지 못했던 것들이 평생 상처로 남아 있을 내 아이들에게 더없이 미안한 마음이 들었다. 이루 말할 수 없는 아픔으로 다가왔다. 그러나 참고 견뎌야 했다. 지금도 아이들과 함께하지 못하고 있는 현실 앞에서 나의 용서받을 수 없는 부족함을 인정하지 않을 수 없다. 한 가장으로서 식구들 생계를 책임지고 그 책임을 유지하고 보전해 나가야 한다는 생각에는 전에도 지금도 한 치의 망설임이 없다. 최선을 다하여 그들을 부양해야 할 의무가 무한하다는 것을 알고 있기 때문이다. 그러나 부모의 역할이 그저 먹이고 입히는 것에 국한된 것이 아닐진대 그런 면에서 난 정말 형편없는 아버지였음이 틀림없다. 아이들 생각만 하면 그 모습이 눈앞에서 어른거려 참을 수 없이 보고 싶었다. 안아 보고 볼을 비비고 싶었다. 그들에게서 풍기는 뽀송한 어린아이 내음이 너무도 그리웠다. 갈 수 없고 만질 수 없는 상황이 못내 원망스럽기도 했다. 그때마다 주체할 수 없는 눈물이 걷잡을 수 없이 흘렀다. 나는 죽을 만큼 힘이 들 때도, 보이지 않는 사소한 감정에 휩싸일 때도 아이들을 생각했다. 그리움에 의한 눈물이든 후회와 고통에 의한 것이든 아이들로 인해 흘렸던 나의 눈물은 나의 영혼과 육체에 쌓인 불순물들을 말끔하게 씻어 내리는 소독수 같은 것이었다.

아이들과 함께 있을 아내 생각이 났다. 그녀에 대한 그리움이 뭉게구름이 되어 마음속 풍선처럼 떠올랐다. 짙은 그림자처럼 아내 생각이 내 머리와 가슴을 채우는 것이었다. 몇 년 전 아내로 인해 일어난 일들이 떠오르곤 했다. 보여 줄 수 없는 아픈 마음속 굳은살이 생겨났다. 그 아픔은 거센 바람이 훑고 지나간 황폐한 벌판에 잔풀과 잔가지들이 얼기설기 뿌리를 내려 다시 꽃을 피우기 위한 거름이 될 것이라 생각했다. 마음의 아픈 굳은살은 이미 근육이 되었고 그것은 나로 하여금 평온하고 침착하게 생활하게 하는 평생 보약이라고 생각했다. 흔들리지 않는 풀과 꽃이 없듯이 나 또한 그들처럼 바람에 흔들렸을 뿐 넘어지지 않고 꿋꿋하게 지탱해 준 질긴 근육 역할을 했다고 나는 생각했다.

초조함과 불안감보다 담담하고 침착해지려고 노력하는 나 자신이 대견해 보였다. 스스로 대견함을 발견하며 놀라워했다. 마치 큰 중병을 앓다 나은 환자처럼 그 병의 면역력이 내 몸과 생각을 통제하고 있는 것 같았다. 놀라워할 것도, 기뻐하고 슬퍼할 기준조차도 없는 경계가 불분명한 것 같았다. 시간이 흐르면 모든 것이 제자리를 잡을 것이라고 생각했다. 원래 자리로 돌아올 것이라고 믿었다. 시간은 더 디 흐르는 것 같았고 해를 거듭할수록 그때가 악몽처럼 생각나는 것이었다. 고랭지 채소밭에서 죽자고 일을 하다 보면 절로 잊히리라 생각했다. 먼저 알리지 않는 이상 아무도 모르는 이곳에서 죽을 만큼 열심히 일하다 보면 내 속에 파고든 모든 기억이 땀으로 흘러나올 것이라 믿었다. 그러나 그 기억은 내 영혼 깊숙이 들러붙은 것 같았다. 잊으려 하면 할수록 더욱더 강하게 들러붙는 것이었다.

고랭지에서 작업을 하는 일을 소개받고 그 일을 시작하면서 갈등과 망설임으로 몇 날 며칠 잠을 설쳤다. 아내는 내가 그녀와 아이들을 위해 남편으로서 최선을 다하고 있다고 생각하고 있는지 그것이 궁금했다. 당연히 가장이 해야 할 일임에도 나는 아내에게 가족을 위해 헌신한 남편으로 기억되기를 바랐다. 사소한 일을 두고도 결과와 상관없는 격려와 칭찬이 몹시도 그리웠다. 나를 둘러싸고 있던 유년기 시절에 겪어야 했던 무관심과 외로움의 쓴 뿌리들이 서서히 자라나 이제 그 본모습이 열매로 나타난 것이라고 생각했다. 돈을 갖다 줄 때나 받고 나서도 아내는 고맙단 말이나 수고했다는 그 어떤 말로도 나에게 표현하지 않았다. 타인에게 보이는 명랑함과 쾌활함에 더한 상냥함의 절반의 반이라도 나에게 보여 주었더라면 난 이렇게 찬 바람 속에서 짐승처럼 일을 하면서도 기쁘게 콧노래라도 불렀을 것이다.

부부는 일심동체라 했던가. 그러나 그건 그렇지 않거나 그렇게 되기를 원하지 않는 냉정하고 무정한 부부들에게 본을 보이기 위한 교훈으로 만들어 낸 것이 아닐까 생각했다. 부부는 서로가 서로를 인정하고 한편이 되어 없는 정을 만들어 가며 살아가야 할 인생 반려자가 아닌가. 너는 너, 나는 나라는 맞는 말 같지만 결코 그래서는 안 될 것 같은 부부만의 오묘하고 친밀한 관계에서 우러나는 깊은 정을 나는 지금까지도 느껴 보지 못했다. 부부 관계는 바라보고 바라봐 주어야 하는 권리와 의무가 분명히 존재한다고 믿는다. 서로 다른 인격체가 합하여 하나가 된 것은 이러한 조건으로 이루어진 이유 있는 만남이기 때문일 것이다. 서로가 서로에게 간섭하고 견제하고 통제하는 순간 바람직한 부부는 아닐 것이라고 나는 생각한다. 둘 사이에 살아 있던 첫 만남의 열정도 관심도 호기심마저도 서서히 없어지거나 약해지는 것은 세상을 살다 보면 일어날 수 있는 부부 사이 관계 설정의 변화 모습일 수 있다고 생각한다. 그러나 있는 정을 조금씩 저버리고는 부부로서 함께 살아가기가 쉽지 않을 거라고 생각하면서 지금까지 전전긍긍하며 살아오지 않았는지 생각해 보는 것이다. 모든 것을 가슴에 묻고, 헛웃음으로 싸매고 감추기에 급급했었다. 버틸 수 없을 때까지 참고 속으로 울며 살아온 내 삶의 여정이 이곳 강원도 고랭지 밭이랑까지 길게 걸쳐 있다. 꿈에도 보고 싶은 내 소망, 내 기쁨, 내 사랑하는 자식들을 가슴에 품는다. 그리고 평생 보지도 듣지도 못한 낯선 작업 현장에 끌려온 한 마리 소처럼 말없이 일에 빠져드는 것이 이유라면 유일한 이유가 될 것이다.

온통 푸른 넓은 산등성이 벌판에 파들이 심겨 있다. 하늘을 향해 고개를 빳빳이 든 크고 작은 파들이 그들 삶의 여정을 말해 주는 듯했다. 차디찬 바람을 참고 참아 싹을 틔웠을 것이다. 아침저녁 찬 이슬을 머금은 채 여름 내내 자라났을 것이다. 때 이른 비와 바람을 견디고 불같이 내리쬐는 태양 빛을 고스란히 받았을 것이다. 이제 검푸른 색깔로 하늘 향해 두 팔 벌려 환호하는 양 당당하고 건강하게 인부의 손길을 기다리고 있는 것이다. 저 파들은 나를 압도하기에 충분할 정도로 위용을 뽐내고 있었다.

푸른 융단을 깔아 놓은 듯 들판 전체를 채운 파를 향해 나아간다. 하늘은 파랗다. 공기는 맑다. 파 냄새가 진동한다. 눈이 맵다. 여기저기 재채기하는 소리가 돌림 노래처럼 들려온다. 땀이 나기 시작하자 온몸이 흙으로 범벅이 되었다. 손이 미끄럽다. 전라에 가깝던 내몸 한 부분에 피뢰침같이 뾰족한 파 끝이 닿자마자 피부가 벌겋게 변했다. 가렵다. 땀 냄새에 모기가 몰려왔다 몰려갔다. 내일은 파와 싸우기보다 모기와의 전쟁에 더 신경을 써야겠다고 결심한다. 파 냄새가 향기로 바뀌기를 바랐다.

　처음 내가 맡은 일은 밭에 심겨 있는 파를 뽑는 일이었다. 양손에 꽉 차도록 한 움큼씩 뿌리째 뽑아 밭고랑에 올려놓는 일이었다. 작업 중 가장 먼저 시작하는 단계에 속한다고 했다. 군데군데 모아 놓은 파를 여러 명의 인부가 파 상태별로 상, 중, 하로 구분하였다. 껍질을 벗기고 정리하여 종이 상자에 넣어 주문한 시장에 출하하는 것이 이 작업의 처음이자 끝이었다. 나는 누구에게 파 뽑는 요령이나 방법을 배우지 않았음에도 파를 뽑는 속도나 양이 숙련자들보다 조금도 뒤지지 않았다. 농부의 아들로 태어나 고향 장성의 유전자가 그 진가를 발휘하고 있다고 생각했다.

» 파밭에서

파를 뽑는 사람은 나 혼자였다. 처음 이곳에 들어온 사람에게 주어지는 일이라고 했다. 아마도 이곳에서 일할 만한 체력을 알아보기 위한 첫 관문 통과 과정이라고 생각되었다. 내가 뽑아 놓은 파를 다듬는 사람은 두 명이었다. 무작위로 뽑힌 파를 상품이 되도록 정리하는 일을 하는 것이었다. 정리된 파들을 끈으로 묶는 사람이 다섯 명이었다. 그들은 잡담을 할 수 있었고 틀어 놓은 음악 소리에 맞춰 노래를 부르기도 했다. 필사의 싸움을 하듯 파와 씨름을 하는 사람은 한 명뿐이었다. 잠시도 쉴 새 없이 계속 파를 뽑아야만 일곱 명이 계속 작업을 이어 갈 수 있었다.

일을 마치자 온몸이 땀에 절었다. 손과 발과 다리는 후들거려 제대로 설 수도 걸을 수도 없었다. 허리와 손목이 끊어지는 것 같았다. 손가락이 마비되어 펴고 쥐는 것이 되지 않았다. 양팔과 두 무릎이 거친 흙에 짓물러 피부가 벗겨지는 줄도 몰랐다. 아픈 기색을 보이면 안 될 것 같았다. 나와의 싸움도 싸움이지만 첫 시험에 탈락하는 수모를 당하기 싫어서였다. 도태된 날 보고 비아냥거릴 아내의 눈초리가 무섭도록 싫었다. 숙소로 돌아와 벗겨진 상처를 발견했다. 밤새 쓰라렸다. 다음 날 벗겨진 상처에 또다시 상처가 덧입혀졌다. 딱지가 벗겨져 피가 흘렀다. 급한 대로 붕대를 감았다. 붕대 겉으로 스며 나오는 붉은 피는 초록색 파와 절묘한 조화를 이루어 더욱 선명하게 드러나 보였다.

출하량이 많아 물건이 딸리는 성수기에는 늦은 밤까지 작업이 계속 이어졌다. 파밭에서 파김치가 되도록 파와 씨름하는 일, 그 일이 대관령 고랭지에서 파종되고 출하되는 과정과 더불어 고스란히 일어나고 있는 것이다. 강원도 고랭지의 여름 동녘 해는 빨리 떠서 늦게 지는 것 같았다. 아침 다섯 시부터 일을 시작하여 해 질 무렵 일곱 시까지 하고도 해거름은 남아 있었다. 일거리가 밀릴 때는 밤 열 시가 되도록 일을 계속해야 했다. 살았으나 죽은 것 같았다. 죽었는데 살아 있는 것 같기도 하고 죽었다가 살아난 것 같기도 했다. 이렇게 하다가 정말 죽을 수 있겠다는 생각이 들었다. 응급 시 급히 가야 할 병원도 없었고 흔한 비상약조차 없었다. 지금까지 병원에 가야 할 정도의 긴급 상황은 한 번도 없었다고 힘주어 말하는 감독자의 웃음 짓는 표정을 보자 난 경악하지 않을 수 없었다.

내 이름을 부르는 소리가 들렸다. 하얀 봉투에 담겨 내 손에 주어지는 파밭에서 받는 일당은 오만 원씩 계산된 것이었다. 초보 딱지를 떼었다고 판단을 했는지 내가 이곳에서 더 일할 수 있는 상품으로 가치를 인정받았는지 나는 몰랐다. 그들은 내가 생각한 이상의 일당을 나에게 주었다. 다음 달엔 팔만 원을 하루 일당으로 쳐주었다. 속도나 능률 면에서 타의 추종을 불허하는 경력자에게 주어진다는 일당 십오만 원을 받게 된 건 이곳에서 일을 시작한 지 몇 달이 채 지나지 않아서였다. 어느새 나는 고랭지 파밭에서 일당 십오만 원을 받는 숙련된 프로가 되어 있었다.

특별한 요령이나 노하우는 없었다. 묵묵히 내 눈에 들어오는 파를 양손 하나 가득 잡고 힘껏 당겨 뽑는 것 이상, 이하도 아니었다. 웃는 소리, 잡담 소리, 자그마한 라디오에서 들려오는 음악 소리조차 내 귀에는 들리지 않았다. 저 일곱 명이 조금도 쉴 틈 없이 파를 뽑아 그들 앞에 가져다 놓아야 하는 처절하리만치 빠르게 움직여야 하는 책임감만 내 두 팔과 양손에 멍에처럼 씌워져 있을 뿐이었다.

해마다 지정된 밭에 파종된 채소를 독점 구매한 사람을 사장이라 불렀다. 사장은 그해 경작된 채소를 뽑고 다듬고 묶은 후 차에 싣기까지 모든 일을 도맡아 하는 한 팀을 선정했다. 내가 속한 팀이 일하던 곳은 약 1,000여 평이 넘는 비탈진 밭이었다. 밭 임자와 사장이 1년간 토지 계약을 맺고, 그곳에 무나 파를 파종하였다. 가을 수확기에 다다라 미리 확보한 지정된 일꾼들을 동원하여 그것들을 뽑고 가다듬고 포장하여 상품을 만들어 트럭에 싣고 도심지에 있는 도매상에 넘기는 일을 하는 거였다.

상품을 시장에 내다 파는 것을 목적으로 하는 것은 여느 생산 체계와 흡사했다. 소비량보다 공급이 많으면 당연히 값은 내려갔고, 작황의 좋고 나쁨에 따라 가격의 높고 낮음이 자연스레 매겨지는 자본주의 시장 경제 표본이 이곳에서 자연스럽게 이루어지는 것이었다. 단순해 보이는 채소 유통 시장에도 어김없이 검은 손이 뻗쳐져 있었다. 사장이 알지 못하는 구석진 범위를 교묘하게 악용하여 탈법과 배임을 저지르는 일이 빈번히 일어나기도 했다. 신의와 성실, 신용, 정직을 인생 목표로 삼고 살아온 나로서는 그들의 행태에 아연할 수밖에 없었다. 공공연하게 벌어지는 일련의 검은 거래를 보며 사람이 살아가는 곳엔 어디든지 옳음과 그름이 있듯이 거짓과 부정 그리고 음침한 그늘이 늘 함께 공존하고 있음을 새삼 알게 되었다.

　내 몸처럼 돌보고 자식처럼 길러 온 채소를 트럭에 실어 보낼 때마다 보람보다 우울함이 생겨나곤 했다. 땀 흘려 수확한 고등 채소들을 손 하나 까딱하지 않고 몽땅 가져가는 사람들처럼 보였기 때문이다. 그들이 거머쥘 불로 소득과 정당하지 않은 이익을 당연하다는 듯 생각하는 업자들이 좋게 보이지 않았다. 일말의 양심도 가책도 없는 파렴치한 인간들이라고 생각했다. 그러나 그러한 생각도 잠시 들었다가 사라졌다. 내가 할 일과 그들이 하는 일은 엄연히 다르고 그 차이가 나는 것은 너무나 당연했다. 그들은 자본을 가지고 아낌없이 이곳에 투자하였을 것이고 나는 내 육체를 이용한 노동 대가를 받으면 그뿐이라고 생각했다. 만일 저들이 이곳에 투자를 하지 않았다면 나 또한 일거리가 없었을 것이라고 생각했다. 아무도 모를 작황 결과를 두고 심사숙고하여 투자한 만큼의 수익을 가져가는 건 너무나 자연스러운 것이라고 생각했다. 나 또한 일한 대가를 받고 있지 아니한가.

누가 누구를 원망할 어떤 근거도 세상엔 존재하지 않는다고 나는 생각했다. 누구에게나 공평하게 주어지는 삶의 기준을 아무도 바꿀 수 없고 오직 서로 협력하여 사는 수밖에 없다는 사실을 깨닫게 되었다.

　자본주의 사회에서 강자의 독식을 나는 이해할 수 없었다. 약자의 것을 빼앗는 약육강식의 논리는 동물의 세계에서나 볼 수 있는 본능적 행동이라고 여겼다. 자연 현상을 인간 세계에 비유적으로 표현한 것이라고 생각했을 뿐이었다. 그러나 파를 뽑고 배추를 가다듬고 무를 새끼줄로 묶어 차에 싣는 현장을 보며 나는 약육강식은 현실적 현상이고 약자는 항상 강자에게 무릎을 꿇어야 한다는 그 실체적 현실을 깨닫게 되었다. 땀인지 눈물인지, 혹시 피일 수도 있을 액체가 내 몸에서 흘러내리고 연신 닦아 내며 힘겨운 삶을 사는 동안 나는 현실을 이해하고 공감하는 방법과 지혜를 터득하게 되었다. 내가 자본을 가진 저들 중 한 명이라면 나 또한 저들과 같은 생각과 행동을 할 것이라고 생각했다. 내가 갑자기 벼락부자가 된다면 난 과연 어떤 생각의 변화가 생길지 궁금하기도 했다. 피와 땀, 눈물 없이 이루어진 그 어떠한 성취도 그 열매는 결코 달게 느껴지지 않을 것이라고 나는 생각했다.

함께 일하는 시간이 길어지고 많아질수록 인간적인 친목이 쌓였다. 서로를 아는 만큼 정도 깊어졌다. 서로 다른 생각과 행동들로 인해 보이지 않던 갈등과 불만들이 서로를 이해하고 보듬는 친근함으로 변화해 갔다. 각자 다른 성향을 가지고 오직 돈을 벌기 위해 이곳에 모인 사람들이었다. 웃고 있지만 정말 웃을 일이 있어 웃는지 그건 아무도 몰랐다. 웃음이 표독한 표정으로 바뀔지 스스로도 모르기 때문이다. 기계처럼 움직이기를 요구하는 팀장의 지시에 따라 모든 작업은 일사불란하게 이루어졌다. 그가 쉬는 시간이 작업자들의 휴식 시간이었다. 그의 움직임에 따라 앞으로 뒤로 이동할 수 있었다. 자기 몫을 다 했다고 함부로 앞으로 나가지 못했다. 그는 자신의 지시 없이 하는 행동에 대해 가차 없이 응징했다. 같이 일하고 함께 쉬는 공동체로서 체득된 자연스러운 현상이라고 생각했다.

팀장은 자연스러움과 솔직함을 바탕으로 설득하고 타협하는 특별한 임무를 가진 사람처럼 보였다. 각각 다른 생각들을 하나로 묶는 행위가 팀장을 통해 행동으로 나타나곤 했다. 가족애 같은 끈끈함도 팀을 이끄는 팀장에게 요구되었다. 팀장은 현장에서 일하는 자기 팀원들의 성향과 능력들을 안팎으로 꼼꼼하고 면밀하게 관찰하는 사람이었다. 해마다 이어지는 작업 기간이 되면 또 현장 일꾼으로 부를 수도 있는 권한을 가진 사람이었다. 작업자 개인별 자료를 근거로 하여 일이 주어졌을 때 팀 구성원으로 편입시키는 역할을 하는 사람이었다.

  팀장은 자기 눈에 드는 사람을 당연히 다시 불렀고, 눈 밖에 난 사람은 가차 없이 작업에서 도태시켰다. 치열하고 매몰찬 현실을 가감 없이 보여 주었다. 그만두라는 말이 팀장 입에서 나오자마자 그 말을 들은 당사자는 작업복을 벗고 이곳에 올 때 입었던 옷으로 주섬주섬 갈아입고 밖으로 나가는 것이었다. 그리고 같이 땀 흘리며 일하던 동료들과 인사조차 제대로 나누지 못한 채 작업장을 떠나고 마는 것이었다.

  작업 현장에 적응하지 못하고 중도 퇴출되는 사람의 얼굴을 남아 있는 일꾼들은 애써 외면하곤 했다. 이유야 어쨌든 현장에서 도태되지 않고 이곳에서 일을 할 수 있다는 사실에 스스로 안도하는 것처럼 보였다. 자기가 도태 대상이 아닌 것에 안도하는 것으로 위안을 삼고 잘 가라는 인사말 대신 손을 한 번 흔드는 것으로 대신하곤 했다. 쉬지 않고 기계처럼 움직이며 팀장 눈에 잘 보여야 하는 것이 남아 있는 일꾼들 각자가 해야 할 최선의 행동임을 잘 알고 있는 사람들처럼 보이는 것이었다. 이곳에서 팀장은 대통령이나 다름없었다. 말 한마디에 모든 것이 시작되었고 끝났으니까. 모든 작업이 끝나는 늦가을에 팀원들은 각자 자기 연고지로 돌아갔다. 겨우내 집에 머물다 봄이 되면 흩어졌던 팀원들에게 또다시 작업할 계획과 함께 차출 전화가 팀장을 통해 올 것이라 했다.

일사불란한 일 처리를 전제로 팀장은 언제나 일심동체를 강조했다. 그것은 언제 어디서라도 부르면 올 수 있는 능력 있는 일꾼들로 단련시키고 끈끈한 인맥을 형성하는 데 중요한 요인으로 작용했다. 학력의 높낮이는 아무런 문제가 되지 않았다. 개인 가정사에 대해 일일이 알고 싶어 하거나 말하는 사람도 없었다. 힘과 요령, 최소의 투자로 최대 효과를 거두는 것이 목적일 뿐이었다. 광활한 산등성이에 널려 있는 채소들을 언제 어떻게 누가 빠르고 정결하게 최상의 상품 가치로 만드는가가 중요한 목표이자 가장 유능한 작업자가 되는 것이었다. 때마다 작업 현장에서 계속 만나는 사람들은 결국 그런 사람일 수밖에 없었다.

파를 뽑고 다듬고 포장하는 일을 하는 동안 작업자들 웃음소리와 흥얼거리는 소리들은 긴장감과 피곤함을 달래 주는 진통제 같은 것이었다. 타령조의 음률로 들리는 것도 있었다. 〈정선 아리랑〉과 뜻모를 시조를 웅얼웅얼 읊는 일꾼도 있었다. 난 듣기만 해도 좋았다. 아는 노래도 없었고 안다 해도 부를 줄 몰랐다. 밭 한가운데 나무를 세우고 그 위에 카세트 음향기를 달았다. 거기서 나오는 리듬 섞인 소리들은 언제 날카로운 흉기로 변할지 모를 팀장의 보이지 않는 감시망을 피하는 유일한 피난처 같았다. 일하는 사람들의 마음과 생각을 보이지 않는 줄로 동여매고 있는 것 같은 긴장감이 노랫가락에 팽팽하게 묻어 있었던 때도 있었다. 그 음악 소리들은 목장 안에 갇혀있는 소와 양계장에 갇혀 있는 닭들에게 더 많은 우유와 달걀을 얻기 위한 고도의 속임수 같다고 생각했다. 그 음악 소리들은 나를 항상 긴장의 끈으로 얽매이게 했다. 언제 어디서 걸쭉한 욕설이 소나기처럼 일꾼들 귀에 갑자기 쏟아져 들어올지 모르기 때문이었다.

별천지

사람들이 모여 무엇인가를 하는 곳에는 웃을 일이 있고 울 일 또한 있으며 기쁨과 슬픔도 함께 녹아 있는 것이라고 생각한다. 세상과 동떨어져 있는 듯한 외딴 이곳에도 모임이 가진 속성 안에 숱한 이야깃거리가 존재했다. 한 달에 서너 번 주어지는 쉬는 날에는 단체로 노래방에 가기도 했다. 자신이나 가족들 가운데 경조사가 있을 때면 조금씩 돈을 모아 마음을 전달했다. 고달픈 육체노동 현장에서 그나마 풍겨 나오는 훈훈한 온기를 서로 나누기 위해서였다. 어느 날 시내에 나갔다가 돌아오는 동료가 먹을 것과 마실 것을 사 오면 그날이 곧 잔칫날처럼 흥청대기도 했다. 사방천지 험산준령에 보이는 것이라고는 나무와 풀뿐인 외진 곳에서 먹을 것과 마실 것이 있으면 그곳에 노래와 춤이 절로 생겨나는 축제의 한판이 벌어지는 건 자연스러운 것이었다. 그때 그 순간만큼은 모두가 한 몸과 한마음이 된 듯했다. 고달픈 신세지만 언젠가 극복하리라는 희망의 몸동작을 노래와 춤으로 대신하는 듯했다. 서로 가지고 있던 하고 싶은 말들을 풀어냈다. 격려하고 이해하고 마음속 응어리들을 서로서로 털어내기 바빴다. 인화단결된 모습에 고무된 팀장도 이날은 팀원과 함께 어울리는 동료로서 일원이 되었다.

 짬짬이 주어지는 휴식 시간이면 벌, 나비가 각각 자기가 날아갈 곳을 향해 날아다니듯 은밀하고 분주하게 돌아다니는 사람들이 보였다. 짧은 시간에 자기와 친한 사람들과 무언가를 주고받곤 하는 것을 보았다. 세심하게 살피지 않으면 볼 수 없고 알 수 없는 은밀한 일들이 벌어지고 있음에 틀림없어 보이는 것이다. 지난날 편직 공장에서 나에게 커피를 따라 주던 여직공이 생각났다. 그 일로 인하여 순식간에 벌어진 오해로 한바탕 커다란 싸움이 있었던 그때가 떠오른 것이다. 애정행각이 벌어지는 소설 속 주인공을 따라가는 독자처럼 나도 모르게 호기심이 생기는 거였다. 외딴 산간벽지에서 남녀가 뒤섞여 일을 하면서 생길 수 있는 일상의 일탈들이 벌어지고 있었다. 격리된 곳에서 오랫동안 숙식을 함께하는 성인 남녀가 이성 간의 벽을 넘고 울타리를 뛰어넘어 농염한 애정 행위를 공공연한 비밀처럼 벌이고 있는 것이었다. 그러한 행위들을 분명 일탈이라고 할 수 있다. 그런 행위는 사회 규범을 넘어서는 것이고 바람직하지 않은 사회적

지탄거리라고 할 수도 있을 것이다. 그러나 성인이 각자 의지와 판단을 바탕으로 결정하는 애정 표현과 행위들을 일탈이라 말하기에는 어려움이 있다. 아무렇지도 않고 자연스럽게 일상적으로 일어나고 있는 이곳에서는 일탈이라 여기지 않는 것이다. 그렇게 생각하는 사람이 도리어 부자연스럽게 느껴지기도 하는 것이었다. 눈이 하나인 원숭이가 두 개의 눈을 가진 원숭이를 향해 이상하다고 보는 것처럼. 일상인 작업 현장에서 힘들고 어려운 일들을 하면서 자연스럽고 빈번하게 이루어지는 공공연한 비밀들은 더 이상 비밀이 될 수 없었다. 그것이 합법이든 불법이든 좋든 싫든 너무나도 자연스럽고 적나라하게 벌어지는 것을 누구라도 막을 수 없다고 생각했다. 글로 다 표현할 수 없을 농염한 사건이라면 사건이고, 사고라면 사고라 할 수 있는 수많은 일이 이곳 산간벽지 외진 곳에서 생겨나고 있었던 것이다. 남녀가 가진 본능적 욕구들을 각양각색으로 풀어 가는 애정 행각의 흔적들이 쏘아 버린 화살처럼, 모래 위에 자국만 남기고 사라진 뱀 자국처럼 여기저기 널려 있었다. 언제 그랬냐는 듯 너무나도 평범하고 평온한 하루의 시작이 전날 밤 있었던 광란의 애정 행위와 반비례하는 것이 나는 너무나 신기하게 생각되었다.

슬픔과 울분을 해소하는 통로로 삼고자 했던 고랭지 산간벽지 외딴곳에서 솔직하고 순수한 그들과 함께한 짧다면 짧고 길다면 긴 몇 년간의 시간을 나는 잊을 수 없다. 사람이기에 할 수 있는 것들과 사람이라 해서는 안 될 일들이 일상으로 벌어지는 곳. 천국에서 사는 것 같지만 지옥에서 산 것처럼 살아온 내 삶보다 지옥 같은 곳이지만 천국처럼 느껴지던 곳으로 기억에 남게 되었다. 고요하고 청정한 푸르른 대지 위의 검푸른 파와의 만남을 통해 사람이라면 누구라도 가지고 있는 성욕의 발산과 통제와 절제의 현실적 의미를 깨닫게 되었기 때문이었다.

신선해 보이고 놀라울 정도로 자연스러운 성애들이 내 시야에 들어와 박힐 때마다 나는 내 아내를 생각하곤 했다. 솔직함이 깃든 대담한 애정 행위를 아내에게 요구하거나 그녀에게 요구받았는지 곰곰이 생각도 해 보았다. 그녀는 나에게 사랑을 요구한 적이 없었던 것 같다. 나도 그녀에게 사랑을 고백한 기억이 없다. 나는 아내를 위해 내가 감당할 수 없을 만큼의 눈물을 흘려 보았는지 생각해 보았지만 내 기억엔 없는 것 같았다. 현실이나 꿈속에서나 아내를 향한 애정 고백을 말로나 글로나 행위로도 표현한 기억이 전혀 나지 않는 것이다.

술은 입으로 들어와 사람을 기쁘게 하고 또는 용감하게도 슬프게도 하지만 사랑은 눈으로 들어온다는 것을 알았다. 같은 울타리 안에서 같은 것만 보고 그것이 모두이고 전부인 양 살아오던 나에게 파밭은 신세계나 다름없어 보였다. 거짓은 진실을 감추는 것이고 악의 그림자라고 생각했었다. 그러나 세상은 결코 그렇지만은 않다는 것을 알았다. 상대를 웃기기 위한 거짓말은 독이 아닌 약이 될 수도 있다는 사실을 알게 되었다. 약간의 거짓말로 상대로 하여금 날 향한 관심과 이해, 존중, 헌신 그리고 공감과 확신을 기대하게 할 수도 있다는 것을 알았다. 사랑에 취한 많은 사람이 남녀 불문하고 내 주위를 오가며 나를 유혹했었다. 나 역시 그들의 접근을 막을 마음이 없었다. 웃고 떠들고 마시고 노래할 때가 살아 있음을 확인하는 유일한 기회였다. 그러나 그건 하루살이 같은 즐거움이자 내 살과 정신이 점점 마비되고 썩어 가는 과정이라는 것을 알게 되었다. 순간의 쾌락은 두고두고 찝찝한 갈등을 낳았다. 점점 깊이 빠져 들어가는 수렁과 같았다. 자유로이 떳떳하고 활기 있게 날개를 펴고 저 높은 창공을 날 수 있는 자유로운 영혼이 되기 위해서라면 나를 알고 내가 잘 알고 있는 사람. 내가 가장 사랑하기 때문에 미워할 수 있는 그 사람만 사랑해야 한다는 것을 알게 되었다. 사랑하고 미워할 대상인 내 아내가 세상에 있다는 사실 하나만으로도 행복하고 기뻐해야 할 충분한 이유가 있다고 생각했다.

정신적, 육체적 구애 행위를 위해 아내에게 얼마나 집요하게 다가

갔었는지 생각해 보았다. 부부가 되기로 약속하고, 부부가 되어 살아가며 주고받았던 삶의 에너지를 서로가 서로에게 얼마나 채워 주고 충전을 받아 왔는지 돌아보았다. 인생의 바다를 항해하는 동안 아내와 나는 얼마나 많은 표현을 어떻게 나타내 왔었는지 생각해 보았다. 애정 표현들이 아내와 나 사이에 어떻게 작용하여 무슨 반향을 일으켰으며 서로가 서로에게 어떤 반응을 보였는지 생각했다. 과연 그녀에게 얼마나 유익했으며 그것을 통해 그녀는 위로를 받고 치유가 되었는가 생각했다. 꼬리를 물고 이어지는 이 모든 물음에 나는 답할 수 없었다. 답할 만큼 나는 그녀에게 애정 표현을 하지 않았기 때문이다.

부부간의 사랑은 둘만을 위한 것은 아닐 것이라고 생각했다. 고뇌와 인내 속에서 얼마만큼 견딜 수 있는지 보기 위해 사랑이라는 이름으로 만들어진 것이 아닐까 하는 생각이 들었기 때문이었다. 나는 아내에게 무엇 하나 해 준 것 없는 참담한 패배자처럼 보였다. 인생의 쓴맛, 단맛 다 보고 살아왔을 우리는 서로가 서로에게 당당하게 말할 근거를 찾기가 너무 어렵다는 것을 알게 되었다. 뻥 뚫린 내가슴에 서러움이 물밀듯 밀려왔다. 참 바보처럼 살아온 인생 아닌가. 벌거벗은 임금처럼 자기만 잘났고 최선을 다했노라 스스로 자부하며 살아온 내가 아닐까. 멋진 인간이라 여기며 으스대고 살아오지 않았던가. 자랑하며 뽐내는 사람, 아무도 날 인정하려 하지 않고, 눈여겨보아 주지 않음에도 멋진 인격의 옷을 입었노라 자랑하며 으스대는 인간. 겸손하여 나 자신을 돌아보아야 함에도 무지와 고집스러움에 매몰되어 똥에 박힌 돌처럼 누구 하나 바라보는 이 없이 외롭고 쓸쓸히 살아온 내가 아니었을까.

우리 상기는
사주팔자가 안 좋아

인가와 동떨어져 외진 곳이었다. 보이는 것이라곤 검붉은 흙 위에 푸른 천으로 사방을 둘러 덮은 듯 온통 배추와 무, 파 같은 채소 물결만 일렁이고 있었다. 바둑판 위 희고 검은 돌처럼 여기저기 뒤섞여 점점이 흩어져 한껏 등을 굽힌 채 일을 해 온 지 어언 3년이 지났다. 손발은 돌처럼 거칠고 딱딱하게 변해 갔다. 가끔 거울을 통해 검게 그을린 나를 볼라치면 내가 나를 금방 알아볼 수 없을 정도로 변한 모습에 아연했다. 파를 뽑고 묶는 일이라면 누구에게든 뒤처지지 않을 것 같았다. 기술도 아닌 기술을 가진 기술자가 된 기분이었다. 그러나 기술자가 별다른 게 아니라는 것은 어떤 분야든 남보다 빠르고 정확하게 원래 모습으로 돌아오는 사람을 가리키는 말이라고 이해했다. 이 세상의 모든 기술자는 하는 일만 다를 뿐 모두 다 같은 정도를 통과한 자신감과 자부심을 가진 사람이라고 생각하게 된 것이다.

일을 하다 흐르는 땀을 닦을 때마다 갑자기 떠오르는 할머니 모습에 화들짝 놀라곤 했다. 불현듯 온통 주름진 얼굴과 겹쳐지면서 문득문득 날 향해 하시던 말씀이 떠오르곤 하는 것이었다. 남에게 싫은 소리 한번 내뱉지 않던 분이었다. 베풀기 좋아하시던 할머니였다. 해마다 절기 때면 절을 찾아 불공을 드리며 자손의 번영을 빌던 모습을 먼발치에서 바라보곤 했었다.

내 아버지는 삼 형제 중에서 맏이라고 했다. 장남인 아버지의 첫아들로 태어난 나를 집안에서는 장손이라고 불렀다고 했다. 할머니는 누구보다 나를 귀히 여겼다고 했다. 먹을 것이 있으면 다른 손주들을 제쳐 두고 나에게 먼저 주시곤 했다. 그 지극한 사랑에 보답이라도 하듯 난 재롱둥이에다 귀염둥이라는 별명이 붙을 정도로 유쾌하고 활발했었다고 했다. 장손이 누릴 수 있는 모든 애정을 아낌없이 받았다고 했다. 집안 내 제사 때마다 어른들 틈에 서서 제사 순서를 모두 지켜보기도 했다. 사람들 관심 속에 애정을 듬뿍 받으며 나는 자랐다고 했다.

» 나를 끔찍이도 사랑하셨던 할머니

공교롭게도 집에서 키우던 암소가 새끼를 낳은 날과 내가 태어난 날이 같았다고 했다. "너는 살고 송아지는 죽었다."라고 할머니는 나에게 말씀하시곤 했다. 농사꾼 재산 중 가장 귀한 재산인 소가 낳은 송아지. 내가 태어난 날 그 송아지는 이름 모를 병으로 낳자마자 죽었다고 했다. 내 생명을 대신해 죽은 만큼 너만이라도 더 창대한 삶을 살라는 말씀으로 새겨듣게 되었다. 1950년대 초, 대한민국은 좌익, 우익으로 나뉘어 정치적으로 혼란할 때였다. 할머니는 입버릇처럼 말씀하셨다. "너희 아버지가 죽고 그 대신 너희가 살았다." 그땐 그 말이 무슨 뜻인지 몰랐다. 좌익으로 몰려 죽음을 피해 집을 떠난 내 아버지를 두고 하신 피맺힌 말씀인 것을 지금에서야 어렴풋이 이해하게 되었다.

일제 강점기에 일본군 순사였던 할아버지가 순천 갯벌 지구에서 실종되었고, 이후 생사조차 모른 채 할머니는 평생 홀로 사셨다. 풍진 세상에서 한숨과 슬픔 어린 가슴만 움켜쥐고 자손들 걱정과 집안 평안을 위해 노심초사하시며 한평생을 사셨다. 독실한 불교 신자였던 할머니는 해가 뉘엿뉘엿 떨어지는 황혼의 들판을 바라보시다가 내 얼굴을 보시고 내 손을 어루만지시며 말씀하셨다.

"우리 상기는 사주팔자가 안 좋아야…." 어떤 이유로 그런 말씀을 하셨는지 그때는 알지 못했다. 깊은 한숨과 가늘게 들리는 울먹이는 소리 외에는 내 뇌리에 남아 있지 않기 때문이다. 할아버지와 아버지의 사랑과 관심도 충분하게 받지 못하고 중학교 진학도 못 한 채 서울로 훌쩍 떠나 버린 손자 생각에 얼마나 마음이 아팠을지 지금도 생각하면 가슴이 저며 오는 것이다.

한숨과 걱정에 묻혀 사시면서도 장손인 내 앞날의 안위를 노심초사하시던 할머니의 애절한 절규였음을 깨닫기까지 오랜 시간이 걸렸다. 눈앞에 닥친 현실적 삶의 무게가 무겁고 힘겨웠던 내 삶의 한 부분에 흐릿하게 남아 있던 그분의 존재가 점차 뚜렷하게 다가오는 것이었다. 내 할머니가 살아 내신 기간을 나 또한 그대로 따라가고 있음을 말해 주고 있는 것이라 생각한다. 내가 세상을 많이 살아왔다는 사실과 함께 너무 멀리 온 것이라는 객관적 증거일 수 있겠다고 생각했다.

하루 일과를 마치고 잠자리에 들기 전, 주마등처럼 떠오르는 그분 말씀은 내 마음에 짙은 그림자를 드리우고 우울한 먹구름처럼 나를 둘러싸곤 했다. 할머니는 왜 나를 보고 사주팔자가 좋지 않다 했을까. 가뜩이나 힘든 나날을 견뎌야 하는 나에게 위로와 용기를 불러일으키는 말은 분명 아니었다. 무슨 근거나 과학적인 분석을 통한 객관적 사실을 말하는 것이 아닌 지극히 개인적이고 주관적인 생각을 본인의 느낌대로 나에게 말했을 것이라고 생각하면서도 지난날 내 앞에 일어난 일들을 돌이켜 보면 기쁜 일보다는 깊은 절망감에 빠지게 한 일이 더 많았다는 사실 앞에서 나는 묵묵히 그 말을 인정하고 받아들여야 할 것 같았다. 그분의 말씀대로 나의 사주팔자가 나를 둘러싸고 있는 여러 상황을 더욱 옥죄고 힘들고 주눅 들게 하고 있는 것이 맞겠다는 생각이 드는 것이다.

그러나 참으로 이상하고 믿을 수 없는 일은 이런 생각에 젖어 있을 때마다 갑자기 나를 위로하고 힘이 되는 말이 내 입에서 나오는 것이었다. 비가 그친 뒤 피어난 무지개처럼 할머니 말씀이 연이어 영롱하게 머리에 떠오르곤 하는 것이었다. 순간 나를 둘러싼 암울한 그림자는 사라지고 생각의 전환 고리가 생겨나는 거였다. 그것은 말로 표현할 수 없고 글로도 쓸 수 없는 나만의 비밀이었다. 할 수 있다. 해낼 수 있다는 자신감과 긍정의 단어가 화수분처럼 뿜어져 나와 내 몸과 마음 여기저기를 흠뻑 적셔 주는 것이었다. 마치 무더운 여름날 얼음물을 마시고 난 후 느낄 수 있는 상쾌함 같은 것이었다. 나를 즐겁고 기쁘고 신나게 하는 한가락 보이지 않는 희망의 노래가 있다면 바로 이 순간이라고 말할 수 있다. "사람은 누구에게나 타고난 복이 있다는데, 그 복은 누구에게든 공평하게 주어진다는데, 운명은 스스로 바꿀 수도 있다는데…."

사랑하는 손자의 사주팔자가 좋지 않음을 한탄하듯 말씀하시고는 무슨 뜻인지 모르고 빤히 쳐다보는 손자의 머리를 쓰다듬으며 하시던 할머니의 말씀은 희망, 기쁨, 행운이 언젠가 나를 기다리고 있을 것을 미리 예언하신 것이라고 나는 생각한다.

"사주팔자가 안 좋다."라는 비현실적인 말속에 녹아 있는 부정적 생각 너머로 운명을 숙명으로 받아들이라는 말씀 아니었을까. 고달픈 인생 고개 정직과 우직함, 근면과 성실함으로 씩씩하고 명랑하게 넘을 것을 바라시며 던져 주신 화두가 아니었을까. 나를 지극히 사랑하시던 그분이 내 인생 벌판에 힘차게 던져 주신 영적 선물이라고 생각하기로 했다. 짐작이 추측을 넘어 현실로 나타나게 되는 인생 법칙을 삶의 경험을 통해 터득하셨을 그분의 고귀하고 아름다운 인생 보배를 나에게 주신 것이라고 생각했다.

나를 끔찍이도 사랑하셨던 할머니. 꿈엔들 뵐 수 있기를 소원했지만 "우리 상기는 사주팔자가 안 좋다."라는 말만 내 기억에 남기신 채 몸과 마음과 혼과 영까지 그녀가 가진 모든 것을 아낌없이 나에게 주시고 내 곁을 떠나셨다.

새벽 별이 보이는 5시부터 달이 보이기 시작하는 어스름한 초저녁까지 일을 했다. 파를 뽑고 까고 묶는 일을 종일 하고도 받는 돈은 파를 통째로 도시 도매상에 넘기는 사람의 수입과 비교할 수 없었다. 도매상들이 벌어들이는 돈은 내가 종일 개미처럼 일하고 받는 수입의 몇십 배가 넘는 것 같았다. 부럽기도 하고 허무함과 자괴감이 나를 누르듯 밀려오기도 했다.

월급에서 30%를 떼어 따로 모았다. 트럭에 파를 하나 가득 싣고 시장으로 향하는 내 모습을 마음에 그렸다. 가슴에 하나 가득 품었고, 머릿속엔 현실로 나타날 구체적 행위를 담담하게 새겨 넣었다. 생각은 어떤 상상을 만들고 상상은 어떠한 행위를 구체적으로 이끌어 낼 수 있을 것이라는 확신은 어디서 배운 것도, 누구에게 가르침을 받은 것도 아니었다.

삶의 굴레 속에는 인간이 가진 운명이라는 것이 각각 다른 모습으로 자리 잡고 있다고 생각한다. 세상 모든 일이 내 뜻대로 되라는 법은 없지만, 되지 말라는 법도 없기 때문이다. 땀과 눈물과 피가 어우러져 지혜가 싹트고, 지혜라는 잎사귀 위에 한 올 한 올 노력과 경험이 방울방울 더하여진 내 운명은 헐벗은 채 쓸쓸한 벌판에 홀로 서 있는 허수아비 같은 내 몸과 마음에 따스한 온기로 다가와서 나를 깨우고 가는 것 같았다.

'인생 역전', '인생 대박'이라는 누군가 생각해 낸 단어를 생각만 해도 하늘로 날 것 같았다. 그 생각은 나에게 웃음을 짓게 했고 언젠가 이 기회가 나에게 미소 지으며 다가오리라 기대할 수 있게 했다. 저 멀리서 무지개 타고 나에게 다가올 것을 어린애처럼 고대했다. 그 바람들은 하루하루 견디며 살아갈 원동력이 되어 주었다. 기쁘고 설레는 나만의 꿈, 내가 나에게 주는 최고의 선물이기도 했다.

파밭에서 일하는 인부들에게 한 가지 낙이 있다면 매주 복권 추첨 공개 영상을 티브이를 통해 보는 것이었다. 주마다 당첨 번호가 티브이 화면에 뜨면 누군가 그 번호를 맞춘 사람이 있을 것이었다. 자기가 일등 번호의 주인공인 것처럼 부러워하고 즐거워하는 것이 일상이 되었다. 누군가가 우리도 한번 해 보자고 말을 꺼냈고 언제부턴가 일꾼 중에 복권 구입 희망자들을 대신하여 시내로 나가 복권을 구입하기 시작했다. 심심풀이용이라고 했지만 모두 진지했다. '운명

속 운', '되라는 법도 없고 되지 말라는 법도 없는' 요지경 같은 세상에서 '인생 대박'을 꿈꾼다 해서 흉잡힐 이유가 없었기 때문일 것이다. 권력도 재물도 없는 힘없는 서민이 세상에서 가질 수 있고 누릴 수 있는 대박 중 대박은 로또 복권에 당첨되는 것이라고들 하는데 이 말에 반대하는 사람은 없었다.

구입 희망자들의 각자 필요 수량대로 사다 주곤 했다. 갖가지 복권이 있었지만 '로또'는 비싼 만큼 당첨 금액이 커 인기가 있었다. 당첨되는 순간 일약 거부가 될 수 있는 기회였으므로 뭇사람의 마음을 사로잡기에 충분한 것이었다. 기대와 호기심이 발동되는 매력 만점의 기회였다. 사행심 운운하며 비아냥거리는 소리도 만만치 않게 들려왔지만, 복권 판매액 일부는 힘들게 살아가는 사회적 약자들을 위해 쓰인다는 말에 수그러졌다.

국민들을 상대로 장사를 빙자하여 정치 행위를 하는 것 같기도 했다. 한두 회를 거치며 복권 당첨자들이 생겨나고 그들이 가져가는 천문학적 액수의 당첨금 소식이 속속 방송 매체를 통해 알려졌다. '인생 역전'의 기회라고 부추기는 상업적 구호가 더 이상 낯간지러운 단어로 여겨지지 않게 되었다.

여기저기 복권을 전문적으로 판매하는 가게가 생겨났다. 당첨자가 다른 영업점에 비해 많이 생긴 상점엔 명당 가게라는 현수막도 걸렸다. 삶의 무게를 끌어안고 '운명 속 운'을 꿈꾸며 하루하루 삶을 이어 가는 사람들에겐 소위 '바라는 것들의 실상일 수 있었고, 보이지 않는 어떤 것들의 증거'일 수도 있었다.

일취월장, 일확천금, 개과천선…. 모든 것이 새롭게 변화하길 절절히 바라는 뜻이 담겨 있는 단어들을 각자 머리와 가슴에 담아 매주 그 꿈에 빠져들었고 그 꿈은 우리 가슴을 부풀게 했다.

사주팔자가 좋지 않은 사람에게 형통한 복이 찾아오리라는 기대는 허무한 꿈에 불과할 것이라고 생각한 나는 천문학적인 확률로 당첨된다는 복권에 대해 관심이 없었다. 피땀 흘려 번 돈이어야 나와 우리 가정에 어울리는 분복이라고 생각했다. 동료 일꾼들이 로또 복권을 매주 몇 장씩 습관처럼 사고 일등은 아니지만 아래 등수에 당첨되는 것을 보고 나서 나도 한번 해 보아야겠다는 생각이 들었다. 우리 같은 영세한 사람들을 돕는 국가적 차원의 구제 사업이라는 말에 더욱더 끌리는 것이었다. 문화재 사진이나 자연 풍경 등 컬러로 인쇄된 기존 복권들과 다른 특이한 방식의 복권이 눈에 띄었다. 숫자 하나하나에 마음을 담아 표시하는 방식이 특히 맘에 와닿았다. 그날이 그날 같았던 지난 몇 년을 뒤돌아보면 즐거움을 찾기란 쉽지 않았다.

그러나 복권을 구입한 이후 허리 굽혀 일하는 동안 희미한 희망을 노래할 수 있는 이유를 찾을 수 있게 되었다. '꿈이 이루어진다면…' 이라는 가정의 소망이 웃음을 자아내게 하는 것이었다. 주말이 기다려졌다. 무엇을 바라고 원하고 그것을 향해 생각을 모은다는 것이 사람을 이렇게 변화시키는지 전엔 미처 알지 못했다. 횟수가 거듭될수록 복권 영수증 보관용 앨범 두께가 전화번호부 책만큼 두껍게 되었다. 이것만큼 돈을 모았더라면 좋았을 거라는 생각에 넌지시 후회감이 들기도 했다. 어느 날 복권 표에 숫자를 표기하면서 '호랑이를 잡으려면 호랑이 굴에 들어가야 하지 않을까?'라는 생각이 갑자기 들었다. 작은 공들이 둥근 통 속에서 빠르게 돌며 튀다가 작은 구멍을 통해 나오는 추첨 실황 중계방송이 생각났다. 구멍을 통해 나온 공에 적힌 번호를 시청자들에게 확인시키는 진행자 모습도 떠올랐다.

이런 생각이 들자마자 나는 곧바로 행동으로 옮겼다. 추첨 생방송에서 보던 각색의 작은 공 대신 탁구공 40여 개를 준비했다. 어디서 어떻게 구했는지 기억에 없다. 기억에 남는 건 공 겉면에 각각 숫자를 적어 그 공들을 몇 번이고 위로 흩뿌리고 나서 반복되어 나타나는 숫자 여섯 개 번호를 채택했다. 누가 귀띔을 해 준 것도, 본 것도 아닌 나의 이 같은 우스꽝스러운 행위에 헛웃음이 나왔지만, 확률적으로나 과학적으로 좀 더 나은 결과를 기대하고 있다면 그냥 생각나는 대로 기입하는 것보다는 신뢰가 좀 더 가는 방법이었다. 이렇게 던져 본 뒤에 선택한 번호는 자의적으로 선택한 번호에 비해 당첨될 가능성이 커서인지 가끔 한두 개 번호가 맞는 경우가 점점 많아졌다. '지성이면 감천'일 수 있겠다는 생각이 들었다. 마음과 뜻과 행동이 일치가 된다면 무엇이든 이루고 만들 수 있지 않을까 생각할수록 나는 더욱 흥분되었고 마음이 들떴다.

» 탁구공 40개를 들고

추첨하는 날이 되면 일꾼들은 각자 남모를 기대와 호기심에 스스로 파묻히는 듯했다. 세상일이 모두 다는 아니더라도 재미와 웃음을 이겨 낼 그 어떤 것은 없을 것이라고 생각했다. 이런 방법으로 계속 도전하던 어느 날, 2등에 당첨되는 짜릿함도 맛보았다. 하나만 더 맞았다면 그야말로 엄청난 횡재의 순간을 맞이할 수 있었다. 일주일 내내 일하고 난 뒤 혼자 갖는 이러한 유희 속에서 위로와 기쁨을 맛보았다. 웃음도 있었고, 아쉬움도 있었다. 세상에 살아 있는 동안 누구라도 느끼고 공감할 수 있는 살아 있다는 현실과 사실 앞에 겸손한 감사함을 적막한 파밭에서 느낄 수 있었다.

당첨 확률은 마른하늘에 번개가 치고 벼락이 떨어지는 것보다 적다고 했다. 당첨 기회가, 요행이 우리 가정에 와 준다면 나 때문에 고생한 가족들에게 풍요로움과 안락함을 선물로 줄 수 있을 것이다. 빈곤의 올무에서 벗어나 푸른 초원 위에 집을 짓고, 행복하게 살리라는 소박한 열망이 복권을 계속 구매하게 했다.

거의 모든 복권은 시내에 외출 나갔다 들어오는 일꾼 중 한 사람이 대신 사다 준 거였다. 그러나 오늘 내 앞에 놓여 있는 복권은 내가 직접 사서 기입한 것이다. 특이한 꿈을 꾼 것 때문이 아니었다. 기억에 남는 징조나 유별난 경험을 해서 그리한 것도 아니었다. 피뢰침

같이 뾰족한 파들이 양탄자 펴진 것처럼 널리 퍼져 있는 광활한 채소밭 한가운데에서 묵묵히 주어진 일에 열중했을 뿐이었다. 전과 다름없이 수십 개 탁구공을 던진 후 거듭 나온 번호들을 메모지에 적어 당첨을 기원하며 기표했을 뿐이었다.

당첨

2009년 7월, 뜨거운 열기로 숨 쉬는 생물이라면 모두가 지쳐 가던 한여름, 나는 평생 놀랍고도 신기한 일을 겪었다. 그것은 한여름 밤을 아름답고 황홀하게 수놓기에 충분한 것이었다. 그날 저녁, 텔레비전에서 생방송으로 진행하는 로또 복권 당첨 진행 상황을 주시하고 있었다. 느끼는 감정 크기나 폭이 그때그때 달랐기에 그날도 편안하고 침착하게 사회자 진행을 지켜보고 있었다. 그러나 첫 번째로 쏘아 올린 많은 공 중 하나가 내 손에 들려 있는 번호와 일치하는 순간 긴장하지 않을 수 없었다. TV 앞으로 다가가 두 번째 공을 집어 드는 여성 사회자 손에 들린 번호와 내 번호가 일치하는 것을 보았다. 순간 나는 숨이 막히는 듯하였다. 3등 당첨 순간에 느꼈던 것처럼 온몸 속 신경 돌기가 또다시 한곳으로 모이는 것 같았다.

세 번째 공의 힘찬 움직임을 뚫어지게 바라보았다. 일을 마친 일꾼들은 모두 자기 방으로 들어가 쉬고 있을 때여서 잠잠했다. 아마 그들도 각자 가지고 있는 번호표와 대조해 보느라 조바심을 내고 있을 터였다. 여름 해가 어스름한 땅거미로 서서히 물들던 강원도 산간 고랭지 밭 한가운데 낡고 허름한 작은 집 안에 있는 텔레비전에서 나오는 숨 막히는 순간을 나는 맛보고 있는 것이다.

가슴 벅찬 흥분은 이어지는 네 번째 번호와 내 번호가 같다는 것을 알고 난 후 계속 이어지게 되었다. 이제 남은 번호는 두 개였다. 이미 본 영화를 다시 보는 것처럼 느껴졌다. 어떤 기대감이나 호기심도 없었다. 보고 즐기기만 하면 될 것 같은 평온함과 포근한 여유가 나를 감쌌다. 정말이지 믿어지지 않는 침착함이 나를 부담에서 벗어나게 했다. 말로 형용할 수 없는 확신이 나를 잠잠하게 하는 것 같았다.

'이런 일이 나에게 일어날 수 있구나! 이런 일이 나에게 나타났구나! 영화 같은 일이 나에게도 찾아왔어!' 네 번째에 이어 나머지 두 개 번호가 내가 가지고 있던 번호와 같은 것을 눈으로 확인하는 순간 나도 모르게 속으로 외쳤다. 여섯 개 번호가 틀림없이 일치하는 것을 다시 바라보았다. 그리고 드디어 올 것이 왔다고 나는 생각했다.

이상하리만치 침착한 마음 한구석에 가슴이 먹먹해졌다. 눈물이 앞을 가리고 가슴이 벅차 어떻게 견뎌 내야 할지 아무런 생각이 떠오르지 않았다. 단지 꿈꾸던 것이 현실로 일어났음에 놀랍고 믿어지지 않았다. 혹시나 내가 헛것을 보고 혼자 날뛰고 있는 게 아닐까 생각했다.

밖으로 뛰어나왔다. 어둠을 헤치고 날 향해 웃고 있는 달과 별들의 반짝임만 한가득 눈에 들어왔다. 손에 들려 있는 종잇조각, 보고 또 보고 가슴에 품다가 입술에 대 보기도 했다. 이 순간 이 벅찬 마음을 누구라도 함께 나누고 싶다는 생각이 굴뚝같았다. 숨을 크게 내쉬고 들이마시는 것으로 끓어오르는 기쁨과 주체하기 어려운 흥분을 억눌렀다.

당첨 사실을 다시 한번 확인해 보려 했지만, 어떻게 해야 할지 몰랐다. 방송국에 연락하여 확인할 순 있지만 방법만 떠오를 뿐 행동으로 옮길 수 없었다. 불가마 속 같은 마음의 열기가 서서히 식어 가기만 기다리고 바랄 뿐이었다. 동녘에 해 뜨고 동해가 그 넓은 가슴을 내보일 즈음, 어렴풋이 그 모양이 드러나는 새 아침까지는 부득불 참고 견딜 수밖에 없었다.

왜 바람은 어제와 같이 이곳에서 저곳으로 불고 있을까. 왜 저 매미는 같은 곳에서 같은 소리로 노래하고 있는 것일까. 채소밭 바닥에 엎드리듯 쪼그리고 앉아 파를 뽑고 다듬고 묶어서 차에 싣고 있는 저 사람들은 오늘 나에게 일어난 일들을 알고 있을까. 알고 있다면 어쩌면 저토록 어제와 변함없이 일들을 하는 것일까. 나에게 달려와 놀라움과 기쁨에 소리치며 날 헹가래를 쳐 주어야 하는 것 아닐까. 어젯밤, 천국과 지옥으로 갈라진 사실들을 저 일꾼들, 내 동료들은 모르는 것 아닐까. 혹시 알면서도 모르는 체하는 건 아닐까…. 날 아는 모든 사람이 나에게 일어난 이 놀라운 일을 몰랐으면 좋겠다는 생각이 들었다. 아무에게도 알리지 않았으니 아무도 모를 것이다.

일주일마다 생겨나는 인생 역전의 주인공들, 처음엔 그들도 믿어지지 않았을 것이다. 꿈같은 시간이었을 것이다. 그들이 느꼈을 가슴 벅찬 감동은 점점 식어 갔을 것이다. 화산 폭발 후 남은 재처럼 산산이 부서져 흔적조차 없어져 갔을 것이다. 이어지는 무대 주인공에게 자리를 물려주고 쓸쓸히 사라지는 은퇴자였을 것이다. 난 그들처럼 되지 않기로 다짐했다. 내가 가진 열심과 묵묵함으로 언제까지고 꿋꿋이 일하는 모습을 보일 것이다. 쉼 없이 움직이는 기계 속 톱니바퀴처럼 내 자리를 지키고 있을 것이다. 벌과 나비와 개미들의 움직임에 사람들은 관심조차 보이지 않는 것처럼 나도 사람들 눈 밖으로 벗어나 그들 기억 속에서 말끔히 잊히고 지워지는 존재로 남을 것이기 때문이다.

　난 지금 천지개벽과도 같은 내 삶의 엄청난 상황 변화와 마주하고 있다. 그러나 변화된 현실 앞에서 기뻐하고 즐거워해 줄 사람이 있을까를 생각했다. 아내와 자식들은 나의, 아니 우리 경사에 동참할까. 내 삶의 언저리에서 힘과 용기를 주던 지인들은 일확천금을 거머쥔 나에게 어떤 말과 반응을 보일 것인가. 그들에게 나는 무슨 말로 화답해야 할까. 이번 일이 서로 간 오해와 갈등을 시원스레 해결하는 실마리가 될 수 있을까. 그들은 진심 어린 공감으로 우러난 축하를 나에게 해 줄 것인가. 이러한 나의 바람은 좋으나 기대는 하지 않은 게 좋겠다는 생각이 들었다. 가슴 깊은 곳에서 퍼 올린 뜨거운 말을 해 줄 사람이 없다는 사실 앞에 나는 우울해졌다. 기쁨이나 슬픈 감정을 드러내기보다 애써 억누르고 감추려 하는 식구들 얼굴이 떠올랐다.

내 아내는 나와 관련된 어떠한 일에도 무관심한 것처럼 보였다. 나는 나에 대한 그녀의 무관심에 관심을 갖고 그 이유를 알고자 많이 노력했었다. 그러나 여전히 의문으로 남아 메아리처럼 되돌아오는 무관심의 질긴 그림자. 그 아래서 피고 지는 꽃처럼 나의 마음은 양지와 그늘을 오갔었다. 내가 기뻐할 때 날 향해 축하한다는 말로 기쁨에 동참해 주었으면, 내가 힘들고 괴로울 때 나에게 수고했다고, 잘 견뎌 주었다고 그녀의 진심 어린 한마디만 나에게 해 주었더라면 나는 황무지나 사막에 내던져졌다 해도 난 그곳에서 콧노래를 부르며 유유자적할 수 있었을 것이다.

뜻밖의 크나큰 행운 앞에서 난 뜻밖에도 맨 처음 내 아내를 생각했다. 가난에 억눌려 앞뒤 가리지 않고 뛰었던 우리의 지난날을 되돌아보았다. 아이들의 웃음에 함께 웃고, 울 때 함께 울었던 때를 생각했다. 미운 정, 고운 정의 모래성을 허물고 다시 쌓기도 하는 어린애 장난 같은 삶을 산 우리의 지난날을 돌아보는 것이다. 산다는 건 마음의 살과 뼈 모두가 아프고 쓰라린 것이라던 인생 선배들의 말에 새삼 공감한다.

지난날을 돌이키며 참고 참았던 울음을 터뜨리다가 날 부둥켜안고 덩실덩실 춤추는 아내의 모습을 기대했다. 다가온 복의 근원에 겸손함과 솔직함으로 서로의 노고를 위로하며 앞으로 살아갈 계획을 세우는 기회가 우리에게 있기를 진심으로 바랐다. 내 눈물에 맺힌 고름의 뿌리, 내 삶의 고독의 어질병처럼 쓸쓸함의 깊은 구덩이에 날던진 사람. 나의 그리움의 대상이자 아쉬움의 대상이던 내 아내. 그녀는 너무 아름다운 존재였다. 너무나 아름다워서 그랬을까. 너무 아름다운 존재는 원래 무섭고 두려운 존재라던데 그래서일까. 난 그럴 수 있다고 생각했다. 목소리와 성격은 평생 변하지 않는다는데 그 주인공이 내 아내일 수도 있겠다는 생각에 나는 두 번 놀라지 않을 수 없었다. 무관심하고 무감각한 표정으로 날 물끄러미 쳐다보며 "많은 사람 가운데 당신 같은 사람에게 왜 이런 행운이 찾아왔을까…."라고 말하는 아내의 말을 들은 후 난 그만 울고 말았다.

뜻밖에 찾아온 행운에 기뻐하고 축하해 주기보다 시기와 질투로 가득했고 결국 권선징악으로 후대에 경각심의 표본이 된 고전 속 주인공이 떠올랐다. '운명 속 행운'이라 믿고 기쁘고 즐겁던 내 마음은 어느새 차디찬 얼음을 뒤집어쓴 기분으로 변했다. 냉탕과 온탕을 오간 것 같아 뜨겁지도 차지도 않았다. 미지근해진 내 마음에 서글픔이 번졌다. 아무리 기뻐도 함께 기뻐해 줄 사람이 없다는 사실 앞에서 나는 환멸을 느낄 수밖에 없었다.

뙤약볕에 숨이 막히는 파밭에서 나는 묵묵히 하던 일을 했다. 아내에게조차 비아냥대는 소리를 들어야 하는 내가 너무나도 처량했기 때문이다. "세상에 어떻게 당신 같은 사람이 당첨됐을까. 어떻게 당신 같은 사람에게 행운이 찾아올 수 있을까. 정말 난 이해가 안 돼…." 이 세상 누구보다 가장 기뻐하며 축하해 줄 것으로 믿고 있었던 나에게 아내의 빈정거리는 말은 저주에 가깝다고 생각했다. 난 내 아내에게 어떤 존재일까. 무엇이 저 여인으로 하여금 무가치한 사람이라고 날 저주하게 만든 것일까. 차라리 파처럼 언제까지고 뿌리를 박고, 쏟아지는 태양 아래 움직임 없이 살고 싶다는 생각이 들었다. 저 파들이 나보다 더 귀한 것처럼 느껴졌다. 때가 되면 사람들에게 관심의 대상이 될 저 파들이 나보다 값있는 존재로 보이는 것이었다. 매만져지고 다듬어져 아름드리 포장되어 사람들에게 보일 기대와 꿈을 가지고 있을 거였기 때문이다.

배달된 아침 신문을 통해 로또 당첨 사실을 나는 다시 한번 확인했다. 아무에게도 말하지 않았다. 사람이 마땅히 해야 할 말을 하지 못하거나 하고 싶은 말을 참는 고통이 얼마나 힘든지 실감하며 하루하루를 보냈다. 나도 모르게 가슴이 벅차올라 갑자기 터져 나온 웃음소리에 나조차 깜짝 놀랐다. 행여 다른 사람들이 눈치챌까 조심했다. 함께 일하는 일꾼들 귀에 들리지 않도록 혼자 웃고 혼자 중얼거렸다. 이상하게 보이는 내 행동에 나에게 무슨 일이 일어난 건지 궁금해 물어보기라도 할까 노심초사했다. 흡사 무슨 커다란 잘못을 저지른 사람처럼 가슴이 울렁거렸다.

땀에 흠뻑 젖은 윗도리 안주머니에 있는, 복권 영수증을 몇 번이고 확인했다. 사방에 심어진 진동하는 파 냄새에 눈물이 났다. 눈을 비비고 가늘어진 눈으로 보고 또 보았다. 두텁게 감싸 안은 운명 같은 가난도 더 이상 나를 흔들어 대지 못할 것이라고 생각했다. 무에서 유를 창조해 낸 주인공이 된 것 같았다. 동녘에 힘차게 떠오르는 아침 햇살 속으로 빨려 들어가는 것 같았다. 그간 흘렸던 땀과 눈물과 피의 값 일부를 누군가에게 보상받은 것 같은 느낌이 들었다. 푸르른 산간 대지에 널려 있는 나무와 풀들, 그리고 하늘을 향해 빳빳이 고개를 들고 있는 파들에게 큰절이라도 하고 싶다는 간절함이 머리부터 발끝까지 전율처럼 저려 왔다. 보이지 않는 커다란 불기둥이 날 지켜보는 것 같았고, 낮에는 넓고 부드러운 구름들이 나를 감싸는 듯했다. 일시적인 운명의 성공은 자칫 영원한 패배일 수 있다는 사실 앞에 겸손해지리라 다짐했다.

당첨금, 손에 쥐다

천장 속에 숨겨 두었던 복권 영수증을 꺼내 만져 보았다. 언제까지 이렇게 해야 할지 생각한 지 벌써 석 달이 지났다. 어디서 어떻게 찾아야 하는지 생각하다가 하루를 보내기도 했다. 문득 천장 속을 운동장처럼 뛰어다니는 쥐들이 영수증을 훼손할 수도 있겠다는 생각이 들었다. 구석에 성냥개비처럼 돌돌 말아 두었던 것을 꺼내 보았다. 얇은 종이에 인쇄된 번호가 탈색되거나 훼손되는 건 아닌지 불안했다. 이러다가 자칫 잃어버릴 수도 있겠다는 생각이 불안감으로 바뀌었다. 당첨금을 찾아야겠다는 생각이 들었다. 나는 마침내 당첨금 지급 전문 금융 기관을 방문하기로 했다.

당첨된 날로부터 3개월이 지난 2009년 10월, 마침내 서울 종로구에 있는 복권 당첨금 지급 전문 은행에 갔다. 그곳에서 말로만 듣고 꿈꾸어 오던 '일확천금'이 내 이름으로 만들어진 빳빳한 예금 통장에 입금되는 것을 직접 보았다. 내 마음대로 나의 필요에 따라 언제든 돈을 찾을 수 있다는 은행 직원 말을 듣는 것으로 모든 절차는 끝났다.

사회적 신분이나 도덕적 흠결을 따지지도, 묻지도, 조사하지도 않았다. 여섯 개 번호를 틀림없이 맞춘 사람들에게 나누어 주기로 한 사회 구성원들과의 약속이 빈틈없이 이행되었다. 은행 실무자들에게서 난 어떤 감성적 흐름도 찾아낼 수 없었다. 찾을 필요도 이유도 없었다. 오늘, 이 순간, 내가 주인공이 틀림없다. 다음 주에 나와 같은 행운의 주인공이 이곳으로 올 것이다. 그러면 내 존재는 잊힐 것이다. 당첨자에게 당첨금을 지급하는 업무에 익숙해져 그들은 눈여겨볼 이유가 없을 것이다. 그들도 나를 힐끗 쳐다보며 말했다. "지급할 대상자 두 분 말씀해 주시면 송금하겠습니다. 두 분 외는 규정상 안 됩니다."

행운이라는 이름으로 거금을 거머쥔 사람들은 구름을 밟고 떠다니듯 가벼운 발걸음으로 이곳을 빠져나갔을 것이라고 생각했다. 행여 누가 말을 걸어 올 것 같았다. 뒤도 돌아볼 겨를 없이 은행 문턱을 나섰다. 행운의 주인공이 되었다는 사실을 아내와 자식들에게 이미 알렸다. 가까운 일가친척들에게도 알려졌을 것이다. 강원도 고랭지에서 함께 일하던 사람들에게 축하 인사를 받았다. 나에게 일어난 이 일로 기뻐하고 즐거워하는 사람들을 보며 기쁨과 즐거움은 배가된다는 것을 실감했다. 시기와 질투로 보이지 않는 냉기를 쏘아 대는 사람들도 있겠지만 개의치 않기로 했다. 비 온 뒤 돋아난 버섯 중에는 독버섯도 있을 것이다. 마음 밭에 시퍼런 독을 품고 나를 보고 있는 이들도 있을 것이다. 덜 선량하고 부도덕하고 이기적이고 예민하고 제멋대로이고 부정적인 생각에 찌들어 있고 집요한 자기도취에 빠져 변덕스러움과 독선적인 질투심에 물들어 있는 사람이 이 세상에 얼마나 많이 있을 것인가.

우연이라는 것은 확률적인 필연이라고 생각한다. 로또 복권 당첨으로 주위 사람들의 관심이 나에게 쏠리는 것은 어쩌면 당연한 것이었다. 입에서 입으로 전해진 나의 행운의 결과를 두고 설왕설래 말들이 많았다. 일을 하지 않으면 하루를 살아갈 수 없다는 강박 관념이 찌든 때처럼 덕지덕지 붙어 있었던 사슬과 멍에도 벗을 수 있는 이유가 생겼다.

남들이 먹고 마시고 입고 거주하는 기본적인 삶의 테두리 안으로 들어갈 수 있는 여유가 생겼다. 수년간 땀 흘려 일하던 고랭지 채소밭을 미련 없이 떠날 만큼 경제적 압박에서 벗어날 수 있었다. 삶의 에너지가 마중물이 되길 바라며 내 아우들에게 당첨금 중 일부를 나누어 주었다. 받는 것에 익숙하던 내가 누군가에게 줄 수 있다는 사실적 변화가 한없이 기뻤다. 누군가에게 손뼉만 쳐 대던 내가 '행운을 거머쥔 억세게 재수 좋은 사람'이라며 박수를 받는 현실에 감사했다. 웃을 일보다 울 일이 더 많았던 우울한 내 삶에 웃을 일이 생겼다는 기적 같은 현실 앞에 무릎 꿇어 기도했다. 그 기도는 종교에

편향된 것이 아니었다. 너무나도 기쁘고 감사한 나머지 사람이 할 수 있는 어떤 경외의 표시였다. 즐거움이 극에 달하자 오히려 그 기쁨은 평생 한 번도 경험할 수 없었던 슬픈 정으로 나타나는 것 같기도 했다.

　뜻밖에 찾아온 행운은 내가 누군가에게 베푼 것 가운데 열의 하나가 지금 나에게 반사되어 이익으로 돌아온 것이 아닐까 생각했다. 내 식구들과 함께 먹고 살 만큼의 비빌 언덕이 있고 힘써 일하고 틈틈이 나를 돌아볼 시간이 주어진다면 이것이야말로 하늘이 준 청복일 것이라고 생각했다. 웃음의 뿌리는 슬픔일 수도 있을 것이라는 생각도 들었다. 몸과 마음이 지칠 대로 지쳐 있던 지난날이 주마등처럼 떠올랐다. 수많은 죄악과 불공평한 차별을 참아 가며 악마 같은 사람들과 내키지 않는 악수를 했었다. 오래도록 풀어지지 않을 것 같은 그들과 뒤섞여 살아온 상처들이 화인이 되어 내 몸과 마음에 남아 있지 아니한가. 애당초 세상이 사람들로 들어차기 시작할 때부터 돈은 돌기 시작했을 것이다. 돌고 돌 때부터 돈은 그것을 가진 사람들의 손에서 춤추었을 것이고, 돈은 누구의 것도 아니었기에 누구든지 그것을 손에 쥔 사람에게 사람들은 복종하게 되었고, 돈의 많고 적음으로 사람의 능력을 판단하는 세상이 아닐까 생각했다.

돈을 가지면 그 돈 때문에 새로운 행위를 해야 하듯 나는 돈의 의미를 생각하고 새롭게 만들어 가는 길에 서기로 했다. 평소 구두쇠에다 허풍기가 반반인 나와 같은 사람이 돈을 한번 쓰기로 마음먹으면 못 말리게 헤프게 쓸 수 있다는 것을 나는 알고 있고, 오만과 몽상 속 주인공이 될 수 있다는 사실도 나는 안다.

인생은 시간의 흐름에 따라 서커스 묘기같이 아슬아슬한 경계를 지나고 그것이 되풀이되는 순간들이 모여 삶의 발자취가 된다고 생각한다. 그것들이 쌓여 각자 역사가 된다고 생각한다. 사람은 인생이라는 알 수 없는 바깥으로 뛰쳐나와 팔자와 운명의 고리를 각각 허리춤에 찬 죄인이라고 생각했다. 자유를 찾아 도망치다 죽음의 강 앞에서 뒤쫓아 오는 죽음에 순순히 잡히고 마는 범인일 거라고 생각했다.

사람은 태어나는 순간 삶의 울타리 속에 갇혀 가족 부양의 의무를 지는 노예이자 사회 질서 속에 파묻혀 살아가는 존재라 생각했다. 개인과 개인 간 갈등, 윤리, 질병들 그리고 뛰어넘지 않으면 안 될 어떤 것들을 장애물처럼 피해 다니다가 죽음에 이르는 병에 걸려 죽고 마는 나약한 존재라고 생각한다. 크기만 다를 뿐 사람들 가슴마다 똑같이 그늘이 드리워져 있다고 생각한다.

식구들과 함께 먹고살 만큼의 땅마지기를 장만하여 힘써 일하고 틈틈이 나를 돌아볼 시간이 주어진다면 그것이야말로 하늘이 준 청복일 거라고 설파한 옛 성인의 말이 생각난다. 난 무거운 짐을 멍에와 수레에 지고 싣고 시작도 끝도 없는 길을 죽도록 걸어야 하는 늙은 나귀였을지도 몰랐다. 그러나 보이지 않고 만져지지 않는 참으로 좋은 운수를 타고 그야말로 새 하늘을 날고 새 땅을 마음껏 뛸 수 있게 되었다. 생각은 상상을 만들고 상상은 행위를 이끌며 그 행위는 현실로 나타나는 씨가 될 수 있음을 알게 되었다. 돈을 가지면 그 돈 때문에 새로운 행위를 해야 하듯 즐거움이 극에 달하면 오히려 그 기쁨은 평생 한 번도 경험할 수 없었던 슬픈 정으로 변할 수도 있다는 요지경 같은 삶의 진리를 깨닫게 된 것이다.

벗

행운으로 인한 우연한 재산 취득의 주인공으로 하루아침에 행운을 거머쥔 사람들 범주에 나는 자동 편입되었다. 우연이라는 건 확률적인 필연이 될 수도 있다는 평소 생각이 현실로 눈앞에 나타난 사실이 놀라웠다. 그리고 놀라움과 함께 실제로 그것을 내가 실행할 수 있음에 더 놀라웠다. 생각은 어떤 상상을 만들고 상상은 어떠한 행위를 구체적으로 이끌어 낼 수 있다는 확신은 배운 것도, 누구에게 가르침을 받은 것도 아니어서 더욱더 나를 놀랍게 하는 것이었다.

불규칙적인 식사와 스트레스로 인해 위장 상태가 안 좋다는 의사의 말을 들었다. 별 증상이 없었기에 하루하루 미루다 내시경 검사를 한 결과였다. 2010년, 내 나이 일흔, 음식을 조절하고 적절한 몸 조리를 할 것을 의사는 조언했다. 자칫 위암이 될 수도 있다는 의사의 말이 나에게 커다란 울림으로 다가왔다. 지난날 어둡고 침울했던 삶의 그림자에서 벗어나 밝게 빛나는 행운의 따스한 한 줄기 빛이 온몸을 감싸 주리라 부푼 꿈에 빠져 있던 나에게 의사의 소견은 일생일대 가장 마음 졸이는 순간처럼 느껴졌다.

경기도 남양주 수동에 있는 암환자 요양 병원에 입원하게 되었다. 세상에서 날고뛰었다는 유명인들이 병실에 나뉘어 입원해 있었다. 나는 그들처럼 전혀 유명하지도 알려지지도 않은 사람이었지만 환자복을 입고 함께 누워 있으니 유명인 같다는 생각이 들었다. 그들과 섞여 이야기를 할 때마다 추임새를 넣어 가며 듣곤 했다. 그들 이야기를 들을 때는 사회적 신분도, 지위의 높고 낮음도, 재산의 많고 적음도, 잘나고 못나고의 구분도 없어 보였다. 같은 옷을 입고 한 가지 이유로 모인 그곳이 나에겐 참으로 멋지고 신나는 곳처럼 느껴졌다.

삶의 마지막 선을 넘기 위한 필사적 노력만 있는 곳이었지만, 삶의 길에서 겪어 온 수많은 이야깃거리 속에는 자랑처럼 들리는 말들도 있었다. 지난날 일들에 관한 변명이나 이유를 대며 말하는 사람은 거의 없는 것 같았다. 겸손하고 온순해 보였다. 죽음을 앞둔 사람들만의 특징일 거라고 생각했다. 그중에는 듣는 것조차 싫어하는 사람도 있었다. 뜻 모를 미소를 짓다가 돌연 슬픈 표정으로 변하는 사람들도 있었다. 어떤 말도 섞지 않으려 했고 귀담아들으려 하지 않았던 곳이 그곳 요양 병원이었다. 오직 자기가 가진 질병에 관한 이야기와 병 고침의 신통방통한 정보에만 관심을 갖고 귀 기울여 들으려 할 뿐이었다. 자신의 질병에 대해 어린아이같이 자랑하는 것처럼 보였다. 자랑은 듣는 자들이 썩 좋아하지 않는다. 그 자리에서는 공감하는 척하지만 결국 그 사람의 인격까지 뒷말에 포함하는 일이 비일비재하기 때문이다. 그러나 자기 병명을 자랑하고 병 낫기를 위해 노력하는 이들의 이야기는 듣는 사람이나 하는 사람이나 서로의 이익을 주고받는 바람직한 인간관계의 척도라고 생각했다. 사람은 모두 죽음이라는 병을 각자 갖고 있기에 그렇게 어린아이처럼 스스럼없이 자기 병에 관해 말하는 사람들은 차라리 겸손한 사람 범주에 들지 않을까 생각이 드는 것이다.

주말마다 찾아오는 일가친척이나 지인들의 위문 방문 횟수나 그 방문객이 환자를 대하는 태도를 보며 그 환자가 평상시 나누었던 인간관계를 어렴풋이 알게 되었다. 가족 간의 소통과 그로 인해 생겨난 정들로 그 환자의 삶의 위치나 환경 정도를 대충 느끼게 되는 것이었다. 내가 보고 느끼는 감정이 그럴진대 다른 환자들이 나를 볼 때도 같은 시각으로 보았을 것이라고 생각했다. 나는 그들에게 어떻게 보였을까 미루어 짐작해 보았다. 나야말로 아주 형편없는 삶을 산 사람임이 틀림없다고 그들은 생각했을 것이다. 다른 환자들에 비해 날 찾는 위문객이 현저히 적었기 때문이기도 했고 저들에 비해 형편없는 삶을 산 나의 이력을 눈치채지는 않을까 공연히 얼굴이 붉어졌기 때문이다.

가족과 함께 보낸 날들보다 객지에서 살아온 나날이 더 많은 나에게 가족과의 유대가 많지 않았음을 진지하게 생각해 보는 기회를 갖게 되었다. 처음 병원에 들어온 날 이후 몇 번 오던 아내와 아이들 발걸음이 끊긴 사실이 새삼 생각났다. 입원한 3개월 남짓 동안 가족들 얼굴을 거의 볼 수 없었다는 사실 앞에서 그동안 가족에게 얼마나 소홀했는지, 그들의 필요를 얼마나 진지하고 진솔하게 채워 주었는지 반성하는 계기가 되었다.

처음 만났을 때는 환자라고 믿기 어려울 정도로 정상인처럼 보이던 사람들이 하루하루 병명을 가진 환자의 모습으로 변해 가는 과정을 가까이서 바라보았다. 그들을 보며 내가 그들을 위해 해 줄 수 있는 건 하나도 없다는 사실 앞에 안타깝고 부끄럽고 죄책감마저 들었다. 남에게 해 줄 이야기조차 빈약했기 때문이었다.

난 지금까지 남의 말을 듣기보다 어찌 되었든 내 이야기를 많이 하고 싶어 했다. 그들이 듣든지 안 듣든지는 내 안중에 없었다. 내 가족과 나를 아는 사람들을 향해 나는 두서없는 말을 끊임없이 해 왔었다. 그 말속에는 완벽하게 살아왔다고 굳게 믿고 있었던 나의 독선이 숨어 있었다. 그러나 그건 나에게 아무것도 아닌 것처럼 보였다. 모두 나만의 착각이었다는 사실이 거울에 비치듯 고스란히 드러나는 순간이 이곳 병원에서 나타나게 되었다. 그때마다 나는 여기 있는 환자들을 위로하고 동감을 표하기에 내가 너무나 부족한 사람이었음을 절감하게 되었다. 나의 나약함을 숨기고 그들을 위로한들 그들에게는 어쩌면 쓸데없는 참견으로 들리게 될 수도 있을 것이라고 생각했다. 그것은 가뜩이나 주눅이 든 내 생각에 나를 더욱 빠져들게 했고 나를 침잠하게 했다.

채식을 주장하는 종교 단체에 소속된 종교인이자 의사인 이 모 박사가 운영하는 병원에서 주방장으로 일을 했었다는 한 사람을 요양병원에서 알게 되었다. 그는 채식이야말로 질병에 걸리지 않고 오래도록 살 수 있는 최선의 길이자 방법이라고 주장했다. 나와 같이 있던 환자들은 그의 이야기를 듣고 고개를 끄덕이며 수긍하는 듯했다. 나는 그에게 그렇게 주장할 만한 분명한 이유와 확실한 근거를 요구했다. 충분히 납득할 만한 사례를 들어 줄 것을 요청했다. 그러나 그는 나를 만족시킬 그 어떠한 증거나 확신을 주지 못했다. 단지 재정이 충분히 주어진다면 이 모 박사가 주장하는 대로 식단을 꾸려 거기에 맞는 음식을 환자들에게 제공하고 싶다고 했다. 그들이 걸린 병을 완화하고 치유할 자신이 있다고 말했다.

그는 나에게 3억 정도의 돈이 있으면 채식 위주의 식당을 개설할 수 있다고 힘주어 말했다. 난 그 말에 동의할 수 없었다. 사람이 살아가는 경우와 생각하는 이치가 사방이나 팔방에 미쳐서는 안 된다고 생각했다. 십육 방이나 삼십이 방 정도까지 그 넓이가 미칠 수 있어야 그나마 둥근 원에 가깝도록 원만해질 수 있을 것이라는 생각이 들었기 때문이다. 어떻게 채식만으로 사람이 살아갈 수 있으며 지금보다 더 건강해질 수 있다는 것인지 잘 이해가 되지 않았기 때문이기도 했다.

공중파 방송에서 드라마 작가로 활동하다가 간경화 판정을 받았다고 했다. 그는 이곳에 온 이후 복잡한 생각과 여러 가지 다채로운 감정의 줄기를 가진 동물처럼 보였다. 이곳저곳 말없이 오가는 내가 이상한 사람으로 보였는지 언제부턴가 나에게 관심을 보였다. 다른 환자들과 말을 섞지 않은 채 온종일 먼 산만 바라보는 나에게 자기 이름은 정정길이고 이곳에 오기 전까지 공중파 방송 드라마 작가였다고 소개했다. 왕성한 작품 활동을 하다가 간경화라는 의사의 말을 듣고 이곳에 오게 되었다고 했다. 나는 그를 처음 본 이래로 그가 불필요한 말은 거의 하지 않는다는 것을 알았다. 세상 이치를 훤히 알 것 같은 해박한 지식을 가진 사람처럼 느껴졌다. 그 누구도 무시하지 않을 것 같은 겸손함이 배어 있었다. 자기를 나타내지 않으면서 무언가를 앞장서 해결해 나갈 수 있는 능력자처럼 보였다. 그에게서 우러나는 것들은 하나같이 특이한 인상들뿐이었다. 온통 숲으로 둘러싸인 병실 창문을 우울한 듯, 쓸쓸한 표정으로 바라보며 깊은 생각에 빠져 있는 그를 볼 때면 슬픈 사람에겐 추억이 많고 즐거운 사람에게는 추억이 없다는 말이 사실일 수 있겠다는 생각이 들곤 했었다.

그는 왜 슬픈 사람처럼 보일까 생각했다. 슬픈 사람이라면 무엇이 그를 슬픈 사람이 되게 했을까. 추억이 많은 사람이어서 슬픈 사람이 되었을까. 즐거운 일 속에 빠져 있다 갑자기 슬픈 일이 닥쳐서 저토록 슬퍼 보이는 것은 아닐까. 한 사람을 놓고 이렇듯 깊이 생각하는 나 자신이 신기하게 생각되었다.

그 사람에 대한 나의 호기심은 점점 커져만 갔다. 언제부턴가 용기만 있어 보일 뿐 예의를 찾기 어려운 사람처럼 보였을지도 모를 나와 그의 만남은 안전한 곳 같아 보이지만 건강한 사람은 오고 싶어

하지 않는 첩첩산중 우중충한 병원에서 이루어졌다. 웃고 있지만 울고 싶은 사람끼리 모인 가운데 유독 내 마음을 가져간 그 사람과 점점 가깝게 지내게 되었다.

그는 나에게 주머니에 의송(疑訟)이 들었다고 했다. 무슨 뜻인지를 묻는 말에 그는 겉으로 보기엔 어수룩해도 실제로는 남이 따라가기 어려운 것들을 가지고 있다는 뜻이라고 말했다. 주고받는 말들이 서로의 가슴에 파편처럼 들어와 박히기도 했고 쏘아 대기도 했다. 달라도 너무 다른 삶의 모습 속에서 낯섦의 표시였고 증거였다고 생각했다. 피 흘리듯 아팠다가 어느새 통쾌한 웃음으로 바뀌는 것들이 너무 신기해 나는 그의 얼굴을 바라보며 웃음을 짓기도 했다.

그는 나에게 지금까지 살아온 일들을 글로 남기는 게 어떻겠느냐고 물었다. 희망과 절망의 강을 몇 번이고 헤엄쳐 오가야 하는 요양병원에서 이야기꽃을 피웠다. 하루에도 몇 번씩 삶과 죽음의 경계를 넘나드는 순간들을 경험하는 곳에서 인생을 논했다. 핏기라고는 찾아볼 수 없는 사람들이 모여 있는 깊은 산속에서 우리는 누가 무어라 할 것 없이 앞뒤 없고 알맹이 없는 이야기들로 밤을 지새우기도 했다. 말로만 듣고 그냥 잊어버리기에는 너무 아쉬운 이야기라며 책으로 남기는 것이 어떻겠는지 그는 다시 나에게 물었다. 나는 사람들은 누구나 책 한 권쯤 되는 이야깃거리들을 가지고 살아온다고 말했다. 남길 만한 이야기를 남겨 읽은 이들에게 귀감이 될 만한 거라면 몰라도 나는 거리가 멀다고 했다. 굳이 나의 이야기를 세상에 남겨 세인들 입에 올라 두고두고 웃음거리가 되고 싶지 않다고 말했다. 이야기를 들어 주고 관심 있게 봐 주는 사람 하나 없이 자기 혼자 지난날을 생각하는 건 혼자서 쓸쓸하게 죽어 가는 것만큼이나 외롭고 쓸쓸한 것이라고 그는 말했다.

그는 지금까지 살아온 내 삶의 발자취를 글로 남겼으면 좋겠다고 했다. 나의 이야기를 나에게 들은 대로 글로 남기고 싶다고 했다. 그 내용들을 책으로 만들어 나에게 선물하겠다고 했다. 내 주장이 아닌 내 삶의 고백, 살아오면서 겪은 일들을 자기 생각과 버무려 나름대로 구성하여 글을 써 보겠다고 했다.

세상에 태어나 주어진 삶에 최선을 다하다가 마침내 사람들이 공감하고 동감할 수 있는 만인의 삶이 녹아 있는 책을 만들었으면 좋겠다고 했다. 살았지만 살아 있지 않고, 죽었지만 죽지 않은 이야기, 아무도 말해 주지 않고 들으려는 사람조차 없는 얘기들을 차곡차곡 담아 보겠다고 했다.

나에 관한 이야기들이 글로 마무리되어 한 권 책으로 만들어지고 그것을 내 손에 들려 주려는 듯 해맑은 웃음을 짓던 그는 맑디맑은 가을날 오후 조용히 세상을 떠났다. 간다는 말 한마디, 잘 있으란 말 한마디 주고받지 못한 채 무지갯빛 거짓말을 나에게 남기고 내 곁을 떠난 것이다. 그 사람 이름은 기억에 없다. 그러나 그의 하얀 침대 옆 유리창을 통해 들어오던 햇살을 좋아하던 그의 밝은 미소는 아직 내 기억에 남아 있다.

　그가 나의 이야기를 쓰고 싶어 하던 것은 어쩌면 그의 이야기를 내가 써 주길 바란 건 아니었을까 생각한다. 그의 주위를 둘러싼 수많은 사람에게 진솔하게 말해 주고 싶었을 삶의 이야기들을 나의 생각을 버무려 한 권의 책으로 남겨 주길 바랐던 것이 아니었을까. 말하고 싶지만 들어 줄 사람 없고 말하려 해도 들으려 하지 않는 어색하고 삭막한 인간관계 속에서 그의 말을 들어 주고 공감하던 나에게 말 없는 호소를 한 건 아닌지. 홍수에 넘쳐흐르는 물은 많지만 마실 물이 없는 갈급함과 두려움에 어쩔 줄 몰라 하며 외로운 죽음의 그림자와 싸워야 했던 그의 마지막 손짓이 아니었을까. 내 삶의 한 페이지에 지울 수 없는 슬픈 기억으로 남아 있는 그는 분명 내 마음의 벗이었다.

불안한 징조

주택공사에서 실시하는 아파트 분양에 청약을 시도했다. 공교롭게도 우리는 한 계좌씩 당첨되었다. 그러나 부부 가운데 한 사람만 청약이 가능한 것이었다. 두 곳 중 한 곳은 포기해야 했다. 쉽지 않다는 아파트 청약에 부부가 동시에 당첨되었다는 사실에 우리는 주위 사람들의 부러움을 샀다.

아내는 자기 이름으로 청약을 받기 원했다. 모든 결정권과 판단은 아내가 하는 것으로 무언의 약속이라도 한 것처럼 보였다. 나는 순순히 응했다. 당연히 소유권도 아내 이름으로 명시했다. 청약을 받아 입주한 지 몇 년이 지나 아내는 이사하자고 했다. 입지 조건도 좋았고 새로 지은 아파트여서 별 불편함이 없었지만 아내는 이사를 원했다. 특별한 이유가 없어 보였지만 나는 그녀의 주장대로 따랐다.

새로 이사할 곳은 우리가 살고 있던 아파트 부지에서 멀지 않은 자그마한 일반 주택이었다. 아내는 나와 상의 없이 계약금을 지불했다. 뒤늦게 확인해 본 결과 그 주거지 공부상에는 갖가지 법적 제한이 어지럽게 기록되어 있었다. 아내는 모자라는 돈은 새로 이사할 집에 이미 살고 있는 전세, 월세 세입자 보증금을 담보로 계약을 한 것이었다. 분명히 무리한 이사라고 나는 생각했다. 성급한 계약 결정에 계약 해지를 주장했으나 아내는 거부했다. 그로부터 몇 년이 지나 전국적인 주택 가격 상승 여파에 따라 우리가 매도한 아파트값은 천정부지로 올랐다. 반대로 단독 주택 가격은 답보를 면치 못했다. 그때 내 의견에 따랐더라면 부동산 활황기 시 누렸을 혜택을 톡톡히 보았을 것이었다. 아내는 그때도 미안함을 나타내지 않았다. 가끔 꺼내는 그때 일에 관해 후회조차 하지 않는 것처럼 보였다. 나는 불안했다. 저토록 아내 혼자 결정하고 판단하는 일이 계속된다면 나와 아내 사이에 무슨 일이 벌어질 것 같은 불길함이 나를 감싸는 거였다.

나는 돈과 관련된 일들과 수입 지출을 장부에 기록하기 시작했다. 기억은 착각을 일으키고 기록은 확실한 증거가 될 것이기 때문이었다. 꼼꼼하고 차분했던 옛날의 아내가 아니었다. 너무나 변해 버린 아내의 섣부른 행동에 나는 놀랐고 아내와 나 둘 중 하나는 가정의 평화와 안정을 위해서라도 객관적 기준에 따라 합리적 원칙을 세워야 할 것 같았다.

이후로도 아내의 일방적 결정과 성급한 판단은 계속 이어졌다. 부동산에 관심이 많았던 아내는 부동산 중개업자와 친분을 가지고 있었다. 관심이 많은 만큼 그 속엔 위험 부담도 함께 존재한다는 평범한 사실을 애써 외면하는 듯했다. 좋은 땅을 소개해 주는 사람이 있다는 아내 말을 듣고 양평에 있는 부동산 사무실에 갔다. 그곳에서 답과 임야를 소개받았고 계약을 했다. 며칠 후 아내는 또다시 그곳에 가자고 했다. 며칠 전 계약한 땅값이 올랐다는 것이었다. 아내는 오른 가격에 다시 되팔겠다고 했다. 몇 년 지나 팔아도 늦지 않고 도리어 더 높은 가격을 받을 수도 있으니 전화로 보류하고 가지 말자고 아내에게 말했다. 그러나 아내는 내 의견에 따르지 않았다. 이미 아내는 누님이라 호칭하며 친근함을 보이던 부동산 중개업자와 이미 약속을 했다고 했다. 나와 의견 교환도 없이 일방적으로 앞서 전화를 한 것이었다.

짧은 시간에 땅값이 올랐고 그 오른 가격에 되팔게 해 준 자기 능력을 과시하려는 공치사가 싫었다. 당연히 그는 수수료를 통해 수고를 충분히 보상을 받았을 것임에도 그런 공치사는 순진한 아내에게 탁월함을 나타내 보이려는 수작으로 보였다. 세상을 사는 동안 물리고 물며 찢고 찢긴 내 삶의 쓰디쓴 기억들이 상식과 이론과 경험들로 굳어져 내 몸과 생각을 아직까지 동여매고 있음에 나는 놀랐다. 세상엔 나쁨과 좋음과 더러움과 깨끗함이 함께 존재한다고 생각한다. 이제 나는 좋고 깨끗함이 있는 곳에서 살다가 죽고 싶다는 생각이 든다. 무엇이 좋고 깨끗한 것인지 각각 다르고 분명하진 않겠지만 적어도 나를 슬프게 하는 것이 아니면 될 것 같다는 생각이 든다. 나와 아내가 누려야 할 것이 있다면 바로 우리의 방에서 고요히 머물며 행복을 찾는 것이라고 생각했다. 누구에게든지 무엇이든지 보이든 보이지 않든 작고 큰 부담으로 나에게 다가오는 모든 것이 이제 그만 멈추어지길 바라고 원하고 소망하는 것이다.

춘천에 있는 임야 천여 평을 샀다고 했다. 잔금을 치르고 난 후 통보하듯 나에게 한 아내의 말이었다. 지인들과 공동으로 구매했다고 했다. 사전에 의논 한번 하지 않고 그녀 스스로 결정한 것이 못내 아쉬웠지만 자신 있게 보여 줄 수 있다는 아내 말에 함께 춘천에 갔다. 겉으로 보기에는 좋아 보였다. 그러나 공부를 보고 나서 나는 혼비백산하지 않을 수 없었다. 엿판에 엿을 토막토막 잘라 파는 것처럼 갈라 분양한 전혀 투자 가치 없는 쓸데없는 불모지 산이었기 때문이었다. 사기 분양에 속았다는 사실을 안 후에도 아내는 나에게 미리 말하지 않고 혼자 결정한 것에 대해 미안하다는 말을 하지 않았다. 실수였음을 인정하지 않았다. 그런 바탕에 전혀 미안한 감을 느끼지 못하는 건 당연한 것이었다. 난 과연 아내에게 무슨 존재일까. 아내는 나를 그녀의 남편으로 생각하고 있는 것이 맞는 것인지 의문이 들기 시작했다.

　나는 아내 명의로 된 부동산을 구매하여 월세를 받게 했다. 그렇게 큰돈은 아니었지만 노후를 대비하기엔 그리 부족하지 않을 정도라고 나는 생각했다. 그녀 이름으로 된 부동산 이익은 그녀의 통장에 자동으로 입금되었다. 어느 날 내 계좌에서 한 달간 야쿠르트값 몇만 원이 인출되었다. 서로의 편의와 필요에 따라 각자 합리적으로 사용하기로 약속하고 개설한 은행 계좌에서 돈이 빠져나간 것이 나로선 이해가 되지 않았다. 어떻게 내 계좌를 알고 이체했는지 이해가 되지 않았다. 차라리 미리 말을 했으면 좋았겠다고 생각했다. 무분별하고 무책임하고 무감각한 그녀의 모습을 보는 것 같아 마음이 혼란스러웠다. 결과적으로 나도 모르는 사이에 그녀는 내 계좌를 알아내었고 그 계좌에서 금액을 인출한 것이었다. 자유롭게 합리적으로 살아 보기로 서로 약속한 것이었다. 서로가 서로에게 끼칠 부담을 최소화하며 가볍고 홀가분하게 살아 보자고 한 거였다. 그러나 그것마저 아내 마음대로 약속을 깬 것이었다. 차라리 그렇게 하자 약속이나 하지 않았더라면 좋았을 것이었다. 일방적인 아내 행동에 나는 이의를 제기했다. 처음과는 다르게 작았던 목소리들이 고성으로 변했다. 고성은 몸싸움으로까지 번지게 되었다. 언제 신고했는지 경찰이 집 안으로 들어왔다. 함께 붙어 있던 아내를 경찰이 데리고 밖으로 나갔다. 그날 아내는 집에 들어오지 않았다.

일주일이 지난 후, 나는 경찰서로 출두하라는 통지서를 받았다. 그곳에서 경찰 조사를 받았다. 의정부에 있는 정신 교육장에서 24시간 정신 교육을 받아야 한다는 통보를 받았다. 같이 싸웠는데 왜 나만 일방적으로 이런 처벌을 받게 되었는지 몰랐다. 그 이후로도 아내와의 부부 싸움이 있을 때마다 아내는 경찰을 불렀다. 그때마다 나는 정신 교육을 받아야 했다. 그곳 강의실에서 강의를 하는 담당 교관이 나에게 말하곤 했다. "그냥 이혼해. 이혼하라니까…." 농담이 묻어나는 이야기를 하는 것이라고 생각했다. 웃음이 섞인 그 이야기를 몇 번 듣자 정말 이렇게 계속되다가 이혼을 해야 하는 것은 아닐까 생각했다.

나는 아내에게 정신병자 취급을 받았다. 격리를 해야 할 정도의 중증 치매 환자라고 했다. 나는 아니라고 했지만 그 이야기를 아이들 앞에서도 했고 며느리 앞에서도 서슴없이 내뱉는 것이었다. 아내는 나를 보이지 않는 투명 인간처럼 취급했다. 이곳 교문동 아파트로 이사 온 지금까지 각방을 사용했다. 밥도 한 상에서 먹지 않았다. 나를 빨리 병원에 입원시켜야 한다고 했다. 사실 그녀는 나를 정신 병원에 입원시키려 시도했다. 아내는 심신 상실자로 나를 법원에 고소했다. 도저히 혼인 생활을 할 수 없다는 이유에서였다. 그녀의 일방적인 이혼 소송은 본인 생각대로 승소할 것이라고 믿었거나 그렇게 되길 바랐을 것이었다. 아내는 지금까지 남편에게 금전적 도움을 받은 적이 없다고 했다. 가계를 책임지고 부양한 사람은 아내 자신이었다고 했다. 그러나 아내 모르게 지금까지 내가 기록해 온 수입 지출 장부를 법원에 제출했다. 그 장부는 가정을 부양해 온 건전하고 모범적인 가장으로서의 나를 법원이 공식적으로 인정하는 데 결정적인 증거로 작용했다. 나는 정상적인 남편과 아버지였음을 공식으로 인정받았다. 오해와 누명도 벗었다. 지금까지의 아내의 행실이 결국 이혼으로 귀결시키고자 한 그녀의 속마음임을 알게 되었다. 끝까지 참고 견뎌 보려 했다. 죽어도 이혼은 하지 않으리라 결심도 했었다. 그러나 그건 내 생각이었을 뿐, 힘든 현실 앞에 나는 조용히 무릎을 꿇지 않을 수 없었다.

숱하게 많은 이야기를 오래도록 주고받았더라도, 그 말속에 깊고 은밀하고 비밀스러움이 녹아 있지 않은 대화를 해 온 사람을 꼽으라면 난 주저 없이 아내를 꼽을 것이다. 아내도 나와 같은 생각을 갖고 있을지는 모르겠지만, 그렇게 살아온 사람을 꼽으라고 하면 아내도 나와 똑같이 말할 것이다. 아무리 오랜 만남을 이어 온 사이라 해도 그러한 사람과의 만남은 헛된 만남일 수도 있겠다고 나는 생각한다. 사람의 인연은 하늘에서 미리 짜 놓은 줄에 서로 연결되고 엮여 있다고 나는 생각했다. 제아무리 여러 부류의 사람과 인간관계를 맺고 오래도록 사귀었다 한들 일생을 통해 진실을 주고받지 못하며 살아온 삶이라면 어찌 그 삶을 두고 잘 살았다 말할 수 있을 것인가. 수박 겉껍데기만 핥고 수박의 진짜 맛을 보았다고 생각하는 것과 무엇이 다를 것인가. 사람의 겉모습만 보고 그 사람의 진짜 모습을 찾아내지 못한 만남이라면 만남의 길고 짧고를 떠나 그 만남 자체가 보람되지 않은 헛된 만남이라고 생각한다.

앵두는 수박과 비교 자체가 될 수 없을 만큼 작은 과일이지만 수박과 같은 과일이다. 수박과 앵두는 서로 다른 자기만의 독특한 비밀을 가지고 있는 과일이기에 누가 잘나고 못나고 좋고 나쁘다는 판단을 할 수는 없다고 생각한다. 아내와 나는 수박과 앵두 같은 존재였다. 같은 과일이지만 모양이 다르고 맛이 다르다는 이유만으로 동일한 과일로 인정을 주고받는 데 실패했다고 생각한다.

아내는 유별난 사람이라는 딱지를 내 가슴 깊이 새겨 놓았다. 나도 그녀를 그녀만의 독특한 비밀을 가지고 있는 사람으로 이해하려 하지 않았다. 우리는 태어날 때부터 가지고 있어야 하는 똑같은 모양과 생각으로 우리 앞에 누군가 나타나 주길 바랐고, 그렇게 살아가기를 원했던 사람들이었다. 나는 그런 아내를 이해할 수 없었다. 아내도 나를 이해하는 데 말로 할 수 없을 만큼 어려움이 있었을 것이다. 아무리 못나 보이고 작아 보여도 인생의 상점에 널려 있는 부부라는 동일시된 과일로서 당당히 인정하고 이해하는 데 우린 너무나도 인색했다. 감싸 안고 부둥켜안고 살아가기에 아내와 나는 가깝고도 먼 사이였다.

우리는 우리가 부부라는 사실조차 인정하지 않는 것처럼 살았다. 너는 너, 나는 나라는 평범한 것처럼 보이지만 부부로서 가장 위험한 선을 그어 놓고 그곳을 뛰어넘는 아슬아슬한 곡예를 벌이며 살아온 것이다. 사람은 누구나 각자 가지고 있는 개성이라는 비밀이 있다고 생각했다. 그것이 사람을 자유로운 존재로 만든다고 생각했다.

　사랑은 변하는 것이 아니라 달라지는 것이라는 것을 깨닫게 되었다. 사랑이라는 이름이 관심과 정으로 점점 바뀔 수 있음을 알게 되었다. 사랑의 좋고 나쁜 것만 보고 판단할 것이 아니라 옳고 그름도 따져 보아야 한다는 것도 알게 되었다. 편안하고 익숙하게 서로의 기쁨과 슬픔에 반응하며 기쁠 때 기쁨을, 슬플 때 그 슬픔을 함께하고 안아 주고 위로해 주는 관계가 부부 관계일 것이라고 생각했다. 쉴 자리와 즐길 자리를 서로가 서로를 위해 마련해 주는 관계가 부부가 누리고 나누어야 할 의무이자 권리라고 생각했다.

　적대감이 없고 마찰과 충돌이 없으며 근본적으로 이해관계에서 모순이 없을 때 그때 비로소 친구 관계도 자식 관계도 돈독해질 것이라고 나는 생각한다. 더 나아가 부부 관계의 원만함을 나타내는 척도가 될 수 있을 것이라고 생각한다. 세상을 살아오며 나는 알게 되었고 배우게 되었다. 세상에는 거미줄처럼 촘촘히 널려 있는 수많은 일이 있고 그것을 난 전부 알 수 없다. 혹 무언가를 배워 알았다면 그 알고 있다는 것 하나만으로도 나로선 충분하다고 생각했다. 그것의 옳고 그름을 가리고 장단점을 가리려 하는 것은 옳지 못하다고 생각했다.

2022년 3월, 지루할 만큼 서로를 힘들게 하던 아내와의 법정 공방 끝에 법원의 합의 이혼 명령이 떨어졌다. 서로의 성적 본능으로 만나 서로 간 소유의 욕망으로 이어진 지루하고 유치했던 사랑놀이는 법적으로 끝났다. 사람으로 태어나 사랑의 이름으로 가장 가치 있는 일을 해 왔다고 스스로 자부한 우리에게 몇 장 안 되는 법원 판결문에는 이제 남남이 되었음을 확약하는 몇 자 근거가 남겨졌다. 삶의 관습과 윤리를 넘어 법적으로 완전한 갈라짐의 종지부를 찍은 것이다. 싫든 좋든 아내와 남편이라 불렸던 사회적, 법률적 근거가 없어져 버렸다. 황혼 이혼…. 한쪽 귀로 흘려보내던, 나와는 상관없는 사회적인 병리 현상 정도로 생각하던 일이 나에게 현실적으로 일어난 것이다.

　　성탄절 축제 분위기가 절정을 이루던 볕 좋은 날, 연이 닿아 있는 수많은 사람 앞에서 어떠한 어려운 일들이 앞을 가로막더라도 참고 견디며 부부로서 의무를 성실하게 지킬 것을 다짐했고 확약했었다. 열 살 터울 나이 차이를 극복하고 이루어 낸 결혼이었고 사람들의 각별한 관심과 축복 속에 이룬 결혼이었다. 기쁜 일, 슬픈 일, 궂은 일들이 있어도 극복하며 살아가리라는 기대와 격려 속에 버티고 견디며 살아왔었다. 그러나 우리는 그 약속을 끝내 지키지 못했고 끝내 완전한 남남으로 갈라져 각자의 길을 가게 된 것이다.

삶의 아픔을 무마시켜 주는 사랑, 사람의 지적 능력까지 마비시켜 버릴 정도로 무서운 힘을 가진 사랑, 진통제와 괴물 같았던 사랑이라는 이름으로 버텨 온 결혼 생활이었다. 사람은 태어난 순간부터 생의 울타리 속에 갇히게 되는 존재일 것이라고 생각해 왔다. 가족으로서 서로가 지켜야 할 의무, 가족의 의무를 뛰어넘어 지켜야 할 사회 질서, 질서를 둘러싸고 벌어지는 개인 간 갈등, 그 갈등들을 억제하고 절제해야 할 모두가 지켜야 할 윤리, 뜻하지 않게 다가오는 질병 등 뛰어넘지 않으면 안 되는 것들을 숨 가쁘게 뛰어넘어 왔다. 이것들을 고비라고 생각했었고 그것을 넘을 때마다 기적이라 여기며 살았다. 그러나 이겼다고 생각했지만 기쁨이 없었다. 넘었으나 보람이 없었다. 끝없이 펼쳐진 삭막한 광야에 서 있는 것 같았다. 모두 사라져 간 가슴 아픈 추억으로 남았다. 더 많이 사랑하지 않아서 다치지 않았음에 감사했다. 그래서 무사하고 그래서 현명한 것까지는 좋은데, 그래서 각각 삶이 행복하고 싱싱하며 희망에 차 있었는지 물을 수도 답할 수도 없는 현실이 슬펐을 뿐이다. 다치지도 않고 더 많이 사랑하지도 않아서 남는 시간에 우리는 과연 무엇을 했었는지 물어도 답이 없는 현실이 답답했다. 과연 우리는 무엇을 하였는가. 무엇을 하려 했고 무엇이 우리를 무저갱 같은 우울 속에 빠뜨렸는지 누구에게도 물을 수 없었다. 그러나 할 말은 있다. 당신이 나와 다른 사람이어서 고마웠다고.

내 일이라 생각하고 나의 하고 싶은 말과 행동을 아내에게 요구했다는 사실이 떠올랐다. 그녀가 무엇을 원하는지 알 수 없었다. 무슨 생각을 하고 있는지, 무슨 소리를 듣고 싶어 하는지 서로가 서로에게 묻지 않았기에 무슨 생각을 하고 있는지 서로가 몰랐다. 하고 싶어 하는 행동을 하고 싶었지만 자세히 묻지 않았다. 당연히 내 의견에 따라올 줄 알았다. 내가 좋아하는 것을 하면 상대가 정말 좋아할 줄 알았다. 그것이 최선의 방법인 줄 알았다. 그러나 아니었다. 상대가 가장 싫어하는 것을 하지 않는 것이 상대를 즐겁게 하는 최선의 방법이라는 것을 알게 되었다.

난 내 인생을 책임지는 데 실패한 것 같다는 생각이 든다. 나의 선택에 대한 무섭고도 무거운 책임감이 나를 휘감는 것이다. 실패한 인생과 두려운 책임감은 인생의 주인공으로서 살고자 했던 나의 꿈을 앗아 갔다. 지독하게 사랑하면 패배자이고 괴로움을 받아야 한다는 누군가의 말에 동감한다. 나는 그녀를 사랑했다. 그래서 난 그녀 앞에서 패배자일 수밖에 없다. 패배자에게 따르는 괴로움은 그래서 당연한 것일 수 있을 것이다.

인연은 하늘에서 미리 짜 놓은 줄에 서로 연결되고 엮여 있다고 나는 생각해 왔다. 그것은 지금까지 아내와 살아가는 동안 가슴 깊이 간직했던 삶의 이유였다. 내가 생각하는 것과는 다른 어떤 이유가 그녀에게 있었을 것이라고 생각한다. 만날수록 싫다는 느낌이 엷어지길 바랐다. 돈이라는 윤활유만 충분하면 서로 부대낄 필요가 없을 것이라고 생각했었다.

볼수록 정이 사라지는 것 같다는 그녀의 말을 들었다. 충격적으로 들렸다. 없는 정을 만들어 가며 살아갈 수 있어도 있던 정을 까먹으면서 살아갈 수는 없다고 생각했기에 그 말을 들은 후 불안하고 무서웠다. 그런 아내의 감정이 서서히 사라지길 난 진심으로 바랐다. 인생의 담보인 우리를 둘러싸고 있는 사랑하는 자식들 때문이라도 여생을 함께 헤쳐 나가길 원하고 바랐었다. 그러나 아내는 나를 평가하는 그녀의 기준을 나에게 말해 주지 않았다. 나도 그녀를 향한 나의 바람을 말하지 않았다. 충분히 서로가 서로를 향해 말할 수 있었음에도 불구하고 우리는 그렇게 하지 않았다. 그녀는 나에 대한 도덕성을 의심하지 않았다. 문제 삼을 거리도 나는 없다고 생각한다. 나의 지적 능력이 그녀에 비해 한없이 떨어진다는 것을 나도 알고 그녀도 알 것이다. 학력의 짧음이 둘이 세상을 살아가는 데 그렇게 커다란 장애가 될 것이라고 나와 아내는 왜 미처 알지 못했을까….

부부로서 서로 해야 할 것들과 하지 말아야 할 것들에 대한 분명한 선을 넘나들든 건 그녀였다. 그러나 나는 그것을 문제 삼지 않았다. 나의 부족함으로 그녀가 그렇게 할 수밖에 없었음을 알기 때문이다. 그녀가 가장 좋아하는 것을 찾아내지 못했고 그녀가 가장 싫어하는 것 또한 찾지 못했다. 그것이 그녀로 하여금 나의 성숙을 의심할 수밖에 없었을 것이다. 좋아하는 것을 해 주는 것보다 싫어하는 것을 하지 않는 것이 서로가 해야 하고 지켜야 할 도리라는 것을 알아낸 지금 그녀는 내 곁을 떠났다.

좁고 작은 방에서 아이들과 살던 때 우린 한 방에서 한 침대를 사용했었다. 좁고 작은 공간이었지만 우린 한없이 넓고 큰마음을 가졌었다. 힘들고 어려운 일들을 안식처인 그곳에 묻었었다. 훗날 우리 자식들에게 옛날이야기처럼 들려주자고 약속도 했다. 그 약속은 이미 끝나 버린 영화처럼 우리 시야와 기억에서 사라졌지만….

호의는 주는 쪽의 권리가 아니라 받는 쪽의 자유일 것이라는 말에 동의할 수밖에 없다. 난 아내가 하고 싶어 하고, 갖고 싶어 하는 것을 해 줄 마음을 갖고 있었다. 난 아내가 나를 알기 때문에 나를 믿어 주길 바랐다. 나를 믿기 때문에 나를 알아주길 원했었다. 그러나 그것은 나의 일방적인 권리였다. 받는 쪽의 자유일 수 있었던 작고 연약한 문을 나는 두드리려 하지 않았고 실제로 그렇게 했다. 두드리지 않았다. 1996년부터 각방을 써 왔다. 서로가 서로를 무시했다. 보이지 않는 사람을 보듯 했다. 밥도 따로 먹었고 잠도 따로 잤다. 한번 떠나간 마음을 되돌릴 힘이 우리에겐 남아 있는 것 같지 않았다. 다른 것들에 빼앗긴 마음을 되찾아 제자리에 갖다 놓기가 어려웠다. 다른 이유들로 빼앗긴 우리 생각을 서로에게 책임을 지울 수는 없다고 생각한다. 미로에서 길을 잃고 헤어진 서로가 서로를 찾는 애타는 마음이 사라졌다. 찾고 싶지 않았고 당연히 갈 길을 갈 것이라고 생각했다. 이미 불러 버린 노래이고 쏘아 버린 화살이기 때문인지 몰랐다. 이 세상에서 변하지 않는 것이 단 하나 있다면 그것은 모든 것은 변한다는 사실뿐이라고 나는 생각한다. 결혼이 인생의 전부는 아니라고 생각한다. 그러나 인생을 성공적으로 산 사람의 특징을 알 것 같다.

　성공한 사람은 반드시 두 개의 마음을 가지고 있다고 생각한다. 하나는 영원히 사랑하는 마음이고 다른 하나는 그 마음을 받아들이는 마음이라고….

상처

　내가 살던 동네 언덕 너머 비스듬하게 보이는 뾰족한 지붕의 건물을 사람들은 예배당이라고 했다. 지난 성탄절에 그곳에서 달콤한 사과를 선물로 받았다. 흔히 맛볼 수 없는 빨간 사과는 일 년간 착한 일을 한 아이들에게 주는 산타클로스의 선물이라고 했다. 당고모는 그 교회에 다닌 지 오래되었다고 했다. 교회에 갈 때마다 당고모는 쌀을 한 움큼씩 봉투에 담아 가곤 했다. 집에서 기르던 닭이 낳은 알들을 모아 가져가기도 하고 무나 배추 등이 수확되는 가을 추수기 때엔 그것들을 새끼줄로 묶어 가져가기도 했다.

　당고모와 함께 다니다 보니 다른 신도들 눈에 난 자주 띄었을 것이다. 신도들은 다른 아이들보다 나에게 관심을 더 보이는 것 같았고, 자연스럽게 그 교회에 정이 들게 되었다. 매주 일요일 아침에 교회에 가는 것이 일과처럼 되었고, 하루 종일 교회에서 살게 될 정도로 열심을 품게 되었다. 어느 날, 교회 일을 도맡아 하는 장로라는 사람이 나에게 매주 들어오는 헌금을 계수하는 일을 하라고 했다. 뭐가 뭔지 몰랐지만 어른의 말씀이고 명령인 줄 알고 그 일을 시작했다. 교인 수가 많지는 않았지만 매주 걷히는 헌금액은 한 달이면 꽤 많은 금액이 되는 것이었다. 글을 읽고 쓰는 것은 싫고 흥미조차 없었지만 계산에는 자신이 있었던 나는 그의 제안을 받아들였다. 헌금함에 들어 있는 돈을 꺼내 장부에 적고 계산하여 그 돈을 봉투에 넣어 목사라는 사람에게 건네주는 일이 내 일이었다. 현금으로 내는 헌금이 많았지만 가끔 곡식이나 채소 등으로 대신하는 헌물도 있었다. 그것을 장부에 꼬박꼬박 적는 일이 내 일이었다.

헌금 시간에 헌금을 낸 사람에게 하늘의 복을 기원하는 목사의 기도가 처음에는 아무런 의아심 없이 들렸다. 시간이 흐르면서 가끔 드는 생각이 있었다. 하늘에 계신 분께 드리는 것이라면서 왜 모인 헌금을 모두 목사라는 사람이 가져가는 것인지 도무지 알 수 없었다. 돈뿐만 아니라 헌물로 드린 달걀이나 채소도 모두 그와 그의 가족의 것이 되는 것이었다. 매주 들어오는 헌금 액수가 적을라치면 하늘에 계신 그분께 인색하게 드리면 복을 받을 수 없다고 했다. 그런 설교가 끝난 뒤 그다음 주엔 분명하고 확실한 효과가 나타났는데 전보다 더 많은 헌금이 걷히는 것이었다. 목사는 헌금을 많이 내고 자주 내는 교인들을 그렇게 하지 않는 신도보다 더 좋아하는 것처럼 보였다. 아마도 목사 식구는 교인의 돈과 물건들로 생활하는 것 같았다. 사람들이 피땀 흘려 번 돈과 곡식들을 아낌없이 교회에 바치는 것을 늘 이상하다고 생각했다.

어느 날 당고모에게 내 의문점을 얘기했다. 그녀의 자세한 대답을 기대했지만 그녀는 도리어 날 향해 큰소리를 냈다. 목사와 그의 가정은 하늘에 계신 그분의 종이라고 말하는 것이었다. 그렇기 때문에 그들에게 함부로 말하거나 경솔한 행동을 해서는 안 된다는 것이었다. 보이지 않는 그분께 복을 받고 나중에 하늘나라에 가려면 그분의 종인 목사를 보살피고 그에게 먹을 것과 입을 것을 우리가 공급해야 한다는 것이었다.

당고모와 그녀의 조카인 내가 함께 성의껏 교회 일을 하는 것을 교인들은 귀여워했고 대견하게 생각하는 것 같았다. 교회에서 벌이는 행사 때마다 나는 늘 앞장서곤 했고 그것들로 인해 다른 아이들의 부러운 눈총을 받았다. 학교에서는 별 두각을 나타내지 못하지만 교회에서 활발히 움직이는 나를 아이들은 달가워하지 않으면서도 내가 교회에서 아주 특별한 녀석이라는 주제를 두고 논쟁을 벌이기도 했다.

뾰족탑 위 안쪽에 쇠로 만든 종이 있었다. 밧줄로 힘껏 당기면 종이 움직였고, 그 안에 있는 쇠공이 좌우로 움직여 종과 부딪히며 소리를 내는 것이었다. 매일 새벽마다 어김없이 교회 종소리가 온 동네를 울렸다. 매주 일요일 아침과 수요일 저녁마다 종소리가 온 동네에 퍼지면 아이들은 하나둘씩 예배당에 몰려들었다. 평소에 사이가 좋지 않던 아이들도 교회에선 착한 아이들로 변하는 것이 신기하게 생각되었다.

서로 사이좋게 지내라는 젊은 여자 선생 말을 잘 알아들은 것이라고 생각했다. 어른들도 서로 돕고 지내는 것처럼 보였다. 예배당 밖에서는 싸우고 화를 냈더라도 예배당에선 서로 화해를 했고 화가 나 있던 얼굴은 웃는 얼굴로 바뀌는 것이었다. 하나 가득 웃음을 머금은 어른들 모습이 보기 좋다고 생각했다. 그러나 왜 하늘에 계신 그분께 드리는 것이라고 하면서 돈과 물건들을 사람인 목사가 다 가져가는 것일까 하는 의문은 계속 내 머리를 맴돌았다. 매주 수입과 지출 계산을 하면서도, 눈을 감고 기도를 하면서도 그 의문점을 지울 수 없었다.

어느 날, 교회 일을 도맡아 하는 막둥이라는 사람과 산에 갔다.
깊은 산속에 도착한 그는 나에게 지고 간 빈 지게에 보기 좋게 잘라 놓은 통나무를 지라고 했다. 얼핏 보아 땔감으로 미리 잘라 준비해 놓은 것 같았다. 분명 교회 소유가 아니라고 생각했다. 인적 없는 산속에 놓인 통나무들을 교회로 가져가려는 것이었다. 사방을 둘러보며 누군가 지켜보는 사람이 있는지 경계하듯 두리번거리는 그를 보았다. 남의 것을 아무도 모르게 내 것으로 만드는 건 도둑질이고 그런 일을 하는 사람을 도둑이라고 한다는 건 진작 알고 있었다. "남의 것은 크든 작든 절대 손대지 마라. 바늘 도둑 소도둑 된다." 평소에 나에게 하시던 할머니 말씀이 생각났다.

같은 교회 교인이 진작 만들어 놓은 장작더미에서 그의 허락을 받아 일부를 가져오는 것이라 생각했다. 그러나 마음 한편에 일어나는 의심과 궁금함을 애써 참으며 어스름한 산길을 말없이 내려왔다. 맞고 틀림을 넘어 옳고 그름을 구분할 수 있는 나이 14살. 보이지 않는 교회 공동체에서 일어나는 많은 의문이 풀리지 않는 수수께끼처럼 내 머리를 맴돌던 때이기도 했다.

하얀 도화지에 무엇이든 그리면 그리는 대로 그려질 나이. 귀담아들어 주고 진지하고 신중하게 대답해 줄 사람은 내 곁에 없었다. 당고모는 눈에 보이지 않고 귀에 들리지 않는 하늘에 계신 그분, 그분을 믿고 따르라는 말만 되풀이했을 뿐 나의 작은 신음 같은 의혹에 싸인 물음에 냉담한 반응만 보였을 뿐이었다. 복음이 무엇인지 그 진정한 의미를 깨달을 수 있는 기회가 있었지만 뜻 모를 이야기들과 무수한 의문만 남긴 채 난 교회 문을 드나드는 수가 점점 줄었고 말없이 떠나는 수밖에 없었다.

　더 이상 보수 없는 무의미한 일을 하고 싶지 않았다. 몇몇 사람을 위해, 그 사람들 잘되는 일에 내 마음과 몸을 쓰고 싶지 않았기 때문이었다. 화가 나고 슬펐다. 우울하고 짜증이 났다. 고통스럽고 신경질이 나고 울화통이 치밀었다. 교인들이 나보다 더 불쌍하다고 생각했다. 쓸쓸한 존재들로 보이기도 했다. 신이란 오만하고 이중적인 인간들이 만들어 낸 편의점이나 허구적인 이념 정도의 존재처럼 생각되기도 했다.

　성경은 인류가 가진 위대한 보물이고 스승이며 인생을 값지게 살게 하는 책이라고 했다. 후회 없는 생애를 살다가 멋지게 마무리할 수 있는 삶의 이정표라고도 했다. 그러나 그 책의 무궁무진한 유용성에 대해 나에게 말해 준 사람은 없었다. 사람의 생과 사를 주관하는 신의 계시가 그 책에 고스란히 담겨 있음을 나에게 가르쳐 주었더라면, 오직 성경에 근거한 말이 진리라고 누군가 나에게 말해 주었더라면, 교회에도 나쁜 사람들이 모일 수 있고 교인이라 해서 모두가 착하고 좋은 사람이 아닐 수 있다는 사실들을 알려 주었더라면, 너 나 할 것 없이 사람은 모두 죄인일 수밖에 없기에 늘 뉘우치고 살아야 하는 나약한 존재라고 가르쳐 주었더라면, 그런 기회가 좀 더 빨리 나에게 왔었더라면 얼마나 좋았을 것인가 생각했다.

자기 자신에 대한 몰이념은 자신의 가능성에 대한 믿음을 저버리게 되고 그 믿음은 미래에 대한 구체적 신념으로 변질될 수 있다고 생각한다. 질풍노도같이 찬란히 빛나는 삶의 과도기에 꿈과 소망, 희망과 믿음이라는 단어를 머릿속에 떠올려 본 기억이 나에겐 없다. 고요한 밤, 나를 둘러싸고 있는 어둡고 침침한 마음의 울타리를 뚫고 들어온 별과 달만이 나의 내면을 비추는 유일한 양지였다. 이후 신은 없다고 생각했다. 나를 떠났다고 생각했다.

난 신이 없다고 생각하면서 신을 찾은 사람 중 하나가 아니었을까 생각한다. 고난의 그림자가 날 드리울 때마다 하늘에 계신다는 그분을 나도 모르게 찾고 불렀기 때문이다. 그럴 바엔 차라리 있다고 생각하고 신의 존재를 찾았으면 좋았을 것이라는 생각도 했었다. 그러나 난 지금까지 신을 찾지 않았다. 내 몸을 돌고 있는 뜨거운 피가 넘쳐 났기 때문이다. 삶의 의욕이 넘쳐흐르는 뜨거운 피가 모자란 사람들만 신을 찾을 것이라고 생각했다.

어쩌면 하늘에 계신다는 그분이 나를 먼저 찾아오지 않았을까 생각했다. 가난, 고독, 학대, 차별 등 온갖 시름을 안고 살아온 삶의 한복판에서 날 향한 보이지 않는 돌봄이 있지 않았을까 하는 생각이 문득문득 내 마음을 두들기곤 했기 때문이다.

고백

　이루려고 애쓰고 힘쓰다 얻고 나면 후회와 허탈감이 연기처럼 피어나 자괴감과 황폐함으로 얼룩진 것을 본다. 돈이 많은 사람도 병에 걸려 결국 죽는다. 권력자도 죽는다. 부귀와 영화를 누리다 죽든 가난에 허덕이다 죽든 죽음은 누구나 한가지로 오기에 공평하다. 그래서 이 세상은 공평하다고 생각한다. 주어진 환경과 시간 속에서 각각 다른 일들을 하다가 죽음에 이르는 것이다. 어떤 이유나 원인을 일일이 파헤칠 명분은 없다. 물 흐르듯 흔들리는 나무처럼 제멋에 겨워 살다 가면 그만인 것이다. 현실을 비관하거나 원망할 필요는 없다. 잘나 보이는 사람들을 부러워하거나 시기할 것도 없다. 남에게 베풀었던 작은 것들이 모이고 쌓여 태산 같은 복으로 돌아올 것을 바라는 것은 좋은 생각일 수 있을 것이다. 그러나 그 복은 내 대에 만나거나 내 자손에게 흘러갈 수도 있을 것이다. 그것도 아니라면 땅과 하늘이 보이는 그 어느 곳이든 내가 받을 복이 이름 모를 사람들에나 동식물들에게 고루고루 나누어질 것이라고 나는 생각한다. 그리하여 삶을 이루는 공동체가 지금까지 지탱되어 온 것이라고 생각한다.

  희망은 그것을 품고 사는 사람의 현실일 수 있다고 생각한다. 희망은 비록 현실과 동떨어진 것 같아 보일지라도 현실로 이루어진 것처럼 말하고 행동하는 것이 매우 중요하다고 생각한다. 사람은 보편적인 원칙 아래서 살아간다. 남에게 피해를 주지 않고 사는 삶이 바람직한 삶이라고 생각한다. 그렇게 살기 위해 끊임없이 자기 계발을 하고 결국 삶을 통하여 체득한 것이야말로 살아 있는 체험이고 살아 있는 교훈이라고 생각하는 것이다.

  모든 사람으로부터 좋은 말을 들으려 하거나 잘 보이려는 것은 결국 자기 자신을 포기하는 것일 수 있다고 생각한다. 왜냐하면 남에게 잘 보이려는 노력을 자기에게 쏟는다면 남에게 잘 보이려 하지 않아도 남들이 자연스럽게 다가올 것이기 때문이다. 사람들이 나를 미워할 수 있다. 흉보고 욕을 할 수도 있다. 그것은 어쩔 수 없는 일이다. 그러나 누구한테라도 경멸을 받을 일을 해선 안 된다고 생각한다. 옳은 것을 옳다 하고 틀린 것을 틀렸다고 말하는 용기야말로 나를 나답게 하는 것이라고 생각한다.

험난한 세상을 살아가면서 스스로 해결하고 극복할 수 있는 자립
정신을 키워 주기 위해서라는 그럴듯한 이유로 자식들에게 살갑게
대해 주지 못했음을 고백한다. 가족들과 여행을 한 기억조차 희미하
다. 그들의 욕구를 귀담아듣고 실행에 옮기는 것에 난 너무나 인색
했다. 달려와 매달리는 아이들을 반갑게 맞아 주지 않았다. 포근히
안아 주지 못했다. 가장이라는 이름은 있으나 아빠로서 너무나 부족
했다. 이것은 평생 나에게 커다란 상처로 남았다. 바쁘다는 핑계로
애틋하게 보듬어 주지 못한 것이 평생 두고두고 잊을 수 없는 가슴
속 아픔의 상처로 남았다. 한없이 미안하고 더없이 후회스럽다.

태어나면서부터 지금까지 난 줄곧 늙어 가고 있다. 늙어 간다는 건
물렁대던 자아가 금강석처럼 단단해지고 빛이 나고 새로워지는 거라
고 생각한다. 사람의 겉은 점점 부패해 가지만 사람의 속, 즉 자아는
점점 향기로운 무게를 더하면서 견고해지고 새로워진다고 생각한다.
늙어 가는 건 썩어서 소멸해 가는 것이 아니라고 생각한다. 기억도
추억조차도 생각나지 않는 미망 속으로 끝없이 떨어지는 건 늙는 것
이 아니라 낡아 가는 중일 것이라고 생각한다. 낡아 가는 건 냄새가
나고 추하다. 냄새는 풍길 수 있고 날 수도 있다. 향기는 냄새와는 달

리 우러나는 원초적 본능이라고 생각한다. 굳세면서 막히지 않고 모든 걸 통달한 듯 넘치지도 모자라지도 않으며 간략하면서도 뼈가 드러나지 않고 상세하면서 군더더기가 없는 사람에게서만 풍길 것이기 때문이다.

나는 악취를 싫어하는 것처럼 악을 미워하고 어여쁜 여인을 좋아하는 것처럼 선을 좋아한다. 당연한 것 같지만 누구나 나와 같은 생각을 하는 건 아닐 거라 생각한다. 난 교만한 사람을 싫어했고 겸손한 사람을 좋아했다. 왜냐하면 솔직하고 정직한 것 외에 겸손하다는 것을 증명해 보일 수 있는 건 이 세상에는 없을 것이기 때문이다.

누구에겐가 힘써 베푸는 것보다 세상에 더 기쁘고 즐거운 것은 없다고 나는 생각한다. 난 주는 것보다 받는 것을 더 좋아했다. 남의 말을 들어 주고 공감해 주기보다 내 이야기를 하는 것을 좋아했다. 당연히 내 얘기를 듣는 사람들은 나를 이해하고 공감해 줄 것으로 생각했다. 듣는 것이 말하는 것보다 힘들다는 것을 깨달았음에도 그 습관을 고치지 못했다. 세상에는 자기 말을 들어 주기 바라는 사람이 넘쳐 난다는 사실을 알게 되었다. 나는 유명인들의 이야기를 듣고 손뼉 치고 추임새를 넣는 것에 이골이 난 사람이었다. 늘 듣는 자리에 앉았었다. 반론을 제기할 수 있었지만 머리에서만 맴돌 뿐 어찌할 바를 몰라 하는 벙어리처럼 안달만 했을 뿐이다. 인생 종점에 다다라 기회가 주어지는 대로 주절주절 말하고 싶은 본능이 내 몸에서 튕겨 나오는 것이다.

부모에게서 좋은 머리를 물려받고 태어났으면서도 나는 해서는 안 되는 것 중 여러 가지를 했다고 생각한다. 남에게 내 의지에 반해 굽신대기도 했다. 내 주장과 의견을 말하지 못하고 가마니처럼 보자기처럼 남들에게 이용당하는 것을 뻔히 바라보면서도 자리에 자연스럽게 서 있었다. 말속에는 말이 하는 거짓이 숨겨져 있기 마련이라고 생각했다. 반면 생각이 자유롭고 한없이 넓으면 사용하는 말도 색다르고 멋있을 것이라고 생각하기도 했다. 내뱉는 말속에 자기를 얽어매는 올무가 칡뿌리처럼 숨겨져 있다고 생각했다. 그러나 결국 자기의 언어는 자기 스스로 만들어 낸 작품일 것이고 결국 말이란 공장에서 만들어 내는 상품처럼 그 값의 차이가 분명 다르리라 생각했다.

유명인이라 불리기 좋아하는 사람들이 하얀 거짓말과 까만 거짓말, 무지갯빛 거짓말들을 뭇사람에게 내뱉고는 사람들 곁에서 사라져 가는 것을 보았다. 위대한 사람은 말을 잘하는 사람이었다고 나는 생각한다. 그러나 그들은 말할 준비 기간을 침묵을 통해 단련한 사람들이었다고 생각한다. 말하기 위한 준비 기간을 가졌고, 스스로 부족함을 깨달아 침묵의 필요성을 실천한 사람들이었을 것이다.

나는 돌아오지 않을 공감과 동감이라는 대답을 기다릴 요량도 없이 지금까지 사람들에게 수많은 말을 해 왔다. 바보들이 자기의 체면을 유지하기 위해 침묵한다는 것조차 몰랐던 못난이였다. 난 인격자이거나 성숙한 사람이 아닌 것이 분명했다. 난 나 자신에 대해 너무 많은 이야기를 해 왔기 때문이다.

나이 들어서 없어지기 쉬운 인간적인 매력을 유지하는 좋은 방법은 정서를 퇴색시키지 않는 것이라고 생각했었다. 그러나 이것조차 실행에 이르지 못했다. 남이 슬퍼 울 때 함께 슬퍼해 주지 못했고, 기뻐할 때 함께 기쁨을 나누지 못했다. 인간다운 정서를 고이 간직하고 아름답게 키우기 위해 새로운 지식을 탐구하며 인격 도야에 힘써야 한다는 것에 동의했었다. 그러나 이것조차 생각에 머물렀을 뿐 행동으로 옮기지 못했던 것이다.

'죽음에 이르는 병'보다 더 치명적일 수 있는 병이 있다고들 했다. 인색은 늙어서 잘 걸리는 병이라고 했다. 인색함은 인간의 어리석은 일들 가운데서 가장 보기 싫을 뿐만 아니라 스스로 꼴불견이라고 밝히는 거라 생각했다. 그러나 그 병에서 난 자유롭지 못했다. 주기보다 받는 것을 좋아했다. 자식들에게도 아내에게도 나의 진심을 그대로 전해 주는 데 실패했음도 인색함의 결과였다고 나는 생각한다.

나는 어쩌면 죽음의 벽만 바라보는 허접한 인간쓰레기인지도 모른다. 그러나 쓰레기장에서 홀로 피어나는 장미꽃 한 송이가 있다면 이렇게 말할 것이다. "이 세상은 아름답고 향기가 진동하는 살 만한 곳이에요. 인생은 아름답다고 죽도록 말해 주고 싶어요. 그냥, 그렇게 한평생 사세요. 말하기보다 노래하고, 걷기보다 춤추세요. 누가 알겠어요? 생명의 꽃으로 다시 피어날지…."

지금까지 소신 있게 살았다고 말할 순 있다. 변함없이 살았다고 할 수도 있다. 일정한 기준 안에서 살아왔다. 강철 기계 같다는 말도 들었다. 그러나 이러한 말들은 이제 나에겐 쓰레기같이 들릴 뿐이다. 왜냐하면 지금 나는 쓰레기처럼 서서히 잊혀 가는 존재로 점점 썩어 가는 중이기 때문이다.

나는 지조 없이 이랬다저랬다 종잡을 수 없는 사람이라는 소리를 듣고 싶다. 조금 있다가 어떻게 바뀔지 모르는 표리부동한 사람이라는 말을 듣고 싶은 것이다. 당신이라는 사람 알다가도 모를 사람이라며 정신병자 취급을 당하고 싶은 것이다. 그런 말이 듣고 싶어진다. 이런 말들을 들어야 자기 삶을 제대로 살아가는 참리더라고 생각하기 때문이다. 이 시대에 미친 사람 소리를 듣는 것은 대단한 찬사라고 생각한다. 예술적인 기질과 창의적 기질 그리고 삶에 대한 사랑이 듬뿍 밴 사람일 것이기 때문이다.

난 지금까지 물 흐르는 것같이 살았다. 어디로 흐를지 알지 못하고 흘러가는 물에 섞여 물결 따라 흘러왔다. 흐르는 물을 따라 그 물결을 타고 지금까지 살다 보니 나는 거센 풍랑보다 잔잔한 바람에 더 많이 이끌려 온 것 같다. 물 아래에 감추어진 수많은 것이 불쑥불쑥 나타나 내가 탄 물결을 막아 굽이친 적은 있었지만 흘러가는 물을 막을 만큼은 아니었다. 별 탈 없이 무난하게 흘러왔으니 그렇게 또 흘러갈 것 같다는 생각이 든다. 많은 갈래 중 내가 몸담았던 물길은 평온하고 안락했다. 잠잠했고 조용했다. 어디로 가야 할지 어디로 가고 있는지조차 생각할 겨를도 없었고 깊이 생각할 지식도 지혜도 없었기 때문이었다. 이대로 정처 없이 가다가 높고 깊은 벼랑으로 떨어지는 건 아닌지 불안했다. 그렇다고 두렵거나 외로움을 느낀 것은 아니었다. 내가 탄 물결은 내 마음대로 흘러가고 싶어 하는 것을 쉽게 허락하진 않았다. 하지만 내가 하려는 것을 막지 않았다. 어차피 모두가 타고 가야 하는 물결 속에서 그 물결을 거스르거나 바꿔 타는 건 각자 가진 능력에 따라 다를 수 있다고 생각했다. 그러나 나는 물결을 거스를 줄 몰랐다. 바꾸어 탄다는 것은 상상할 수도 없을 만큼 어마어마한 모험이라고 생각했다.

보이고, 보고, 잡히고, 잡아 보아야 깊숙이 경험할 수 있는 힘이 생긴다고 생각했다. 예리한 감각과 관찰도 이런 것에서 나온다고 생각했다. 그러나 난 지금까지 자포자기하면서 살아왔다. 그것이 무엇보다 편하고 가볍고 자유로웠기 때문이다. 지식이 부족하다는 것과 지혜가 부족하다는 의미의 차이는 하늘과 땅만큼이나 크게 날 것이라고 생각한다. 지혜는 하늘에서 각자에게 부여해 준 특별한 선물이라고 생각한다. 지혜는 배워서 얻을 순 없다고 생각한다. 자연을 보며 자연을 통해 자연스럽게 배우는 것이라고 생각한다.

난 지식이 부족했다. 지식의 부족함을 나는 누구보다 잘 알고 있었다. 그렇기에 난 조용할 수 있었고 나에게 주어진 틈바구니에서 벗어남 없이 살 수 있었다. 누가 뭐라 해도 이 틈새가 좋았다. 아늑하고 포근했다. 이 틈을 벗어나고 싶지 않았다. 이곳 외에 다른 어떤 곳이 있는지조차 몰랐다. 알고 싶지도 않았다. 나를 새로운 곳으로 인도하거나 소개해 준 사람은 내 주위에 없었다. 나에게 주어진 이 영역에서 수동적 삶을 살아야 한다고 가르쳐 준 것도 아니었다. 그것을 알게 한 것은 바로 지혜였다. 틈새 바깥으로 나가려고 힘썼다면 나는 더 넓고 밝고 깊은 곳으로 나아갔을 것이고 이름 모를 괴물에 의해 그것의 밥이 되었을 수도 있었을 것이다. 난 내 할아버지와 내 아버지가 앞만 보고 간 이념 전장 속으로 달려갔을 것이고, 난 그곳에서 내 열조들처럼 이름 없이 빛도 없이 사라져 버렸을 것이다.

나는 내 아내에게 살갑지 못했다. 살갑게 대하려 해도 그녀가 받아들이지 않았겠지만 그녀를 향한 내 살가움이 그것을 덮지 못했음을 고백한다. 수고했다, 고맙다, 사랑한다는 말을 그녀에게 하지 못했다는 것을 내 표현력이 부족했다고 핑계처럼 말하지 않을 것이다. 할 수 있었지만 애써 자제했다고 하는 편이 더욱 설득력 있게 들릴 것이기 때문이다. 부초처럼 떠돌던 삶이었다 하더라도 그녀에게 다정다감한 남편이 되고자 다짐하고 그녀에게 살갑게 대했더라면 아마 이런 후회의 고백을 하지 않아도 되지 않았을까 생각한다.

그녀와의 대화는 표현과 억양에서 차이가 났다. 친근감을 주고받는 대화는 기대하기 어려웠다. 긴장감과 어색함을 풀어 주는 유머 감각은 애당초 나에게 없었다. 지시하는 모양새였고 명령하는 태도를 유지하는 것으로 내가 남자인 것을 그녀에게 보여 주려고만 했다. 칭찬할 일이 있었든 없었든 아내를 칭찬해 본 기억이 없다.

아이 셋을 키우는 그 자체가 수고요, 노동이었을 것이었다. 그러나 그

건 여자가 할 당연한 일이라 생각했다. 팔자를 바꾼 복권에 당첨되었을 때도 나는 아내에게 밝은 얼굴로 미래에 대한 희망을 말하지 않았다. 말할 수 있었지만 굳이 말하지 않은 것이다. 난 아내에게 긍정적인 말을 한 기억이 없다. 부정적인 상황에서 당연히 부정적으로 말했고 긍정적 상황으로 변했음에도 긍정으로의 변화를 애써 절제하고 무시했다.

처음 만났을 때 그녀의 첫인상은 이미 내 뇌리에서 사라졌다. 그렇다고 그녀의 본모습을 완전히 잊은 건 아니었지만 그녀의 첫인상을 내 기억에서 지우려고 애썼다. 그녀가 나에게 묻는 말에는 항상 짧게 대답했다. 무언가 말하려는 아내에게 단답을 요구했다. 그녀의 말을 끝까지 들어 주는 것에 나는 무척 인색했다. 진솔한 대화에 필요할 수 있는 추임새를 넣거나 맞장구를 쳐 주는 것을 나는 너무나 어색하게 생각했다. 그녀가 가장 하고 싶고, 듣고 싶어 하는 이야기가 무엇인지 뻔히 알면서 끝내 말하지 못했고 들어 주지 않았다.

주고받을 수 있는 말들을 골라 대화의 중심에 놓는 데 나는 늘 어색했고 서툴렀다. 일방적인 내 주장이나 사고방식을 아내에게 설득하다가 아내 얼굴을 붉히게 하였다. 나는 내 아내에게 어떤 사람으로 기억된 존재인지 지금도 알 수 없다. 과연 나는 그녀의 남편으로서 해야 할 최소한의 도리를 다하였는지 늘 부끄럽고 후회스럽기 짝이 없다고 생각한다.

딸들아, 아들아

앞으로 다가올 세기는 인간들의 세기가 될 것이라고 한다. 따뜻한 인정과 푸근한 인심이 있는 사람만이 살아남을 것이라고 한다. 배려심이 많고 인간적인 사람이 살아남는 세기가 될 것이라고들 한다. 내 딸들아, 아들아, 지금 너희의 인생이 마감된다 해도 너희가 하고 싶은 것이 있으면 마음껏 열심히 해 보거라. 열심히 해 본 것만으로도 후회는 없을 것이기 때문이다. 그렇다고 큰 욕심을 부리라는 것은 아니다. 그저 마음 가는 대로 편안한 마음으로 인간적으로 다가가라는 뜻이다. 세상에는 다양한 것이 가장 다채롭게 펼쳐져 있다. 그것들은 역동적으로 살아 움직이기에 그것들을 잡으려면 최선을 다해야 할 것이다. 그렇게 살다 보면 삶의 권태감은 없게 될 것이다.

미리 내다볼 수 없는 미래를 경험하는 것 자체가 중요하고 목적보다 과정이 더 중요하다고 생각한다. 인생이라는 여행을 즐겁게 회상할 수 있는 것, 그것이 진실이 아닐까 생각한다. 내 딸들아, 아들아, 사랑의 대상이 꼭 사람일 필요는 없다. 너희 자신을 돌보고 관리하는 것도 사랑이라고 생각한다. 아름다운 꽃과 바람도 사랑의 대상이 될 수 있다. 사랑 때문에 마음이 아프다면 하늘을 보고, 자연을 더욱더 사랑하는 것으로 사랑의 병을 치유하도록 해라.

그러나 외롭게 어리석게 가난하게 살지는 말아야 할 것이다. 너무 외롭고 어리석고 가난하게 살다 보면 자신이 진정으로 원하는 일을 할 수 없기 때문이다. 자기 자신의 가능성에 대한 믿음을 가지고 나아가다 보면 미래에 대한 구체적 신념이 생길 것이다. 모든 사람으로부터 칭찬을 들으려 하지 마라. 모두가 너를 칭찬하면 그것이 오히려 욕이 될 수도 있기 때문이다. 너희 엄마와 내가 너희에게 보인 분노가 있었다면 그건 너희를 향한 우리의 죄책감의 다른 표현이었다고 이해해 주기 바란다.

사람들이 너희를 미워하고 욕을 할 수도 있다. 그것은 어쩔 수 없는 일이다. 보이는 현실만으로 판단하고 결정하는 것이 모든 사람이 기본적으로 하는 습관 같은 것일 수 있기 때문이다. 그러나 누구에게라도 너와 너의 부모 그리고 너와 가장 가까운 사람들에게까지 미치는 경멸받을 삶을 살지 않기를 바란다. 지식보다 사람이 먼저다. 지식보다는 지혜가 더 아름답고 오래간다. 그러나 지혜를 얻기가 지식을 얻기보다 더 어려울 것이다. 무엇을 배우기에 앞서 먼저 사람이 되어야 한다. 난 배움에도 게을렀고 인격적인 사람이 되기 위한 노력을 거의 하지 않았다.

사람으로서 가져야 하는 기본적인 품성을 먼저 닦아야 한다고 생각해 왔다. 그러나 품성이 무엇을 의미하는 것인지 몰랐다. 내 품성이 좋다면 무엇이 좋고, 나쁘다면 무엇이 나쁜 점인지 나에게 말해 주는 사람이 없었다. 품성을 새롭게 바꿀 의지나 기회조차도 나에게는 없었던 것 같다. 내 마음엔 아직 아무도 모르게 끝없이 흐르는 강물만 있다. 이 세상을 지탱하고 빛나게 하는 건 사람으로서 사람답게 사는 법을 아는 것이라고 말하고 싶다. 없다고 생각하면서 찾지 말고 있다고 생각하면서 찾아라. 할 수 있다고 생각하는 것과 할 수 없다고 생각하는 건 하늘과 땅의 차이만큼이나 크기 때문이다.

나를 포함해 남자는 본래 겁이 많은 생명체라 늘 틀에 박혀 있기를 좋아하고 자기중심적이며 끝없는 욕심으로 이익을 얻고 싶어 한다. 허세에 비해 보기보다 허약하고 맘이 좁은 존재이기도 하다. 안 그런 척을 하면서도 늘 계산적이고 어린애처럼 보채고 늘 자기를 돌봐 주기를 바란다. 그것이 본능인지는 모르겠으나 수컷들은 타고난 성품이 거의 다 그렇다고 생각해도 무리는 아닐 것이다.

남자들을 원래 자기의 모든 것을 보여 주기 싫어하는 동물이다. 아파도 안 아픈 척하고 없어도 있는 체하며 몰라도 아는 척하는 위장술의 달인이라고 생각한다. 그러나 여자들은 남자에 비해 그렇지 않은 것 같다.

여자들은 비밀스러운 사랑을 원하는 것 같다. 따뜻하고 부드러운 접촉을 좋아하는 것 같다. 살갗과 살갗끼리의 대화를 즐기는 동물이라고 생각해도 크게 틀리지 않을 것이다. 난 너희 엄마이자 내 아내에게 그렇게 하지 못한 것 같아 말하기조차 부끄럽기 한량없다. 여자는 4월의 날씨처럼 민감한 존재라고들 하더구나. 꽃 피고 새 우는 맑고 고운 동산에서 사랑하는 사람과 함께 노래하고 춤추고파 하는 너무도 자연스러운 성정을 가진 동물이라고 생각한다. 남자는 결코 흉내조차 낼 수 없는 고등 동물이 여성이기 때문이다.

난 이런 너무나도 잘 알려진 사실들을 애써 외면하며 살아왔다. 난 지금 너무나 많은 후회를 한다. 세계 평화를 논하기 전에 내 가정 먼저 평화롭게 만들어야 할 것이라는 소박한 소망을 이제 깨닫게 된 것이다.

결혼은 사랑만으로는 부족한 것 같다. 서로의 성격과 이념, 체질, 식성까지도 어느 정도 비슷해야 완성되는 게 결혼이라고 생각한다.

험난한 세상을 살아가면서 슬플수록 유머를 사용해라. 유머 속에 진리가 숨어 있을 확률이 높다. 유머는 지혜와 자신감 그리고 환경적인 능력이 더해져 이루어진다고 생각한다. 기쁠 땐 열심히 춤을 추어라. 누가 보든지 말든지 거리낌 없이 네 안의 기쁨을 마음껏 발산해 보는 것이다. 말로 하기보다 노래로, 노래보다 춤을 추는 인생이 되어라.

죽은 물고기가 물결을 따라 흘러간다. 애들아! 거센 물결을 힘차게 거슬러 올라가는 살아 있는 물고기가 되어라. 그렇다고 무작정 이기려 하지는 말아라. 이기는 것이 전부는 아니다. 그러나 이기기를 원하는 것은 중요하다. 민정이와 화정이에게는 내가 최초의 남자였듯이 너희 둘은 나의 최후의 여자였다. 현석이와 나는 최초의 남자끼리의 만남이었고.

지식과 행동은 하나라고 생각하면서도 나는 아는 게 너무 없어 진심이 담긴 행동조차 제대로 하지 못했다. 아는 만큼 말할 수 있고 아는 만큼 할 수 있는 것이라고 생각만 했지, 그렇게 실천하지 못했다.

나는 잘 알지 못하면서 너희와 너희 엄마에게 내 생각과 사고방식을 억지로 심으려 애써 왔다. 사랑은 사랑하는 만큼 보여 줘야 한다는데, 난 너희와 내 아내인 너희 엄마에게 보여 주지 못했다. 꾸미지도 숨기지도 않고 있는 그대로의 모습으로 살아가는 것이 나는 좋아 보였기 때문이라고 핑계처럼 말하고 싶다. 그러나 나이가 들어 감에 따라 그건 그럴 수 있고 그렇지 않을 수도 있을 것이라는 결론을 얻게 되었다. 가능하면 누가 주지 않아도 챙겨 입고 권하지 않아도 챙겨 먹고 너희 남매끼리라도 서로서로 챙기면서 살아가는 것이 좋겠다고 나는 생각한다.

사랑은 우리 모두를 행복하게 하기 위해 있는 것만은 아닌 것 같다. 오히려 고뇌와 인내하는 과정에서 얼마만큼 견딜 수 있는가를 보기 위해 있는 것이라는 생각이 든다. 어른이 된다는 건 적정한 직업을 가지고 한 가정을 이루어 한집에 모여 사는 그 사람들을 책임져야 하는 부담을 가지는 것인데 그런 면에서 난 너희와 내 아내에게 돈만 벌어다 주면 다 되는 줄 알았다. 어떤 명분으로도 너희에게 할 말이 없다. 아는 것이 힘이 아니라 아는 것을 실천하는 것이 힘이라고 늘 생각해 왔지만, 난 배우지 못해 아는 것이 너무 없었다. 아는 게 없다 보니 실천할 것도 없었고 있다 해도 어떻게 실천해야 하는지 몰랐다.

내 인생은 그렇게 슬프지도 기쁘지도 않았던 것 같다. 그러나 그 어떤 사람이 나를 지켜 주고 이해하고 안내를 해 주었더라도 지금 이 순간보다 더 좋은 삶을 살지는 못했을 거라고 생각한다. 나는 돈을 많이 벌어 보려고 애쓰고 힘써 왔다. 그러나 돈은 돈을 벌려는 사람에게 돈을 벌 만큼의 수모를 안겨 준다는 사실을 알게 되었다. 친구를 버리게 할 만큼 냉정함을 요구하기도 하고 친구와의 의리를 저버릴 만큼 아픔까지 요구하는 것이 돈과의 싸움이라고 생각한다.

인생은 혼자 걸어서 깨달아야 하는 등산 같은 것이라 생각한다. 산 정상에 헬리콥터를 타고 간들 아무도 그가 그 산을 정복했다고 말해 주지 않을 것이기 때문이다. 높은 봉을 우러러보며 부지런히 오르다 보면 험한 길도 정복될 것이다. 쉬지 말고 올라가라. 높은 봉까지.

너희가 우리를 부를 때면 언제든지 달려가고 싶었다. 우리는 너희를 무엇과도 바꿀 수 없는 귀한 존재들이라고 생각했다. 그러나 그건 내 생각일 뿐, 너희의 애타는 부르짖음에 난 모든 걸 내팽개치고 달려가지 못했다. 함께 뒹굴며 놀아 달라는 무언의 요구를 할 때도 난 너희 곁에서 너희의 동무가 되지 못했다. 한 계단씩 올라야 할 너희의 유년 시기를 난 너무 쉽게 생각한 것 같다. 그 사실들은 내 평생을 두고 가장 마음 아프고 후회와 용서를 구하고 싶은 나의 삶의 고백이다.

» 현석, 화정, 미정

　너희의 어린 시절은 우리 부부에게 두 번 다시 주어지지 않을 것이다. 우리가 너희를 찾으려 할 때는 이미 너희는 다른 곳으로 날아간 뒤일 것이다. 불러도 대답하지 않고 오라 했지만 오지 않을 수도 있을 것이다. 오려고 하는 마음조차 없을 수 있을 것이다. 왜냐하면 건너야 할 계단을 생략하고 뛰어넘은 어릴 적 기억이 너희를 막고 있기 때문이고 우리에게 다가올 필요가 없음을 스스로 알고 있기 때문일 것이다. 이성과 논리 그리고 합리성을 지나치게 중시한 내 책임이 크다. 이렇듯 너희의 어린 시절을 무미건조하게 보내게 했으니 말이다. 두서없이 누더기처럼 꾸민 말들로 너희에게 써 내려간 이 글들이 진주를 꿴 듯 아름답게 포장된 말처럼 들리지 않기를 바랄 뿐이다.

긍정적인 감정은 모두를 생생하고 풍성하게 만들어 주는 삶의 마중물이라 생각한다. 부정적인 감정은 우리의 성장을 돕는 중요한 에너지원이 되기도 한다.

이젠 슬퍼도 좋다. 슬픔을 이길 수 있는 면역이 생겼기 때문이고, 살아 있다는 기분과 느낌이 이런 것이라는 것을 알았기 때문이다.

인생은 잔인하게 살아가야 하는, 살아남는 자가 승리하는, 한번 열심히 살아 볼 가치가 있는 곳이기에 이 글이 내 사랑하는 자식들에게 보내는 내 마음의 편지라고 생각해 주길 소망한다.

소뿔에 받혔다고 했다. 죽은 줄 알았다고 했다. 그 소는 우리 집 충복(忠僕)이었다. 착하고 우직하고 튼튼한 소.

식구들을 쳐다보며 씩 웃던 소.

슬픈 일에 서럽게 울음 울던, 온갖 허드렛일과 농사일을 도맡아 하던 소.

어느 날, 그 소의 날카로운 뿔이 사정없이 나를 받았다고 했다.

나를 시샘해서였을까. 송아지는 죽고 살아남은 내가 보기 싫어서였을까.

아니면 아무도 모르게, 저 멀리서 날 찾아온 내 생애 마지막 지경에 복이 온다는 계시였을까.

좋은 일이 하늘을 찔렀다

사람의 힘과 지혜와 지식으로 설명할 수 없는 운명의 조화는 '억세게 재수 좋은 사람'이라는 칭호와 함께 나에게 최고의 선물을 안겨주었다.

과학적, 종교적 논리로 이해할 수 없는 기적을 행운이라는 이름으로 맛보았다. 난 이제 여한이 없다. 세상에 소풍을 와서 많은 것을 보고 간다. 내 집으로 가는 것이다. 내 부모, 형제가 있는 그곳으로….

마음의 강물

하늘이 나에게 준 삶의 기회는 어느덧 하늘 저 멀리 구름처럼 두둥실 떠나갔다. 그러나 주어진 그릇에 채워야 하는 걸 내가 알게 된 건 축복이었다. 삶의 자국이 서린 갈피마다 알알이 맺힌 눈물 같은 기쁨이 있었다. 먼 훗날 보고 싶고 그리워질 때, 그때 분명 지금 이 순간은 없을 것이다.

그러나 괜찮다. 내 마음속에 끝없이 흐르는 마음의 강물이 마르지 않을 것이기 때문이다.

» 마음의 강물이 마르지 않길 기원하며

우기충천 인생 역전

1판 1쇄 발행 2023년 3월 20일

지은이 최상기

교정 주현강 편집 유별리   마케팅·지원 이진선

펴낸곳 (주)하움출판사   펴낸이 문현광

이메일 haum1000@naver.com   홈페이지 haum.kr
블로그 blog.naver.com/haum1007   인스타 @haum1007

ISBN 979-11-6440-323-3 (03810)